Ein Traum wie ein Leben

Die Autorin

Jeannette Kauric ist 1990 in der schönen Kleinstadt Velbert in NRW geboren und dort aufgewachsen. Nach ihrem Abitur schnupperte sie zunächst etwas Medienluft bei einem Radiosender in Mettmann, bevor es sie an die Ruhr-Universität Bochum zog, wo sie 2013 ihr Bachelor-Studium in Geschichte und Literaturwissenschaften beendete. *Ein Traum wie ein Leben* ist ihr Debütroman.

Besuche Jeannette online:

Homepage: www.autorin-jeannette-kauric.com
Facebook: https://www.facebook.com/AutorinJeannetteKauric
Instagram: www.instagram.com/autorin_jeannette_kauric

JEANNETTE KAURIC

Ein Traum wie ein Leben

Roman

Bibliografische Information der Deutschen Nationalbibliothek:
Die Deutsche Nationalbibliothek verzeichnet diese Publikation in der Deutschen Nationalbibliografie; detaillierte bibliografische Daten sind im Internet über http://dnb.dnb.de abrufbar.

TWENTYSIX – Der Self-Publishing-Verlag
Eine Kooperation zwischen der Verlagsgruppe Random House und BoD – Books on Demand

© 2017 Kauric, Jeannette

Herstellung und Verlag:
BoD – Books on Demand, Norderstedt.

ISBN: 9783740727437

Umschlaggestaltung: Juliane Schneeweiss, www.juliane-schneeweiss.com
Bilder (c) depositphotos.com

Alle Privatpersonen und Handlungen sind frei erfunden. Ähnlichkeiten mit realen Personen sind zufällig und nicht beabsichtigt.

Für all jene, die mich auf dem Weg zur Veröffentlichung dieses Romans begleitet und unterstützt haben. Insbesondere für Michi, meine erste Leserin, für Denise, die mit mir jedes Detail durchgegangen ist, für Anne, die noch den letzten inhaltlichen Fehler entdeckt hat, und für Tanja, meine Komparatisten-Lektorin, die ihren Job gewissenhaft wahrgenommen hat. Für jeden, der mit mir über das Manuskript sprach oder mich inspirierte. Für meine Familie und für George, der immer für mich da ist.

Ich danke euch.

Und vor allem danke ich dir,
lieber Leser,
dass du diesen Roman gekauft hast.

Prolog

Lautes, verzweifeltes Geschrei. Stimmen von allen Seiten rufen durcheinander. Menschen laufen hin und her, kauern auf dem Boden neben Verletzten. Überall Staub und Funken. Aus der Ferne hört sie, wie jemand etwas durch das Walkie-Talkie des Rettungswagens mitteilt. Wenn doch nur die Blutung der Frau neben ihr endlich stoppen würde! Der provisorisch angelegte Verband zeigt keine Wirkung. Der Kopf der Frau ist zur Seite gefallen, sie ist bereits ohnmächtig geworden. Als die Frau sie auf eine Trage legen und zum Wagen transportieren will, knickt sie mit dem rechten Fuß um. Ein jäher Schmerzensschrei entweicht ihrem Mund, dann verstummt sie und reibt sich den Knöchel. An ihrem Handgelenk blitzt ein goldenes Armband unter der Arbeitskleidung hervor. Ihr Kollege bedeutet ihr sitzen zu bleiben, dann greift er sich mit jemandem die Trage, um die andere Frau zum Rettungswagen zu bringen. Die Frau stützt sich auf ihre Hände und steht auf. Humpelnd bewegt sie sich hinter den beiden Männern her, weiter zum Wagen. Sie hört entsetzte Schreie, vor Schmerzen und vor Schock. Durch den beißenden Rauch in der Luft brennen ihre Augen. Vielleicht auch wegen der Müdigkeit. Sie ist schon lange auf den Beinen heute. Nur noch bis zum Wagen, sagt sie sich. Dann ruhst du dich aus. Hinter ihr vernimmt sie ein lautes Motorengeräusch. Der kleine, grüne VW fährt ungebremst auf sie zu und landet mit voller Wucht im Schrottberg wenige Meter neben ihr, wo sie vorhin noch gestanden hat und die Frau auf der Trage versorgte. Mit weit aufgerissenen Augen blickt sie auf die Fahrbahn. Sie ist unfähig, sich zu bewegen und sinkt zu Boden. Drei weitere Autos nähern sich ihr in rasender Geschwindigkeit. Dann wird ihr schwarz vor Augen, einen kurzen Augenblick bevor die gesamte Autobahn von einer ohrenbetäubenden Explosion heimgesucht wird.

1. Kapitel

Verführerisch fuhr sich der Mann mit dem Handrücken über seine Wangen, zwinkerte und zeigte ein strahlendes Lächeln. Mit makellos weißen Zähnen, versteht sich. Michael schmunzelte. Werbung für einen neuen Rasierer, natürlich. Was sollte auch sonst im Fernsehen laufen, kurz vor dem Finale der Champions-League? Ein Blick auf seine goldene Armbanduhr verriet, dass es nicht mehr lange dauern würde bis zum Anpfiff.

»Mensch, Michael – sieh dir die an!« Die Stimme seines Freundes Lukas riss Michael aus seinen Gedanken. Er folgte seinem Blick zurück zur Leinwand, auf der nun eine hübsche Blondine ein Interview gab.

»Die wär doch was für dich!«, stimmte auch Markus zu. Die drei waren gemeinsam mit Matthias, einem weiteren Freund, in einer Bar, um sich gemeinsam das Spiel anzusehen. Michael grinste. Ja, das wäre eine Tussi für ihn. Das Bild wechselte vom Porträt zur Gesamtaufnahme, ihre gute Figur kam zum Vorschein.

»Das ist diese Lisa Becker«, meldete sich nun Matthias zu Wort.

»Lisa Becker? Wer soll denn das sein?«

»Na, diese Tochter von dem Modeguru, diesem Gregor Becker... ich merk schon, ihr habt alle keine Freundin«, fügte er angesichts der verständnislosen Blicke seiner Freunde hinzu. »Die haben sich hier in der Düsseldorfer Modewelt schon lange einen Namen gemacht. Diese Lisa ist aber eher so ein Naturfreak. Arbeitet im Zoo oder so und sammelt Spenden für Tiere.«

»Rettet die Wale!«, fiel Markus ein.

»Ein ganz schön scharfer Wal«, sagte Michael lachend.

»Ja, die würde dir wohl gefallen, Michael. Aber du wirst es nie hinkriegen, dass sie sich mit jemandem wie dir in der Öffentlichkeit zeigt«, sagte Lukas.

»Und wie sie das tun würde! Das ist mir ein Leichtes – diese Lisa kriege ich schon rum!«, erwiderte Michael. Er atmete tief ein, roch den Duft seines frischen Bieres und nahm einen kräftigen Schluck.

»Na, dann wetten wir doch!«

Lukas war für seine Wettleidenschaft bekannt. Wahrscheinlich brauchte er in jedem Lebensbereich Action, schließlich war er von Beruf Stuntman. Als sie noch gemeinsam auf der Gesamtschule gewesen waren, hätte Michael nicht geglaubt, dass sein bester Freund einmal einen so coolen Job haben würde.

»Top, die Wette gilt!«

Lukas grinste. »So einfach kommst du mir nicht davon, Michael. Du musst sie dazu bringen, dass sie dich zu so einer Wohltätigkeitsveranstaltung mitnimmt und dich da dann als deinen Freund präsentiert. Wenn du das schaffst, wasche ich einen Monat lang deinen Mercedes – wenn nicht, flickst du einen Monat lang meine Arbeitskleidung!«

»Verena hat mir erzählt, dass diese Lisa zweimal im Jahr so eine Spendengala organisiert. Bestimmt ist bald wieder eine. Ich guck mal schnell nach«, sagte Matthias und zog sein Smartphone aus der Hosentasche. Wenige Klicks später stand es fest: Lisa Becker war Veranstalterin eines Balls, der sich dem Tierschutz verschrieben hatte und der tatsächlich bald wieder stattfinden sollte – in weniger als zwei Monaten, am 14. Mai. Wenngleich Michael sich mit Unbehagen an seine letzte verlorene Wette erinnerte, nach welcher er etliche Abende mit Nadel und Faden an Lukas' Stuntkleidung verbracht hatte, willigte er in die Abmachung ein. Wettschulden waren schließlich Ehrenschulden und schlimmstenfalls würde Michael seine Nähkünste perfektionieren. Außerdem war diese Lisa schon eine echt heiße Frau. Jetzt musste er sie nur noch kennenlernen und um den Finger wickeln.

»Oh, und wenn du sie dann klar gemacht hast, springt doch sicher eine ihrer Freundinnen für mich raus?«, fragte Lukas lachend.

»Klar, wenn die alle so gut aussehen wie sie!«, versprach Michael.

»Hey, was habt ihr denn überhaupt gegen Verenas Freundinnen?«, warf Matthias nun ein.

»Die... na, die haben alle 2, 3 Kleidergrößen mehr! Verena ist schon die Schärfste von denen – und da dürfen wir ja nicht ran!«, beschwerte sich Markus lachend.

Matthias wollte gerade etwas entgegnen, da unterbrach ihn lautes Gebrüll in der Bar. Das Finale begann bald, die Spieler kamen bereits aufs Feld. Schnell rückte Michael seinen Stuhl zurecht, um einen besseren Blick auf die Leinwand zu haben, leerte sein Bier und freute sich auf ein siegreiches Spiel – und eine hoffentlich genauso erfolgreiche Wette.

Nachdem die zweite Halbzeit abgepfiffen wurde, löste sich die Menge in der Bar allmählich auf. Glücklicherweise hatte die deutsche Bundesligamannschaft gegen die spanische gewonnen, die meisten Leute gingen das jetzt richtig feiern. Michael und seine Jungs jedoch würden sich allmählich auf den Heimweg machen. Es war ein Mittwochabend und morgen musste Michael wieder zur Arbeit. Außerdem wartete Verena, Matthias' Verlobte, bereits auf Matthias und würde ihn bestimmt bald anrufen um zu fragen, wo er denn bliebe. Michael hätte sich zwar gern den morgigen Tag frei genommen, aber da Markus als Autohändler einige Stunden bis nach Frankfurt zu einer Messe fahren musste und Lukas für einen Dreh in München bereits um fünf Uhr morgens am Düsseldorfer Flughafen einchecken musste, blieb Michael nur der Weg nach Hause. Er rief die Kellnerin, um zu zahlen.

»Das macht dann 10,90 Euro, bitte«, sagte sie höflich und lächelte ihn an. Michael legte elf Euro auf den Tresen, sagte »stimmt so« und verließ gemeinsam mit seinen Freunden die Bar.

Als Michael seine Wohnungstür aufschloss, fiel ihm sogleich der frische Geruch auf. Roswitha, seine Haushälterin, war heute wieder da gewesen, hatte Ordnung in seine vier Wände gebracht und einen Hauch Zitrusduft hinterlassen. Sie kam dreimal in der Woche in Michaels Eigentumswohnung, meistens während seiner Arbeitszeiten. Wenn er Roswitha darum bat, kochte sie ihm sogar etwas. Auch heute hatte er ihr eine SMS geschickt, in der er sie um eine süße Abendmahlzeit gebeten hatte. Ein Blick in den Kühlschrank verriet ihm, dass heute Apfelpfannkuchen auf dem Speiseplan standen. Rasch erwärmte Michael diese in der Mikrowelle und schaltete seine neue Dolby Surround Musikanlage an. Er musste sich eine Strategie überlegen, wie er an Lisa herankam.

Nach dem Essen setzte er sich mit seinem Laptop in den bequemen Ledersessel und versuchte, so viele Informationen wie möglich über Lisa Becker zusammenzutragen. Kurz darauf wusste er: mit 27 Jahren war Lisa zwei Jahre älter als er, arbeitete tatsächlich im städtischen Zoo und hatte aus Liebe zu ihren Tieren sogar ein Delfintattoo am Handgelenk. Geschmackssache, dachte Michael, wenngleich er selbst das Motiv für ziemlich kitschig hielt. Hoffentlich konnte er sie dazu bringen, die nächsten Wochen ein Armband zu tragen, um den Delfin zu kaschieren. Sonst würde es später heißen, er sei mit einer Delfintussi ausgegangen.

Jedenfalls wusste er ziemlich schnell, dass er bei Lisa nicht mit seinen üblichen Strategien landen konnte – als Tochter des Modeunternehmers Gregor Becker wohnte sie gemeinsam mit ihrem Vater auf einem schicken Anwesen etwas außerhalb der Stadt; ihre Mutter hatte sich von ihrem Vater getrennt und lebte nun in München. Geld hatte Lisa bei ihren Familienverhältnissen also genug – da halfen auch Michaels Designerkleidung und das schicke Auto nicht weiter. Als Google ihm jedoch einen Blick auf die Ex-Freunde seines Objekts der Begierde erlaubte, wurde Michael gleich klar: das waren allesamt keine Schönheiten. Er würde Lisa mit seinem muskulösen

Auftreten und seinem charmanten Lächeln einwickeln; schließlich war er eindeutig eine bessere Partie als ihre bisherigen Lover. Vielleicht sollte er sich vorher noch die Zähne bleichen lassen, so wie der Schauspieler in der Rasierer-Werbung. Damit konnte dem Sieg der Wette doch wohl nichts mehr im Wege stehen!

Am kommenden Samstag machte sich Michael gegen Mittag auf den Weg in den Zoo. Eigentlich wollte er seinen Arbeitskollegen darum bitten, ihm für einige Stunden seinen Sohn quasi auszuleihen, doch dieser war auf einer Geburtstagsfeier eingeladen. So musste Michael allein in den Zoo gehen – das war einfach lächerlich und vor allem wäre es sicher gut bei Lisa angekommen, wenn er ihr erzählte, er passe auf den Sohn eines Freundes auf. Frauen standen einfach auf so etwas, das wusste er längst. Als er sich seinen Weg durch den Zoo bahnte, verstärkte sich sein schlechtes Gefühl. Es war wenig los an dem Tag, schließlich hatte es eben erst wieder angefangen zu regnen. Der Duft von nassem Stroh und Heu lag in der Luft und die Tiere flohen unter ihre Verdecke. Nur wenige Unternehmungslustige waren heute hier und das waren dann auch nur Familien, wie sie im Buche stehen – Vater, Mutter, Kind. Genervt sah Michael sich um. Wo sollte er sie suchen? Bestimmt war sie bei ihren Delfinen. Rasch nahm er einen Mann, der einen Pulli mit dem Logo des Zoos trug, beiseite und fragte ihn nach dem Weg zu dem Delfinbecken.

»Da müssen Sie gleich hier rechts, an den Giraffen vorbei und weiter geradeaus bis zum Affengehege. Dann biegen Sie links ab und laufen geradewegs darauf zu. Sie können es nicht verfehlen!«, antwortete er freundlich.

Michael nickte nur und machte sich auf in die ihm gewiesene Richtung. Wenige Minuten später lief er am Affengehege vorbei und konnte auf die Entfernung bereits eine Frau mit blondem Haar sehen. Sie stand mit dem Rücken zu ihm und betrachtete das Becken.

So, jetzt war der Moment gekommen. Er sah zwar nicht mehr so gut aus wie beim Verlassen seiner Wohnung, doch das regennasse Haar machte sein sonst so schickes Auftreten etwas verwegener. Langsam näherte er sich der Frau, bis er nur noch wenige Meter von ihr entfernt war. Normalerweise fiel es ihm nicht schwer, Frauen anzusprechen, doch hier ging es um mehr – er hatte eine Wette zu gewinnen. Ihr langes blondes Haar wurde von einem Regenschirm geschützt und der Wind trug einen Hauch ihres Parfüms zu Michael hinüber. Es duftete lieblich, brachte ihn beinahe durcheinander. Schnell sammelte er sich; sie hatte ihn noch nicht gehört. Er ging einen weiteren Schritt auf sie zu, räusperte sich und wollte gerade etwas sagen –

»Nadine, hier bist du also! Komm doch lieber ins Gebäude rein, hier ist es viel zu kalt und nass!«

Die Frau drehte sich um, wunderte sich kurz über Michaels Anwesenheit, beachtete ihn jedoch nicht weiter und lief auf einen Mann zu, der am Seiteneingang des Affengeheges stand und ihr die Tür aufhielt. Ein Blick in ihr Gesicht bestätigte Michael, dass es sich gar nicht um Lisa handelte. Wie peinlich hätte das ausgehen können!

»Heute fällt die Delfinshow aus«, sagte eine Stimme hinter ihm und er nahm an, die Frau rede mit ihrem Begleiter.

»Es gibt keine Show heute!«, sagte die Stimme nun etwas lauter und Michael sah sich um. Da stand sie: Lisa Becker. Natürlich, dachte Michael. Sie arbeitete hier und war nicht zu Besuch da. Die Frau der Begierde roch nicht nach Parfüm, sondern nach Fisch und hatte keinen Regenschirm in der Hand, sondern einen Futtereimer; ihr Haar lag nicht glatt auf den Schultern, sondern wurde von einem Haarband zusammengehalten und konnte sich nur mühsam dem Wind zur Wehr setzen. Eine gelbe Regenjacke mit dem Logo des Zoos krönte ihre Erscheinung. Michael trat einen Schritt näher.

»Oh, das ist schade. Ich hätte sie mir gern angesehen«, sagte er und rang sich ein Lächeln ab.

»Nun, Sie können nächste Woche wieder kommen. Der Regen soll in einigen Tagen nachlassen und dann sind sicherlich wieder genug Gäste da, die die Show sehen wollen...«

Er nickte, unfähig, etwas zu sagen. So weit hatte er gar nicht gedacht. Sein Plan war es, sie durch sein Aussehen zu erobern – wie sollte er das anstellen, gänzlich verdeckt durch Anzug und Schal? Er konnte sie wohl kaum sofort zum Schwimmen einladen. Lisa riss ihn aus seinen Gedanken.

»Sie können aber gern mit zu den Seehunden kommen. Ein Teil des Beckens ist überdacht und ich werde sie jetzt füttern.« Sie wies auf den Eimer in ihrer Hand, in dem Michael jetzt tote Fische erkannte. Daher also der Fischgestank.

»Gern«, sagte Michael bloß und mahnte sich innerlich, sich zusammenzureißen. So konnte das ja sonst nichts werden. Schweigsam gingen sie in Richtung des Gebäudes, von dem sie gesprochen hatte. Der Regen hinterließ ein monotones, aber leises Prasseln. Nachdem die Tür hinter ihnen zugefallen war, fühlte sich Michael wieder bereit, die Wette anzugehen.

»Ich bin übrigens Michael«, sagte er und hielt Lisa die Hand hin. Er sprach seinen Namen absichtlich englisch aus, weil er es hasste, wenn ihn jemand mit dem deutschen Namen »Michael« ansprach. Seine Adoptivmutter war Amerikanerin gewesen und da konnte er sich durchaus von anderen deutschen Michaels durch seinen Namen abheben. Vor allem auch deshalb, weil seine leibliche Mutter ihn bei seiner Geburt mit dem Zweitnamen Johannes gestraft hatte.

»Lisa«, antwortete sie mit einem Lächeln und reichte ihm auch ihre Hand.

»Freut mich, Lisa. Dann bin ich mal gespannt, wie es so ist, bei einer echten Raubtierfütterung dabei zu sein.«

»Ach, so wild sind sie nun auch nicht. Die meisten kenne ich ja auch schon seit Jahren und sie sind allesamt liebe Tiere...«

Mit einer gekonnten Handbewegung beförderte Lisa die ersten Fische in die hungrigen Mäuler der Seehunde. Die Nachricht, dass Fütterungszeit war, schien sich herumzusprechen; von allen Seiten näherten sich die Tiere. Im Nu war der Raum vom gierigen Jauchzen der Seehunde erfüllt und Lisa versuchte, die Fische weitestgehend gerecht aufzuteilen.

»Magst du auch einmal?«, fragte sie Michael und hielt ihm den Eimer hin.

In dem Moment erhaschte er einen Blick auf ihr Tattoo, das unter dem Arbeitspulli hervorlugte. Tatsächlich, ein Delfin – er war sogar recht groß und farblich schattiert. Michael bezweifelte, dass das Motiv leicht zu verstecken wäre am Abend der Spendengala.

»Gern, wenn ich darf. Worauf muss ich achten?«

Lisa zeigte ihm einmal ganz langsam die Handbewegung, mit der sie den Fisch ins Maul eines Seehundes bugsierte und Michael versuchte es ihr gleich zu tun. Der erste Fisch landete im Wasser neben der künstlichen Sandbank, weil er sich nicht traute, dem Tier allzu nahe zu treten. Das war aber nicht weiter schlimm – schnell sprang es hinein, tauchte unter und schnappte nach dem Fisch. Beim zweiten Mal ließ er sich von Lisa helfen und so fütterten sie erfolgreich auch den Rest der Tiere.

»Hast du noch etwas, wobei ich dir behilflich sein kann?«, fragte Michael sie dann höflich.

»Es tut mir leid, als Nächstes steht das Ausmisten der Ställe auf dem Plan. Meine Kollegin hat heute frei und deshalb kümmere ich mich auch um ihre Tiere.«

Ställe ausmisten war nicht unbedingt eine effektive Methode, das Herz der Delfinfrau zu erobern.

»Wie wäre es denn, wenn du mir an einem anderen Ort etwas von deinen Tieren erzählst? Vielleicht bei einem Abendessen? Dann kannst du mir auch berichten, wie du zu dem Tattoo gekommen bist.«

Lisa lächelte verlegen. »Du hast es also gesehen? Es ist süß, nicht wahr? Aber gern, Casanova, das können wir machen.«

Michael überging ihre Anspielung. »Perfekt. Wie sieht es aus mit nächstem Samstag?«, fragte er.

»Da ich heute arbeiten bin, habe ich nächste Woche Samstag frei. Das passt mir sehr gut!«

Michael grinste. »Wenn du mir deine Handynummer gibst, melde ich mich in den nächsten Tagen und sage dir, wo ich einen Tisch reserviert habe. In Ordnung?«

Lisa nickte, nannte ihm die Nummer und verabschiedete sich rasch von ihm. Während sie fortging, blickte sie sich einmal schmunzelnd zu ihm um und er fragte sich, was er sich bitte dabei gedacht hatte, eine im Zoo arbeitende Tiernärrin verführen zu wollen.

Zu Hause angekommen ging Michael gleich unter die Dusche, um den Fischgeruch von seinem Körper zu waschen. Solche Tiere gehörten auf den Teller in einem Restaurant und nicht roh auf seine Handflächen! Angewidert roch er kurz an seiner linken Hand und stellte fest, dass der Geruch immer noch nicht verflogen war. Er wollte sich wohl für immer dort festsetzen. Michael schrubbte noch kräftiger und nahm etwas mehr Duschgel als sonst.

Nach der Dusche machte er sich zurecht, rasierte sich, legte Parfüm auf und suchte nach dem passenden Anzug für den Abend. Er entschied sich für ein Designerstück, das er letzten Monat erstanden hatte und das aufgrund seines groben Stoffes freizeittauglich war. Heute Abend wollten Lukas, Markus und Matthias in eine Bar gehen und anschließend vielleicht noch in eine Disco weiterziehen. Dort rochen die Frauen bestimmt nicht nach Fisch.

»Respekt, Michael, Respekt!«, rief Markus und klopfte seinem Freund anerkennend auf die Schulter, als dieser ihm von seinem Zoobesuch erzählte.

»Das ist aber noch nicht einmal die halbe Miete«, entgegnete Lukas und versetzte Michael damit einen kleinen Dämpfer. Er und seine Freunde saßen in ihrer Stammkneipe und genehmigten sich ein Bier. Matthias kam gerade mit einer neuen Runde von der Bar zurück und wurde sogleich von Markus auf den neusten Stand in Sachen Lisa gebracht. Anders als seine Freunde hatte Matthias ein Lächeln auf den Lippen, als er die Neuigkeiten erfuhr.

»Dann können Verena und ich ja bald ein Doppeldate mit euch vereinbaren. Spieleabend und so. Das wird sicher lustig! Verena sucht schon seit langem nach einem befreundeten Paar.«

Michael schüttelte den Kopf. »Auf keinen Fall – der Deal war es, sie auf die Spendengala zu begleiten und die ist am 14. Mai. Danach bin ich wieder ein freier Mann!«

Markus brach in schallendes Gelächter aus und klatschte in die Hände. »So ist es richtig, Mann! Wir können uns ja heute schon mal nach einer Nachfolgerin umsehen!«

Lukas nickte zustimmend. »Ich hab mir auch schon eine neue Wette überlegt...«, setzte er an und holte gerade tief Luft, da unterbrach ihn Michael bereits.

»Nein, Lukas, vergiss es! Erst einmal muss ich die laufende gewinnen... Mein Adrenalinspiegel lässt nicht immer so viel zu wünschen übrig wie deiner... à propos, wie war der Dreh letztens?«

»War mal wieder eine Autocrash-Szene«, antwortete Lukas. »Habe mir auch ein paar Schrammen und eine etwas größere Wunde am Oberarm zugezogen. Die dürften mir heute Abend aber zugutekommen – die Frauen stehen auf so etwas. Allein das ist schon ein Grund für mich, diesen Job zu machen!«

Als hätte Lukas damit das Stichwort gegeben, so begann nun eine Diskussion um den Schauplatz für den restlichen Abend. Markus schlug gleich eine Nobeldisco vor, die Lukas jedoch ablehnte. Anders als Markus war er der Meinung, dass potentielle Opfer für die Nacht eher in heruntergekommenen Spelunken zu finden seien. Michael mischte sich auch ins Gespräch ein, wohingegen Matthias sich allmählich von der Runde verabschiedete, weil er noch mit Verena fürs Kino verabredet war.

»So ein armer Kerl. Wie konnte der nur bei einer Frau kleben bleiben?«, gab Markus zu bedenken.

»Bemitleidenswert«, pflichtete ihm Lukas bei. »Und das wird Michael bald auch sein – für ganze zwei Monate!«

Michael grinste abwesend und ließ seinen Blick durch die Bar schweifen. Als er eine vollbusige Brünette entdeckte, die er Monate zuvor in einer anderen Bar kennengelernt und nach der gemeinsamen Nacht hatte sitzen lassen, schlug er einen raschen Aufbruch vor und die Männer machten sich auf den Weg zu der Disco, auf die sich Lukas und Markus inzwischen geeinigt hatten.

Am nächsten Tag rief Michael Lisa an. Da sie nicht an ihr Handy ging, sprach er ihr eine Nachricht auf die Mailbox und teilte ihr den Namen des Restaurants mit sowie die Uhrzeit, wann er sie zuhause abholen würde. Glücklicherweise verriet ihm das Internet die Adresse seines prominenten Dates, sodass sie das Angebot nicht ablehnen konnte und sicher von seinem Auftritt beeindruckt wäre.

Zuversichtlich blickte Michael dem nächsten Samstag entgegen. Die Tatsache, dass Lisa sich am Abend per SMS bei ihm meldete, um die Uhrzeit zu bestätigen und ihm mitzuteilen, dass sie sich auf das Treffen freue, hob seine Laune schließlich umso mehr.

2. Kapitel

Um genau achtzehn Uhr passierte Michael mit seinem Mercedes die zwei mit Löwenfiguren bestückten Säulen, die ihm den Weg zu dem Privatgelände der Beckers ebneten, und fuhr vor dem imposanten Haus vor. Lisa hatte das Auto bereits gehört und eilte gleich die Steintreppen hinunter. Ihr Anblick beeindruckte Michael. Sie sah ganz anders aus als letzte Woche bei der Arbeit. Die Haare lagen glatt auf ihren Schultern, einige Strähnen umspielten ihr Gesicht. Sie hatte Jeans und Regenjacke durch ein eng anliegendes Abendkleid ersetzt, das ihre Figur erst richtig zur Geltung brachte. Auch auf die Entfernung erkannte Michael, dass sie Make-up aufgelegt hatte und ihre Lippen schimmerten. Die winzige Handtasche passte in ihrem dunklen Rotton perfekt zu dem Kleid. Als Michael sich ihr näherte, um sie mit einem Kuss auf die Wange zu begrüßen, wandte Lisa zwar verlegen den Kopf zur Seite, doch sie ließ ihn gewähren. Dabei bemerkte er, dass sie den Fischgeruch heute durch einen frischen Duft ersetzt hatte. War es Chanel? Michael war sich nicht sicher. Er hielt Lisa die Tür auf und setzte sich dann gleich selbst wieder hinter das Steuer.

»Du siehst umwerfend aus!«, gab er zu und startete den Motor.

»Vielen Dank, aber das kann ich nur zurückgeben«, antwortete Lisa und ihre Wangen röteten sich leicht.

»Wie war deine Woche so?«, fragte Michael, als er den Wagen wendete und auf die Zufahrtsstraße zurückkehrte.

»Es lief besser. Wie zu erwarten hat der Regen aufgehört und es kamen wieder mehr Besucher. Den Winterschlaf scheinen also nicht nur die meisten Tiere beendet zu haben. Vorgestern konnte die Delfinshow wieder stattfinden, es war ein voller Erfolg!«

»Mit den Delfinen arbeitest du also am liebsten? Daher auch das Tattoo?«

Lisa nickte und blickte aus dem Fenster. »Ja, ich liebe die Delfine. Das Tattoo habe ich mit sechzehn bekommen. Schon damals wusste ich, dass ich für immer mit diesen Tieren arbeiten möchte. Auch meine Mutter liebte sie und nahm mich alle paar Wochen mit zur Delfinshow. Sie hat mir das Tattoo glaube ich nur erlaubt, weil es ein Delfinmotiv war. Es tat damals kaum weh, es stechen zu lassen.«

Michael nickte und versuchte mit seinem Blick Interesse zu heucheln. »Und, bereust du es jetzt? Oder magst du es immer noch?«

Lisa ließ sich Zeit mit der Antwort. »Nun ja, Delfine liebe ich nach wie vor. Leider hat sich meine Mutter vor einigen Jahren von meinem Vater getrennt und hat uns sitzen lassen. Sie ist zu ihrem Neuen nach München gezogen. Seitdem muss ich immer an sie denken, wenn ich das Tattoo sehe...« Lisa hielt inne. Kurz verfiel auch Michael in eine melancholische Stimmung, dachte an seine Familie und seine Mutter – seine Mütter. Er wollte gerade etwas erwidern, da fiel ihm Lisa ins Wort.

»Aber das ist nicht ganz das richtige Thema für ein erstes Date... Also – wir fahren heute ins Luigi's?«

Der Moment war vorbei, jetzt würde er ihr nicht davon erzählen. Er ging auf ihren Themenwechsel ein und bestätigte, beim edelsten Italiener Düsseldorfs einen Tisch reserviert zu haben. Sogar an der Glasfensterfront mit Blick über den Fluss, dachte er bei sich, sagte es aber nicht. Lisa würde den Ausblick noch früh genug sehen und davon hingerissen sein. Den Rest der Autofahrt unterhielten sie sich über ihr Lieblingsessen und kurze Zeit später fuhr Michael auf den Parkplatz des Restaurants.

Lisa entsprach absolut dem Klischee einer Frau. Auch wenn sie eigentlich wusste, was sie am liebsten aß, las sie sich doch die ganze Speisekarte durch, nur um dann zwischen einem neuen und dem altbewährten Gericht zu überlegen und sich schließlich für das traditionelle zu entscheiden. Michael hingegen aß oft hier und vertraute auf das Urteil des Kellners, der ihm das Gericht des Tages empfahl. Während sie auf die Vorspeise warteten, stießen sie bereits mit dem ersten Glas Wein an.

»Auf einen wunderschönen Abend«, sagte Michael sanft. Lisa stimmte ihm zu und trank einen Schluck. Während sie sich in dem gut gefüllten Lokal umsah, bemerkte Michael eine auffällige Angewohnheit an Lisa, die ihm zuvor entgangen war. Sie klimperte unaufhörlich mit den Augenlidern, es erinnerte ihn an eine Kinderpuppe. Michael versuchte, es zu ignorieren, doch gelang es ihm nur schwerlich.

»Es ist schön hier«, sagte Lisa. »Ich war viel zu lange nicht mehr hier essen.«

»Dann führt dein Vater seine reizende Tochter nicht so oft aus?«

»Oh doch, mein Vater schon. Er bevorzugt allerdings die asiatische Küche, weshalb wir nur selten hier sind. Meine Exfreunde hingegen konnten es sich nie leisten, in solch einem Lokal zu essen und einladen lassen wollte sich auch keiner... Immer dieses Geld. Wieso muss es nur eine so große Rolle spielen?«

Weil es glücklich macht, dachte Michael bei sich. »Also hast du noch nicht den Richtigen gefunden?«, fragte er stattdessen und konnte selbst kaum glauben, dass eine solche Frage aus seinem Mund kam.

»Hmm... Ich weiß es nicht. Ich dachte, ich hätte ihn gefunden. Mein letzter Exfreund und ich, wir waren vier Jahre lang ein Paar. Mein Vater freute sich wohl bereits auf seine Enkel, doch Julien bekam kalte Füße. Er meinte, er sei nicht gut genug für mich und müsse mir erst einmal etwas bieten können. Er verließ mich letzten Sommer. Aber lass uns besser nicht darüber reden – auch das ist kein Thema fürs erste Date.«

Lisa schüttelte den Kopf und nahm noch einen Schluck Wein. »Du scheinst anders zu sein. Erzähl mir was über dich«, forderte sie ihn auf und klimperte erneut mit ihren Lidern. Michael nervte dieses kindliche Getue bereits. Lisa hingegen schien es gar nicht zu bemerken – oder sie hatte Gefallen an dieser Art gefunden. Michael riss sich zusammen, blickte ihr weiterhin freundlich in die Augen und antwortete dann auf ihre Frage.

»Nun, also Geld spielt für mich keine Rolle«, sagte er. Solange ich es habe, ergänzte er in Gedanken. »Was noch? Ich mag Tiere... ach was, ich liebe Tiere! Ich bin mit einem Haufen Tiere aufgewachsen und möchte es nicht missen.« Das stimmte nicht ganz. Zwar hatte das Waisenhaus weitläufige Gehege mit vielen Tieren gehabt und es hatte immer Hunde gegeben, mit denen sie spielen konnten, weil gleich nebenan das Tierheim lag, doch hatte sich Michael nie viel aus den Tieren gemacht und lieber zu viel als zu wenig Abstand zu ihnen gehalten. Seine Aussage traf Lisa jedoch wie sie es sollte.

»Das ist wunderbar! Es gibt nichts Schöneres und Aufrichtigeres auf der Welt als die Liebe eines Tieres!« Ihre Augen glänzten. »Zu Hause habe ich momentan nur noch einen Hund – einen Golden Retriever. Er heißt Charly und ist mein Ein und Alles. Ich habe ihn vor vielen Jahren bekommen, deshalb ist er leider schon sehr alt...«

Michael nickte. »Ich hoffe, ich kann Charly einmal kennenlernen!« Lisa versprach ihm, die beiden einander vorzustellen und erzählte Michael, wie sie ihre Eltern damals überzeugt hatte, Charly aufzunehmen. Abwesend lächelte Michael vor sich hin und nickte ein paar Mal, während er eigentlich der Live-Musik im Hintergrund lauschte. Nicht nur das Essen war ein Grund dafür, hierher zu kommen, sondern auch die Band, die moderne Songs in ein Klassikgewand packte und mit Saxophon und Co. auf die Bühne brachte. Mit einigen Frauen hatte Michael schon zu dieser Musik getanzt, aber heute war er nicht in der Stimmung dazu, Lisa nach dem Essen dazu aufzufordern. Allerdings musste er zugeben, dass sein Tanzkurs, den er Jahre zuvor gemeinsam mit Matthias belegt hatte, sich inzwischen bezahlt gemacht hatte. Frauen liebten Männer, die tanzen konnten. Während Lisa weiter von ihrem Charly schwärmte, brachte der Kellner die Suppe. Wohlriechender Dampf stieg von ihr in Michaels Nase und er bekam langsam Appetit. Appetit auf mehr. Ein Blick auf seine Gesprächspartnerin ließ ihn erleichtert seufzen. Er hätte es schlechter treffen können bei seiner Wette.

»Es war ein schöner Abend, Michael!«, sagte Lisa, als er vor ihrem Haus vorfuhr. »Dankeschön dafür!«

Michael legte ihr leicht seine rechte Hand aufs Knie und sah ihr tief in die Augen. Zum Glück hatten sich ihre Lider für einen Moment beruhigt und sie blinzelte nur einmal ganz kurz. »Nicht dafür, Lisa.« Er war selbst überrascht davon, wie sanft seine Stimme klang. Einen Moment lang sahen sie sich an; die Stille im Auto schien bereits unerträglich zu werden. Michael überlegte gerade, wie heute wohl die Chancen stehen würden, einen Nachtisch zu bekommen, da unterbrach Lisa seine Gedanken, gab ihm einen Kuss auf die Wange, stieg aus dem Wagen und hinterließ einen süßlichen Duft.

»Ruf mich an«, sagte sie lächelnd und ging zum Haus. Michael blieb regungslos sitzen und blickte auf den wohlgeformten Körper der Frau, die es noch zu erobern galt, und fuhr erst los, als die hübschen Beine im Haus verschwunden waren.

Die kommende Arbeitswoche ging gut vorüber, weil Michaels Lichtblick der nächste Samstag war, an dem er mit Lisa gemeinsam ins Kino gehen wollte. Normalerweise hatte er mit einer Frau nur wenige Dates und diese zumeist kurz nacheinander – wozu sollte man es auch hinauszögern? Die Frauen kamen und gingen und er verschwendete seine Gedanken nicht lange an sie. Diesmal war es anders, er musste überlegt handeln und Lisa langsam dazu bringen, sich in ihn zu verlieben. Außerdem musste sie beim Charity-Event immer noch in ihn verliebt sein und darin lag die Herausforderung. Täglich kreisten Michaels Gedanken um Lisa und ihr bisheriges

Date. Er sah wieder die attraktive Frau vor sich; mit ihrer distanzierten Art, die auf ihn sowohl kühl als auch anziehend wirkte. Und doch schob sich gelegentlich auch ihre kindische Art vor sein geistiges Auge. Hastig verdrängte Michael dann den Gedanken daran, mit einer Frau auszugehen, die sich zwischendurch wie eine kleine Schwester verhielt.

Am Freitag gingen die meisten seiner Mitarbeiter recht früh nach Hause. Michael jedoch war als Leiter der Niederlassung dazu verpflichtet, alles Unerledigte zu bearbeiten, bevor er Feierabend machte. Die Firma, für die er arbeitete, lieferte Ökostrom in die Haushalte der Region – ein Geschäft, das nach wie vor boomte. Begonnen hatte alles mit einem kleinen Büroraum und bloß einer Hand voll Mitarbeiter, als Alexander McPherson – der Firmengründer – vom gängigen Weg eines Energiekonzerns abwich und sich auf das damals noch weitgehend unerforschte Gebiet der Ökoenergie wagte. Es wurde ein voller Erfolg und heute war die Niederlassung, die Michael leitete, nur eine von vielen in ganz Deutschland. Dennoch – so schön es auch war, einen wichtigen Posten innezuhaben, der ihm viel Geld und Ansehen einbrachte: an einem Freitagabend wie diesem wollte er um halb acht abends nicht mehr im Büro sein, sondern sich in einer Bar tummeln und nach Frischfleisch Ausschau halten.

Ermüdet vom bisherigen Arbeitstag goss Michael sich noch einen Kaffee ein, während er auf den Monitor seines Computers starrte. Der Kaffeedampf stieg ihm in die Nase, er sehnte sich nach dem ausgiebigen Frühstück, das zu einem Kaffee gehörte – auch, wenn es gerade bereits dämmerte. Völlig in Gedanken versunken bemerkte er nicht, dass die Tasse überlief und sich nach und nach feine Kaffeetropfen auf seiner Krawatte niederließen.

»Ah, so ein -«, fluchte er und wurde schlagartig wieder wach. Kleine braune Punkte auf einer cremefarbenen Krawatte! Michael erwägte, rasch in seiner Notfallschublade für Krawatten nachzusehen – gleich unter der Schublade mit den Post-its – und eine farblich passende herauszusuchen, da verwarf er den Gedanken wieder. Es war bestimmt niemand mehr im Büro und beim Verlassen des Gebäudes hätte die Dunkelheit Besitz ergriffen von der Welt da draußen. Kein Mensch würde den Fleck bemerken. Er starrte wieder auf den Bildschirm, als er ein leises Geräusch vernahm, welches das Surren seines Computers übertönte. Er schüttelte den Kopf. Es wurde wirklich Zeit, bald heimzugehen – er begann ja bereits, Gespenster zu sehen! Michael scrollte die Liste auf dem Bildschirm herunter, um zu sehen, was heute noch zu erledigen war. Plötzlich näherten sich Schritte seiner Bürotür, die Klinke wurde heruntergedrückt. Ein hochgewachsener Mann betrat das Büro. Er war etwas über fünfzig Jahre alt und sein ordentlich frisiertes schwarzes Haar ergraute allmählich.

»Michael? Was machst du denn noch hier?«

Schnell sprang Michael auf, strich sich die Kleider glatt und ging auf den Mann zu. »Oh, Alex! Dasselbe könnte ich dich fragen. Ich habe nicht damit gerechnet, hier heute noch jemandem zu begegnen!«

Alex grinste. »Ich habe heute früh deine Sekretärin angerufen. Morgen habe ich einen wichtigen Termin in der Stadt und ich benötige noch einige Unterlagen dafür, die ich mir kurz abholen wollte. Aber wieso um alles in der Welt bist du noch hier?«

Michael deutete auf einen Aktenstapel, der sich neben seinem Computer befand. »Das muss noch vor dem Wochenende bearbeitet werden. Außerdem hatte ich für heute keine Pläne...«

Alex ging einen Schritt auf ihn zu und legte Michael die Hand auf die Schulter.

»Michael, so wichtig die Arbeit auch ist – du musst lernen, Prioritäten zu setzen. Gibt es immer noch keine Frau in deinem Leben? Lass dir eins gesagt sein: ich habe jeden Tag, den ich mit Überstunden verbracht habe, verflucht, als Mariah starb. So viele Tage, die ich nicht zum Abendessen kommen konnte. So viele Nächte, die sie allein verbrachte, während ich im Büro saß. So viel Zeit, die ich schon damals meinem Sohn hätte schenken müssen!«

Michael horchte auf. »Das ist nicht wahr! Du wusstest, wie wichtig dein Job ist und du hast das einzig Richtige getan. Man muss nun mal auf etwas verzichten, wenn man etwas erreichen will. Man kann nicht alles haben. Um ehrlich zu sein will ich auch nicht alles haben, mein Job reicht mir vollkommen.«

Ein Anflug von Trauer war in Alex' grünen Augen zu erkennen, wenn auch nur für einen kurzen Moment.

»Michael, bitte. Versprich mir, dass du nicht denselben Fehler machst wie ich. Ich will doch nur, dass du glücklich wirst. Bevor es zu spät ist. Versprich es.«

Michael zwang sich zu einem Lächeln und nickte. »Ja, Dad.«

Der Besuch seines Vaters war eine angenehme Unterbrechung der Arbeit. Die beiden setzten sich noch einen Moment in die Kantine und tranken einen frischen Kaffee zusammen. Erst im beißend hellen Licht, das diesmal nicht von einem Computermonitor, sondern von den nüchternen Deckenleuchten ausging, erkannte Michael, wie blass sein Vater war. Außerdem hatte er tiefe Ringe unter den Augen und seine sonst so charismatischen Falten ließen ihn heute einfach nur alt wirken. Dennoch erschien er geistig hellwach, er redete erneut auf Michael ein und versuchte ihn davon zu überzeugen, wie wichtig eine Familie sei. Als hätte Michael das nicht schon mal gehört und sich bereits ein Urteil darüber gebildet. Familie – was bedeutete das schon noch in einer Welt wie heute? Er lebte ja schließlich nicht im 18. Jahrhundert. Trotzdem versprach er seinem Vater wie so oft, sich auch um sein privates Glück zu kümmern; anschließend redeten sie ein wenig über das Geschäft. Als Alex losging, um sich seine Unterlagen zu holen, stellte Michael mit einem Blick auf die Uhr fest, dass es bereits neun Uhr abends war. Nun gut, dann würde er morgen früh noch für einige Stunden im Büro vorbeischauen. Alex musste das ja nicht unbedingt erfahren. Dann fuhren die beiden Männer mit dem Aufzug in die Tiefgarage.

»Ich wünsche dir noch einen schönen Abend, Mr. McPherson junior«, sagte Alex mit einem Augenzwinkern.

»Danke, dir auch, Mr. McPherson«, antwortete Michael grinsend, umarmte seinen Vater kurz und stieg dann in seinen Mercedes.

Am kommenden Abend fuhr Michael wieder pünktlich bei Lisa vor. Der Abend hätte nicht besser beginnen können. Sie machten sich auf den Weg zum Kino, wo Michael Lisa den Film auswählen ließ. Eine romantische Komödie mit einem Hund als Nebendarsteller. Michael täuschte vor, an diesem Film ebenfalls interessiert zu sein und besorgte die Karten. Dann stellten sie sich an, um noch etwas zum Knabbern zu kaufen. Der frische Duft des Popcorns stieg ihnen in die Nasen und erweckte in Michael eine leichte Vorfreude. Das geschäftige Treiben in der Kinohalle blendete er aus; er konzentrierte sich nur noch auf seine Begleiterin. Auch heute sah sie wieder umwerfend aus, wenn auch weniger elegant gekleidet als beim letzten Mal. An ihren perfekt aufeinander abgestimmten Accessoires und der Farbkombination ihres Outfits erkannte Michael jedoch, dass sie sich für ihn zurecht gemacht hatte. Sie unterhielten sich ein wenig über die Arbeitswoche und darüber, welche Erwartungen sie an den Film hatten, dann betraten sie den Kinosaal und nahmen auf einem der breiteren Logenplätze im VIP-Bereich Platz. Michael dankte der Chefetage des Kinos für diese geniale Erfindung – solche Sitzplätze luden geradezu zum Kuscheln ein!

Die Voraussetzungen waren optimal. Der Film war viel schnulziger, als Michael erwartet hatte, und triefte nur so vor Romantik. All die Emotionen, die der Film in einer Frau hervorrief, versetzten

Lisa wie erhofft in die richtige Stimmung, um heute Abend einen Schritt weiter zu gehen. Es lief perfekt – wäre da nicht der Anruf von Lisas Vater gewesen. Gleich nach dem Film sah Lisa auf ihrem Handy drei unbeantwortete Anrufe, allesamt von ihm. Auf dem Weg zum Parkplatz rief sie ihren Vater eilig zurück und erhielt die Nachricht, dass es Charly nicht gut ginge. Entsprechend aufgewühlt bat sie Michael darum, schnell zu ihr nach Hause zu fahren.

»Natürlich, ich beeile mich«, versprach er. Und das tat er auch, nahm einige Abkürzungen und überschritt das Tempolimit sicher das ein oder andere Mal.

»Kommst du noch mit rein?«, fragte Lisa ihn mit einem bittenden Blick, als Michael das Auto vor ihrem Haus parkte. Welche Ironie – wie gern hätte er diesen Satz gehört, aber doch nicht in Verbindung mit ihrem kranken Hund.

»Aber sicher doch. Ich bin für dich da!«, sagte Michael jedoch und wunderte sich über sich selbst. Dann folgte er ihr ins Haus, wo ihnen sogleich ein Mann entgegen kam, der Lisas Vater, Gregor Becker, sein musste. Er trug einen Anzug, was ihn Michael gleich sympathisch machte, und auch seine Brille verlieh seinem Auftreten etwas Seriöses. Jetzt gerade wirkte er allerdings etwas durcheinander.

»Guten Abend – Gregor Becker. Sie sind Michael, nehme ich an?«, fragte Lisas Vater höflich.

Michael nickte. »Ja, Herr Becker. Ich bin Michael McPherson.« Wie so häufig, wenn er sich mit vollem Namen vorstellte, runzelte sein Gegenüber die Stirn. Den Nachnamen hatte Michael von Mariah bekommen, als Alex und sie ihn adoptierten. Da Alex mit seinem deutschen Nachnamen Hilter häufig Probleme bekam und ein amerikanischer Name ihrem Unternehmen etwas Internationales verleihen sollte, hatte Alex mit Mariah bei ihrer Hochzeit beschlossen, dass er ihren Nachnamen annehmen würde. Doch für Erklärungen blieb jetzt keine Zeit. Michael und Gregor gaben sich die Hand, dann wies Lisas Vater ihnen den Weg zu Charly.

»Er liegt im Wohnzimmer. Der Tierarzt kümmert sich gerade um ihn.« Ohne zu zögern lief Lisa ins Wohnzimmer, wo sie rasch ihre Handtasche und den Mantel auf einen Stuhl legte. Dann ging sie langsam auf den Hund zu, der sich geschwächt im Körbchen neben dem Fernseher zusammenkauerte.

»Oh, Charly! Was stellst du nur an!«, seufzte Lisa und strich ihm behutsam über das Fell.

»Hallo, Lisa. Ich habe ihm gerade ein Beruhigungsmittel gespritzt und hoffe, dass er einen erholsamen Schlaf haben wird. Außerdem hat er Flüssignahrung bekommen, das sollte ihn stärken.« Ein Mann – vermutlich der Tierarzt – hockte in weißer Kleidung neben dem Golden Retriever und kraulte ihn hinter den Ohren. Michael, der Lisa in das Zimmer gefolgt war, sah sich interessiert um. Zwar waren Lisa und ihr Vater eher auf einem Ökotrip, doch schien sie das nicht davon abzuhalten, ihr Haus geschmackvoll mit Designermöbeln einzurichten. Kein Wunder, war Gregor doch Modeunternehmer. Im Wohnzimmer lag jedoch ein beißender Geruch, der wohl vom Hund ausging. Es roch nach Krankheit und Medikamenten. Michael konnte das nicht ertragen, es erinnerte ihn zu sehr an seine Mutter.

»Danke, Jochen. Können wir denn noch etwas für ihn tun?«, fragte Lisa den Tierarzt.

»Nein, erst einmal nicht. Jetzt heißt es abwarten. Er braucht viel Ruhe. Wenn es morgen noch nicht besser ist, ruf mich bitte an, ja?«

Lisa nickte und begleitete Jochen zur Wohnungstür, wo er sich von Gregor verabschiedete und Michael freundlich zunickte. Dann fiel die Tür ins Schloss.

»Was war denn los, Papa?«, fragte Lisa immer noch sichtlich beunruhigt.

»Er hat den ganzen Tag nicht viel gefressen und vorhin kam ihm alles wieder hoch. Jochen vermutet zwar nichts Schlimmeres, hat ihm aber etwas gespritzt. Er wird langsam alt, unser Charly...«

»Sag das nicht! Wir kriegen ihn schon wieder gesund, ganz sicher!«

Gregor zuckte die Schultern und atmete tief ein. »Ich hoffe das Beste für ihn. Nun ja, ich lasse euch zwei dann mal alleine. Bis morgen, Schätzchen«, sagte er, küsste seine Tochter auf die Stirn, nickte Michael zu und verließ den Raum. Bei diesem Anblick kam es Michael wieder einmal so vor, als sei Lisa noch ein kleines Mädchen. Dieser Eindruck verstärkte sich, als sie ihn völlig verzweifelt mit ihren großen Augen und klimpernden Lidern anblickte und dann wieder zu ihrem Charly sah. Sie seufzte tief und schüttelte sich kurz.

»Es sind zwar gerade nicht die besten Umstände, Michael, aber würde es dir etwas ausmachen noch zu bleiben? Ich wäre jetzt nicht so gern allein hier...«

Damit hatte Michael kaum noch gerechnet. Er strich Lisa liebevoll eine Strähne aus dem Gesicht und schlang den Arm um sie.

»Ich bleibe gerne bei dir«, sagte er.

Hätte er nur nachgedacht. Lisa war so traurig wegen ihres Hundes, dass sie kaum über etwas anderes sprach. Ständig erzählte sie Michael Anekdoten von Charly. Wie er die Nachbarkatze früher geärgert hatte. Wie er Lisas alten Kuschelhund für echt gehalten und wie einen Welpen überall hin mitgenommen hatte. Dass er sich bei Gewittern bei ihr im Bett verkroch und nicht eher wieder hervorkam, bis alles vorüber war. Allmählich wusste Michael nicht mehr, was er überhaupt noch hier sollte. Das führte doch zu nichts! Er mimte dennoch weiterhin den Verständnisvollen, bot Lisa seine starken Arme an und ließ sie sich an seiner Schulter ausweinen. Ab und zu erwiderte er etwas Tröstendes, bevor seine Gedanken wieder abschweiften. Zwischendurch sah er unauffällig auf die große Wanduhr. Es war bereits nach Mitternacht; sie saßen schon lange hier. Wenn Lisa gerade einmal nichts sagte, hörte er nur das monotone Klicken des Sekundenzeigers.

»Es tut mir wirklich leid, dass du mich so erleben musst. Aber du verstehst sicher, dass er für mich einfach das Wichtigste ist?«

Schnell versuchte Michael das Gesagte zu verstehen und zu antworten. »Hey, hey...das ist wirklich kein Problem. Ich bin für dich da! Aber weine doch nicht mehr! Ein Lächeln steht dir viel besser!«

Da musste Lisa sogar kurz schmunzeln. »Du bist so lieb. Danke für alles!«

Dann sah sie ihm tief in die Augen und beugte sich vor. Michael erwiderte den Kuss zärtlich und nahm dabei sanft ihren Kopf in die Hände. So schlecht war der Kuss nicht, fand er. Etwas mehr Leidenschaft ihrerseits wäre von Vorteil, aber für heute war das wohl bereits mehr, als er erwarten konnte. Als sie sich voneinander lösten, blinzelte Lisa ihn lächelnd an. Dann jedoch war der Moment vorbei, sie bedankte sich bei ihm für seine Fürsorge, bat ihn dann jedoch zu gehen. »Das war alles ein bisschen viel für mich heute«, sagte sie.

»Versuch, den Kopf frei zu bekommen. Wenn du magst, können wir uns ja morgen noch einmal sehen, wenn es dir etwas besser geht?«, schlug Michael vor.

»Das wäre wundervoll. Bis morgen«, sagte Lisa und küsste ihn noch einmal zum Abschied. Dann machte er sich auf den Heimweg.

Am nächsten Morgen wurde Michael vom Duft frischen Kaffees geweckt. Er blinzelte und blickte hinüber zu seinem Wecker, der auf dem Nachttisch stand. Gleich halb zehn. Das musste Roswitha sein; sie kam regelmäßig sonntags auf dem Weg zu einer anderen Arbeitsstelle bei ihm vorbei, brachte ihm Brötchen mit und stellte die Kaffeemaschine an. In der Regel verschwand sie dann auch wieder so unauffällig, wie sie gekommen war. Sie war wahrhaftig ein Engel.

Michael rieb sich die Augen, atmete einmal tief durch, warf die Bettdecke schwungvoll zur Seite und stand auf. Nach einer erfrischenden Dusche zog er sich eine Jeans und ein T-Shirt an – er war ja zuhause, da konnte er mal so leger herumlaufen – und machte es sich am Esstisch bequem. Er hatte gerade den ersten Schluck Kaffee genommen und genoss das wohlig warme Gefühl, das sich allmählich über seinen ganzen Körper ausbreitete, als das Telefon klingelte. Sollte er abnehmen? Wer rief denn heute noch auf dem Festnetz an? Sicherheitshalber ließ er den Anrufbeantworter das Problem lösen.

»Michael McPherson hier, ich bin gerade nicht zuhause. Hinterlassen Sie doch bitte eine Nachricht.«

»Hey, Michael. Ich bin's, Lukas. Du glaubst nicht, wo ich gerade bin! Ich hatte ja gestern diesen Termin bei-«

Michael nahm den Hörer aus der Station und drückte den grünen Knopf. »Hey, Lukas, bin da. Was gibt's?«

»Ah, also doch zuhause. Na ja, also jedenfalls hatte ich gestern den Termin bei diesem Filmstudio in Madrid, wo ich jetzt auch noch bin, deshalb rufe ich vom Festnetz aus an. Ist zu teuer übers Handy. Auf jeden Fall ist das eine mega große Sache hier! Der Film wird international aufgezogen, es sollen wohl auch Hollywood-Schauspieler dabei sein...«

»Also hast du den Job?«

»Jaaa, Mann, ich hab den Job! Ist das nicht der Wahnsinn? Ich werde echt krasse Stunts machen, die ich seit der Stuntschule nicht mehr gemacht habe – und ich werd all die Megastars kennenlernen! Verdammt, Michael, ich werd selbst einer!«

Anerkennend nickte Michael, bis ihm einfiel, dass Lukas das nicht sehen konnte. »Gratuliere, Lukas! Respekt! Das wird dein ganz großer Durchbruch, ich spüre das!«

Lukas war noch sehr aufgewühlt und erzählte Michael alles über das Gespräch mit der Castingagentur des Filmstudios. Michael gab sich Mühe, ihm zuzuhören, er war aber noch nicht so recht wach.

»Ich bin ab übermorgen wieder in Deutschland, der Dreh startet erst in ein paar Monaten. Die müssen noch ein paar Schauspieler, die sie für den Film engagieren wollen, ins Boot bekommen und solche Verhandlungen können dauern. Jedenfalls steigt am Samstag so eine Party von dem Bekannten eines anderen Stuntmans, der auch in Düsseldorf wohnt. Da kommt dann schon die High Society hin. Na, was sagst du, bist du dabei?«

Michael überlegte kurz, musste seinem Freund dann aber absagen. »Das hört sich top an, High Society ist immer gut. Aber ich hab gerade einen guten Lauf bei Lisa und-«

»Ist nicht wahr! Du meinst, du wirst die Wette echt gewinnen?«

»Ja, es sieht ganz gut aus momentan. Das will ich mir nicht vermasseln, ich denke mal, ich mach nächstes Wochenende so einen Pärchenkram...«

»Ach... Schade, Mann. Na ja, Markus kommt sicher mit, aber Matthias wird vermutlich auch bei Verena sein. Es wird Zeit, dass du dieses Charity-Event hinter dich bringst, dann bist du wieder einer von uns!«

Die beiden unterhielten sich noch ein bisschen über Lukas' Filmprojekt, dann verabschiedeten sie sich. Um fit in den Tag zu starten, brauchte Michael jetzt Koffein. Er nahm einen kräftigen Schluck seines Kaffees. Er war kalt.

Einige Stunden später trafen sich Michael und Matthias in dem Fitnessstudio, in dem Matthias arbeitete. Michael zog sein Work-Out durch und gönnte sich nach dem Training und der Dusche einen Fitnessdrink an der Bar. Matthias, der gerade etwas Leerlauf hatte, setzte sich zu ihm.

»Und gleich hast du noch ein Date mit ihr?«, fragte Matthias.

»Ja, heute wird es was. Das muss es einfach, wozu habe ich sonst gestern den ganzen Abend Storys über den sterbenden Hund gehört?«

Verständnislos schüttelte Matthias den Kopf. »Aber nett ist sie doch, oder?«

»Ja, sie ist echt eine Nette. Sieht nicht nur gut aus, zum Glück. Aber sie hat so etwas Kindliches an sich, das ist total unangenehm. Und diese ganze Tierliebe macht mich langsam wahnsinnig. Die macht sich noch selbst kaputt mit ihrer ganzen Fürsorge und Gefühlsduselei...«

»Michael, das ist doch genau das, was eine Beziehung ausmacht. Liebe. Ich weiß, du willst das nicht hören, aber wenn sie wirklich so eine tolle Frau ist, dann ist sie vielleicht mehr wert als bloß die eine Wette?«

Michael rollte die Augen. »Ich habe gerade zwei Stunden Gewichtestemmen hinter mir und du willst mir ernsthaft diesen Beziehungskram auftischen? Matthias, echt mal. Du solltest eher mal wieder ins normale Leben zurückkehren und nicht ständig bei Verena rumhängen. Wenn ihr euch getrennt habt, wirst du es bereuen!«

»Und wenn wir uns nicht trennen? Vergiss nicht, Michael, wir sind verlobt. Und so wie es aussieht, steht das Datum für die Hochzeit bald auch schon. So etwas könntest du auch haben...«

»Kann ich nicht. Will ich nicht. Man kann nicht alles haben. Freundin oder Spaß. Job oder Privatleben. Man muss Prioritäten setzen.«

»Dann solltest du deine vielleicht überdenken«, gab Matthias zurück.

»Oder du deine.«

»Wie du meinst. Ich wollte dir nur helfen. Ich muss wieder an die Arbeit, wir sehen uns dann!«

Matthias stand auf und lief zu den Cardiogeräten, wo eine neue Kundin gerade verzweifelt versuchte, die richtigen Einstellungen für das Laufband zu finden. Michael blieb noch einen Moment am Tresen sitzen und starrte seinem Freund hinterher. Die vollbusige Brünette kicherte verlegen, als Matthias ihr das Gerät erklärte. Während sie sich langsam auf dem Laufband in Bewegung setzte und Michael ihre wippenden Brüste beobachtete, dachte er über Matthias' Worte nach. Was, wenn er recht hatte? Er nahm einen letzten Schluck vom Fitnessdrink und stellte das leere Glas ab. Was überlegte er hier schon. Natürlich lag Matthias falsch. Beziehungen waren unberechenbar, das Leben war unberechenbar. Es war besser so, wie er jetzt lebte. Oder nicht?

Für heute Abend hatte Michael etwas Besonderes geplant, um Lisa zu verführen. Er holte sie um achtzehn Uhr ab und fuhr mit ihr zum Hafen, wo sie an Bord eines mittelgroßen Schiffes gingen. Bevor sie im darunter gelegenen Restaurant ein romantisches Abendessen auf See genießen würden, nahmen sie zunächst auf dem geräumigen Deck Platz. Sie hatten sich an den Rand des Schiffes gesetzt und sahen auf den Fluss. Der Rheindampfer kämpfte sich durch das Wasser und hinterließ an den Stellen, die er passiert hatte, kleine Wellen. Weil Lisa in ihrem kurzärmligen Abendkleid und dem dünnen Jäckchen darüber rasch fröstelte, legte Michael ihr sein Jackett über die Schultern und schlang den Arm um sie. Verlegen sah sie ihn an und zog den Stoff schmunzelnd etwas fester an sich. Wie im Film, dachte Michael unwillkürlich. Das wäre jedenfalls kein schlechter Start – denn dann wüsste er auch schon, welche Szenen jetzt folgen würden. Zum Glück hatte Lisa ihren Hund für kurze Zeit aus ihren Gedanken verbannen können. Sie erzählte Michael von ihrer Mutter, die sie seit der Trennung ihrer Eltern kaum gesehen hatte. Michael hörte ihr zu und täuschte Interesse vor, während er Lisa von der Seite betrachtete. Die Begeisterung in ihren Augen, die sie sonst nur hatte, wenn sie von Charly sprach, war verschwunden. Enttäuschung und Trauer machten sich darin breit. Und das ständige Augenklimpern, natürlich. Ab und zu ließ Lisa ihren Blick über den Rhein schweifen und atmete die Abendluft unter einem tiefen Seufzer ein. Der Himmel verfärbte sich bereits dunkelrot und dieses Farbenschauspiel war genau das, was Michael heute Abend brauchte. Er unterbrach Lisa in einem passenden Moment und deutete zum Horizont.

»Sieh nur, wie schön«, sagte er.

Lisa lächelte ihn an und dieses Lächeln brannte sich tief in Michaels Gedächtnis. Sie war glücklich bei ihm, das war sie wirklich. Er konnte es kaum verstehen. So einen Ausdruck hatte er an einer Frau bislang selten gesehen. Seine Mutter hatte Alex so angesehen, das wusste er. Aber sonst?

»Aber was rede ich hier so viel von mir. Ich weiß so wenig über dich!«, sagte Lisa dann und riss Michael aus seinen Gedanken.

»Über mich? Ach, was gibt es da schon zu wissen...«, sagte er abwesend.

»Na, wohnst du schon immer hier? Wo bist du aufgewachsen? Sind deine Eltern noch zusammen?«

Okay, jetzt konnte er es ihr erzählen. Ein bisschen emotionales Gerede würde ihm außerdem Bonuspunkte einbringen und schließlich hatte er ja vor, heute Abend noch bei ihr zu landen.

»Na ja... Also, ich bin bei Adoptiveltern aufgewachsen. Vorher war ich im Waisenhaus, an meine leiblichen Eltern kann ich mich kaum erinnern. Und bestimmt wären meine Adoptiveltern noch immer zusammen, wenn meine Mutter nicht vor Jahren gestorben wäre...«

Er schluckte und wandte den Kopf von ihr ab. Eigentlich wollte er zwar bloß den Traurigen mimen, aber jetzt überkamen ihn wirklich seine Gefühle. Wenn es um seine Mutter ging, hatte er sich einfach nicht unter Kontrolle. Lisa sollte nicht sehen, dass seine Augen feucht wurden. Er würde nur in der Rolle des starken Beschützers ihr Herz gewinnen können.

»Oh nein, das ist doch schrecklich! Du Armer!« Sie verkroch sich tiefer in seiner Umarmung. »Du hast sicher einiges durchgemacht. Wie kam es denn, dass sie gestorben ist?«

So, das reichte. »Tut mir leid, Lisa. Da möchte ich jetzt wirklich nicht drüber reden. Das Ganze hat mich ganz schön mitgenommen damals...« Das stimmte sogar. Allein der Gedanke an Mariah bewirkte bei ihm eine absolute Stimmungsschwankung.

»Lass uns lieber runter ins Restaurant gehen, bevor die guten Tische belegt sind.« Ein Blick in Lisas Gesicht verriet ihm zwar, dass sie mehr wissen wollte, doch verständnisvoll wie sie war, sagte sie nichts mehr.

»Gern, ich bekomme auch schon langsam Hunger!«

Michael stand auf, hielt ihr die Hand hin und geleitete sie hinab ins Restaurant.

Es lief wirklich perfekt. Nach seiner Offenbarung behandelte Lisa ihn mit noch größerer Bewunderung und Zärtlichkeit. Sie war es auch, die beim Dessert vorschlug, dass er noch mit zu ihr nach Hause kommen könne. Das war es, darauf hatte er so lange gewartet! Auch wenn die Mousse au Chocolat wirklich köstlich schmeckte und er sie auf seiner Zunge zergehen lassen wollte, stürzte er sein Dessert nun hinunter, um schnell zu Punkt zwei der Tagesordnung übergehen zu können. Belustigt sah Lisa ihm dabei zu, sagte jedoch nichts. Nachdem er die Rechnung beglichen hatte und das Schiff wieder anlegte, nahm Michael Lisa an der Hand und führte sie von Bord.

Zu Hause angekommen verwandelte sich Lisa schlagartig. So hatte er sie noch nie erlebt, sie war so... wild. Sie schlang die Arme um ihn und küsste ihn leidenschaftlich. Michael erwiderte die Küsse und fuhr dann mit seinen Lippen ihren Nacken entlang. Sie roch so gut. Sanft hob er Lisa auf seine Arme und trug sie hinauf in ihr Zimmer, wo er sie erst auf dem Bett wieder losließ.

»Du bist...einfach so... perfekt!«, seufzte Lisa. Sie war wie ausgewechselt, konnte kaum aufhören, ihn überall zu küssen. Selbstzufrieden grinste Michael, hob dann jedoch mit seiner Hand sanft ihr Kinn, sodass sie ihn anblickte.

»Lisa – du bist perfekt. Du bist wundervoll. Ich liebe einfach alles an dir!« Dass er das mal sagen würde, hätte er nie geglaubt. Er musste selbst beinahe lachen, doch es wirkte. Lisa war kaum noch zu halten, riss sich ihr Kleid vom Leib, dann machte sie sich an seinem Hemd zu schaffen. Michael schloss die Augen und dachte bei sich: diese Wette habe ich wohl gewonnen.

Nachdem sie sich nicht nur einmal, sondern sogar zweimal geliebt hatten, war Lisa eingeschlafen. Im fahlen Mondlicht, das durch die hellen, rüschenbesetzten Vorhänge ins Zimmer fiel, beobachtete Michael, wie sie schlief. Sie sah so erschöpft und zufrieden, glücklich und ruhig zugleich aus. Langsam hebte und senkte sich die Bettdecke dort, wo sich ihr Oberkörper befand. Sie war wunderschön. Und doch kam es Michael so vor, als hätte er gerade mit seiner kleinen Schwester geschlafen – auch wenn er natürlich keine hatte. Es fühlte sich so... falsch an. Er konnte das Gefühl kaum zuordnen. Auch er hatte es sich zwischenzeitlich im Bett bequem gemacht; der weiche Nicki-Stoff des Bezuges fiel angenehm auf Michaels Körper. Doch er musste sich dazu zwingen, aufzustehen. Er hatte eine Regel: wenn man sich auch noch am nächsten Morgen in der Wohnung einer Frau befindet, dann ist sie deine Freundin. Er wollte gerade seine Kleidung vom Fußboden zusammenklauben, da fiel ihm ein, dass er ja genau das nun wollte: er musste mit Lisa zusammen sein und das noch ein paar Wochen, bis zum Charity-Ball.

Leise ließ er seine Hose also wieder fallen und schlüpfte ins Bett zurück, wo Lisa leicht seufzte und sich auf die Seite drehte.

Das monotone Gurren einer Taube ließ Michael langsam aufwachen. Durch das Fenster fiel ein heller Lichtstrahl auf das Bett, genau an die Stelle, wo sich sein Kopf befand. Er musste einige Male blinzeln und sich an die Helligkeit gewöhnen, bevor er sich umsah und sich daran erinnerte, wo er war. Heute war zwar Montag, aber wegen eines großen japanischen Festes mit Feuerwerk herrschte der Ausnahmezustand in der Stadt. Tausende Menschen von Nah und Fern strömten hierher. Michael hatte seiner Abteilung frei gegeben, dafür arbeiteten sie alle die übrigen Tage der Woche ein bisschen länger. Es war ohnehin nicht daran zu denken, mit der Bahn geschweige denn mit dem Auto in die Innenstadt zu kommen. Lisa hatte sich den Tag heute ebenfalls frei genommen; im Zoo war an einem solchen Tag erfahrungsgemäß wenig los und so konnte sie ihre unzähligen Überstunden abbauen. Jetzt gerade lag sie neben Michael im Bett, doch sie war bereits wach und las an ein Kissen gestützt in einem Buch. Als Lisa bemerkte, dass er wach war, legte sie es auf den Nachttisch und beugte sich zu Michael hinüber.

»Guten Morgen, mein Schatz!« Sie lächelte und küsste ihn. Sie sah so unheimlich gut aus, selbst nach dem Aufstehen.

»Guten... Mooorgen«, gähnte Michael.

»Gut geschlafen?«, fragte sie dann augenklimpernd.

»Ja, eigentlich schon. Auch wenn es etwas ungewohnt ist, nicht im eigenen Bett aufzuwachen...«

Er zog sich sein Shirt zurecht und stützte sich auf seine Ellbogen. Natürlich war er lange nicht mehr woanders aufgewacht, das lag aber eher an seiner Nicht-übernachten-Regel als an seiner Keuschheit. Lisa schien es jedoch niedlich zu finden.

»Ja, gewöhn dich schon mal an dieses Zimmer. Ich hoffe, dass du noch viele weitere Nächte hier verbringen wirst...«, sagte sie schmunzelnd. »Ich fand es schön letzte Nacht.«

»Ich fand es auch schön, Lisa.«

Ein lautes Knurren seines Magens machte den Moment weniger romantisch als er es hätte sein können.

»Tut mir leid... Das Essen gestern war köstlich, aber irgendwie habe ich schon wieder Hunger.«

Lisa lachte. »Kein Problem. Wir haben ja auch gleich schon halb zwölf. Ich dachte, ich mache uns für ein spätes Frühstück ein paar Eier oder so?«

»Nein, Lisa. Du bleibst schön hier liegen. Ich mache uns heute ein American Breakfast – ich bin nämlich berühmt für meine Pancakes!«

»Ohoo – übertreib mal besser nicht, du musst dich gleich unter Beweis stellen!«, gab sie zurück.

»Das werde ich. Ich mache mich eben fertig und dann versuche ich mich mal in eurer Küche zurecht zu finden...«

»Wenn du möchtest... Gut, dann bleib ich noch etwas im Bett und lese. Es ist gerade so spannend!«

Michael grinste. Was war an Büchern schon spannend? Man konnte so viel schönere Dinge im Bett tun. Doch heute musste er den perfekten Mann mimen. Er gab Lisa einen zärtlichen Kuss auf die Stirn und verschwand dann im Bad.

Der Duft von frischen Pfannkuchen erfüllte nicht nur die Küche, sondern stieg durch alle Räume. Sogar Gregor war aus seinem Teil des Hauses in Michaels Backstube heruntergekommen, um zu sehen, was dort Leckeres gekocht wurde. Zum Glück hatte die Haushälterin Nadia, die heute Morgen in der unteren Etage gewischt und Fenster geputzt hatte, Michael zeigen können, wo er in der Küche Pfannen und Backzutaten fand. Er hatte lange nicht mehr gekocht, doch ohne zu überlegen erinnerte er sich an das Pancake-Rezept. Wie könnte er es auch je vergessen? Seine Mutter hatte es ihm damals beigebracht. Seine Adoptivmutter, Mariah. Zwar gab es im Hause Becker keinen Sirup, doch ein wenig Puderzucker würde genügen. Zufrieden mit seiner Leistung trug Michael die amerikanischen Pfannkuchen und zwei duftende Kaffeetassen auf einem Tablett hoch in Lisas Zimmer. Sie saß genau so auf dem Bett wie Michael sie zurück gelassen hatte und las immer noch. Als Lisa Michael und die Köstlichkeiten in seinen Händen erblickte, legte sie rasch das Buch beiseite.

»Wow, ich bin beeindruckt! Wenn die auch genauso gut schmecken, wie sie aussehen und riechen, dann bist du eingestellt!« Hungrig griff sie zu. Und tatsächlich – Michael hatte nicht übertrieben.

»Die sind hervorragend! Wo hast du das denn gelernt?«, fragte sie ihn aufrichtig begeistert.

»Meine Mutter hat es mir beigebracht. Bei uns war sonntags immer Pancake-Tag. Das erinnerte meine Mutter an ihre Heimat, denn sie war Amerikanerin.«

»Ach, wirklich? Und was trieb sie nach Deutschland?«

»Na ja, mein Vater hatte sie damals kennengelernt, als er so etwas wie ein Work and Travel gemacht hatte. Sie waren noch jung, aber haben sich so sehr ineinander verliebt, dass sie mit ihm nach Deutschland kam.«

»Das ist so romantisch! Bei meinen Eltern kann man kaum von Liebe sprechen. Sie waren zuerst Geschäftspartner und gute Freunde und haben dann beschlossen, dass sie sich ja so gut verstehen, dass sie auch eine Beziehung haben könnten. Sie haben geheiratet, mich bekommen und sich Jahre später scheiden lassen. So eine traurige Geschichte, ohne Leidenschaft. So möchte ich wirklich nicht enden!«, sagte Lisa. Ihr trauriges Lächeln verriet Michael, dass ihr die Scheidung ihrer Eltern sehr nahe gegangen war. Um sie abzulenken, erzählte er ihr noch etwas über die Kunst des Pancake-

Backens, dann entschieden sich die beiden dafür, noch zum Fluss zu fahren und das sonnige Wetter zu genießen. Sie spazierten die Promenade entlang, kauften ein Eis und suchten sich ein hübsches Plätzchen am Ufer. Auf einer Picknickdecke liegend erzählte Lisa Michael von ihrer Arbeit und wie wichtig ihr Tierliebe war. Währenddessen pflückte sie gedankenverloren kleine Gänseblümchen und zupfte die Blätter davon ab. Neugierig fragte Lisa ihn, ob er nicht auch gerne ein Haustier hätte. Michael wich der Frage eilig aus und behauptete, in dem Haus, in dem er wohne, seien keine Tiere erlaubt. Glücklicherweise kam Lisa nicht auf die Idee, ihn dort einmal zu besuchen. Seine Wohnung spiegelte sein Junggesellendasein nur zu sehr wider und widersprach allen Werten, die Lisa so heilig waren. Seine teure Einrichtung, der pragmatische Minimalismus, die sterile Sauberkeit. In dieser Wohnung war kein Platz für einen Hund und schon gar nicht für eine Frau. Es war besser, wenn Lisa das nicht zu Gesicht bekam, sonst würde er noch die Wette verlieren.

Am Nachmittag entschlossen sie sich dazu, das Feuerwerk anzusehen, und machten sich nach dem Abendessen in einem einfachen Restaurant auf zum Ort des Geschehens, um alles gut sehen zu können. Bunte Farben erfüllten den tiefschwarzen Himmel und ein lauter Knall folgte dem anderen.

»Es hat irgendwie etwas Magisches an sich!«, raunte ihm Lisa ins Ohr und schlang Michaels Arm noch fester um sich. Nach dem Ereignis bahnten sie sich einen Weg durch die Menge. Dann fuhr Michael Lisa wieder nach Hause, wo sie sich lange und zärtlich voneinander verabschiedeten. Es war ein perfekter Tag. Für einen Moment hatte Michael sogar Lisas nervige Angewohnheit mit den Augenlidern vergessen.

3. Kapitel

»Kauf dir schon mal das Putzzeug für meinen Mercedes. Du wirst ihn sehr wahrscheinlich bald waschen dürfen...« Diese SMS schickte Michael an Lukas, als er heim kam. Er konnte ruhig wissen, dass Michael die Wette gewinnen würde. Das lange Wochenende hatte Michael zwar viel Kraft gekostet, aber es hatte sich gelohnt. Die hübsche Lisa war nun seine Freundin und er würde endlich mal aus seinem schlechten Lauf bei Lukas' Wetten herauskommen und einen Sieg vorweisen können.

Um sich noch etwas Erholung zu gönnen, machte Michael es sich mit seinem Laptop auf dem Sofa bequem. Beim Surfen entdeckte er, dass Maja ihm eine Nachricht geschrieben hatte. Er hatte sie vor Jahren auf einer Party kennengelernt und seitdem pflegten sie sporadisch Kontakt. Um genau zu sein: wenn einer der beiden Lust hatte, schrieb er dem anderen eine Nachricht und sie trafen sich. Danach ging jeder wieder seiner Wege, bis einer der beiden erneut eine Durststrecke durchlebte. Maja war eine der schönsten Frauen, mit denen er bisher ausgegangen war. Sie legte viel Wert auf ihr Äußeres und hatte sich vor kurzem sogar noch die Brüste vergrößern lassen. Warum musste sie sich ausgerechnet jetzt melden? Wenn Lisa ihn dabei erwischte, wie er eine Affäre mit Maja hätte, würde sie sofort Schluss machen. Das durfte er nicht riskieren. Andererseits... Nein. Rasch schrieb er Maja, dass er momentan viel um die Ohren hätte und erst ab Mitte Mai wieder Zeit hätte. Hoffentlich ließ sie sich so lang hinhalten. Er wusste selbst nicht, ob er es so lange aushalten würde, aber versuchen musste er es jedenfalls. Erschöpft von den Strapazen des Wochenendes schlief Michael auf dem Sofa ein und wachte erst auf, als am nächsten Morgen sein Wecker klingelte.

Am folgenden Tag ging Michael im Büro mit frischem Elan an die Arbeit. Der größte Teil für die Wette war erledigt, der Rest dürfte ein Kinderspiel sein. Ab und zu die Lady ausführen, heiße Nächte bei ihr verbringen und den Charity-Ball durchziehen. Das war der Plan. Leider musste Michael im Laufe der Woche feststellen, dass die leidenschaftliche Lisa vom Samstag verschwunden war. Stattdessen war die um ihren Hund bangende Delfinfrau wieder da, die abends nur kuscheln und in seinen Armen einschlafen wollte. Wozu war er überhaupt nach der Arbeit zu ihr gefahren? Allein schlafen konnte er auch zuhause. Die ganze Woche lief so mies – Pärchensachen machen, kuscheln, schlafen. Am Freitag schien Lisa wieder bessere Laune zu haben und Michael versuchte sogleich, sie zu verführen. Beinahe hatte er sie soweit, als ihr Hund laut bellte und sie alarmiert zu ihm eilte. Dummer Köter!

»Oh, Charly! Was hast du nur schon wieder?«, seufzte Lisa verzweifelt. Charly lag in seinem Körbchen im Hausflur und hechelte laut. Auf jede Berührung von Lisa gab er nur ein wehleidiges Jaulen von sich. Das reichte Michael. Immer bekam der Hund die ganze Aufmerksamkeit und Michael musste gucken, wo er blieb! Am liebsten hätte er sofort Maja angerufen, aber er verdrängte den Gedanken. Stattdessen beugte er sich zu Lisa hinunter und sagte liebevoll: »Schatz, ich denke, ihr braucht etwas Zeit allein. Kümmer dich um Charly, er braucht dich. Ich komme morgen Abend ja wieder, okay?«

Verdutzt sah Lisa ihn an, nickte dann aber und erwiderte seinen Kuss. Schnell sprang Michael auf und verschwand aus dem Haus. Auch in seiner Wohnung haftete noch der Geruch der Krankheit an ihm, zu lange hatte er sich in der Gegenwart dieses Tieres aufgehalten. Nach einer ausgiebigen Dusche telefonierte Michael noch etwas mit Lukas, der erneut versuchte, ihn zur morgigen Party zu überreden, und sah sich dann noch eine Show im Fernsehen an. Wozu sollte er heute auch etwas anderes unternehmen? Das würde ihn nur in

Versuchung bringen. All die Frauen da draußen, die ihm das geben konnten, was seine Freundin ihm nicht geben wollte. Er schüttelte den Kopf und fragte sich wie bereits Dutzende Male zuvor, wie er bloß erneut in eine von Lukas' Wetten hatte einwilligen können.

Am nächsten Abend machte sich Michael mit neuem Mut auf den Weg zu Lisa. Sie hatte gestern die ganze Nacht Zeit dafür gehabt, ihren Charly zu beklagen – da wäre jetzt doch einmal Zeit für ihn? Voller Hoffnung auf einen so guten Abend wie am letzten Wochenende parkte Michael seinen Wagen auf dem Gelände der Beckers. In der allmählich untergehenden Abendsonne schimmerten feine Staubpartikel auf dem dunklen Mercedes. Ich hätte noch in die Waschstraße fahren sollen, ärgerte sich Michael. Überall war Dreck auf dem Auto von dem Pollenstaub, der sich langsam, aber sicher in der Frühlingsluft bemerkbar machte. Mit immer noch verärgertem Gesichtsausdruck wegen des Autos ging Michael in Richtung Eingangstür, als er beinahe mit Gregor zusammenstieß, der ebenfalls in Gedanken war und das Haus gerade verlassen wollte.

»Huch, entschuldige, Michael! Ich hab dich gar nicht gesehen!«, murmelte Gregor verwirrt und hielt ihm die Tür auf.

»Kein Problem. Wie geht's?«

»Ganz gut. Leider geht es Charly heute sehr schlecht. Umso besser, dass du jetzt bei Lisa bist, ich muss nämlich gleich noch zu einem Termin!«

Michaels Hoffnung schwand so schnell, wie sie gekommen war. Schon wieder der Hund!

»Ah, danke für die Vorwarnung! Ich werde mein Bestes tun!«, antwortete er jedoch, verabschiedete sich von Gregor und machte sich dann auf den Weg ins Haus; grübelnd, wie er diesmal aus der Sache herauskäme. Noch bevor Lisa etwas sagen konnte, gab er ihr einen Kuss und sah zerknirscht drein.

»Schatz, es tut mir leid, dir das sagen zu müssen – aber ich habe ganz vergessen, dass ich heute Abend mit Lukas zu einer Veranstaltung für seinen nächsten Film muss. Ich hatte ihm das schon vor Wochen versprochen und habe das irgendwie verschwitzt...«

Lisa schaute müde aus. Ob sie die ganze Nacht an Charlys Seite verbracht hatte? »Oh. Ja, dann... dann musst du da natürlich hingehen. Ich dachte nur... also, Charly ist heute sehr schwach.«

»Oh nein, Schatz, wirklich? Ja... ich kann auch hier bleiben. Ich hatte Lukas zwar zugesagt, aber er kann da sicherlich auch allein hingehen...« Hoch gepokert. Hoffentlich sprang sie darauf an.

»Nein, nein, lass nur. Du sollst den Jungs ja auch ein guter Freund sein, also... geh nur. Ich komm schon klar.« Sie zwang sich zu einem Lächeln. Kombiniert mit ihrem traurigen Gesichtsausdruck sah dies aber eher unheimlich aus, fand Michael. Dennoch – das war seine Chance, er musste das jetzt durchziehen.

»Wirklich? Ist eine blöde Situation, egal was ich mache – einen von euch beiden muss ich heute Abend wohl versetzen.«

Verständnisvoll strich Lisa ihm über die Wange. »Das ist nicht schlimm. Wir sehen uns dann ja morgen, okay?«

Zufrieden lächelte Michael und gab Lisa erneut einen Kuss, diesmal auf die Stirn.

»Danke, Babe. Du bist die Beste! Lukas weiß das sicher zu schätzen!« Dann verschwand Michael aus dem Haus, ohne Charly ein einziges Mal angesehen zu haben. Sobald Michael fort war, ließ sich Lisa wieder neben Charly nieder und umklammerte ihren Hund mit beiden Armen. Sein Fell war bereits stumpf geworden, er hatte eine leichte Entzündung an den Augen und sein Atem ging schwer. Lisa gab sich ihren Tränen hin und wich ihrem besten Freund nicht von der Seite.

Währenddessen fuhr Michael zu Lukas' Wohnung. Er hatte Lisa ja nicht angelogen. Heute würde er wirklich etwas mit Lukas unternehmen, was im weitesten Sinne mit dessen Arbeit zu tun hatte. Auch wenn Lukas wohl kein Problem damit gehabt hätte, nur mit Markus zu der Party zu gehen. Im Auto wurde Michael allmählich warm. Die Strahlen der Sonne, die gerade in einem Meer aus Rottönen am Horizont versank, erhitzten den kleinen Raum und Michael schaltete rasch die Klimaanlage ein. Etwas später klingelte er bei Lukas an.

»Hey, Michael! Ich dachte, heute ist Pärchenkram angesagt?«, fragte ihn sein Freund, als dieser ihm die Tür öffnete.

»Ja, so war es geplant. Aber ich ertrage nicht noch einen Abend das Spielchen 'mein armer, armer Charly'...«

»Wer ist denn Charly?«, fragte Lukas.

»Lisas Hund. Der macht es nicht mehr lange und ich bin besser nicht da, wenn es soweit ist...«

Lukas nickte. »Alles klar. Also bist du heute Abend dabei?«

»Klar doch.«

Lukas klatschte kurz in die Hände, sagte »jawoll!« und ging in die Küche, um zwei Bier aus dem Kühlschrank zu holen. Markus hatte heute spontan anderweitige Pläne, weshalb sich Lukas umso mehr freute, dass wenigstens Michael mitkam.

In der Wohnung, wo sie den Abend heute verbrachten, war es voll, heiß und laut. Genau so, wie Michael es erwartet hatte. Genau das, was er jetzt brauchte. Er saß gerade auf einem Sofa in der Ecke, neben ihm Lukas und dessen Stuntman-Kollege Igor, der ihn zu dieser Party eingeladen hatte. Der Gastgeber war ein guter Freund Igors; sie hatten sich bei Dreharbeiten kennengelernt. Igor selbst war Russe, hatte aber schon oft in Deutschland gearbeitet und war mit seinem Akzent schon eine kleine Sensation auf der Feier, wo sich größtenteils die prominentere Düsseldorfer Bevölkerung die Klinke in die Hand gab.

Während Lukas und Igor sich über ihr neues Filmprojekt austauschten, schweiften Michaels Gedanken ab. Würde Lisa ihn morgen noch ran lassen? Oder hatte er sich das mit seinem Verhalten heute Abend verscherzt? Nein, sie ahnte sicher nichts. Sie war genug damit beschäftigt, ihren Hund zu beweinen. Michael sah sich in der Wohnung um. Sie war sicherlich geschmackvoll eingerichtet und normalerweise wohl auch recht geräumig, allerdings wirkte sie durch die Menschenmasse, die sich hier im Augenblick ansammelte, eher bedrückend. Er brauchte frische Luft.

»Ich bin kurz draußen, Lukas!«, sagte Michael, doch Lukas und Igor waren so in ihr Gespräch vertieft, dass sie ihn kaum beachteten. Dann bahnte er sich einen Weg nach draußen. Vor dem Haus gesellte Michael sich zu einer Gruppe Raucher, die ihm sogleich eine Zigarette anbot. Eigentlich rauchte er nicht, aber auf Partys war das etwas anderes. Dankend nahm er an und tat einen kräftigen Zug. Dann entließ er den Rauch wieder hinaus an die kühle Frühlingsluft und sah zu, wie er sich im schwachen Licht der Straßenlaterne in die Dunkelheit verflüchtigte. In Gedanken versunken bemerkte er kaum, dass eine Frau das Haus verließ und – etwas angetrunken – stolperte, sodass sie Michael anrempelte.

»Oh, das... hihi, sorry!«, kicherte sie.

»Macht nichts«, antwortete er und musterte die Frau. Sie trug einen engen, schwarzen Rock und eine rote Bluse mit tiefem Ausschnitt. Nicht schlecht, dachte er. Wenn Lisa nicht wäre... Ach, was! Lisa war nicht hier, sie bevorzugte doch gerade ihren Hund!

»Hast du vielleicht noch 'ne Kippe für mich?«, fragte die Frau und lächelte verlegen.

»Tut mir leid, die hab ich von dem da drüben«, antwortete Michael und nickte in Richtung des Mannes, der ihm eben die Zigarette angeboten hatte. Die Frau bat ihn ebenfalls um eine und zündete sie sich dann neben Michael an. Während sie die eine Hand stetig zum Mund führte, umklammerte ihre andere Hand zitternd ihren Oberkörper.

»Es ist verdammt kalt hier draußen«, erklärte sie, als Michael das bemerkte.

»Möchtest du vielleicht mein Sakko überziehen?« Die Frau nickte und Michael zog es sich aus. Das hätte er in der Wohnung schon machen sollen, so warm wie es dort war. Dann warf Michael das Sakko der Frau über die Schultern und reichte ihr die Hand.

»Michael«, stellte er sich vor. Die Frau erwiderte den Handschlag mit der freien Hand und antwortete: »Ich bin Janine.« Michael kam nicht umhin, Janines gute Figur zu bewundern. Sie gab sich auch keine große Mühe, diese zu verstecken. Zwischendurch zupfte sie sich ihre Bluse zurecht und Michael musste ihr dabei einfach auf die Brüste starren.

»Hey, hey... Meine Augen sind hier oben«, tadelte sie ihn lachend.

»Oh, tut mir leid. Ich... ich bin etwas durcheinander. Ich sollte besser gehen.«

»Jetzt schon? Gerade fährt hier eh keine Bahn, kannst ruhig noch bleiben.«

»Ich bin mit dem Auto da. Aber ich meinte auch eigentlich, ich geh gleich wieder rein. Kannst mir das Sakko nachher bringen.«

Besser, er verschwand hier schnell. Janine brachte ihn bereits durch ihre Anwesenheit um den Verstand, sie sollte nun besser nicht noch mit ihm flirten.

»Mit dem Auto? Trinkst du nichts? Wo steht dein Auto denn bitte? Ich bekomme hier nie einen Parkplatz!« Obwohl Michael sich gerade zur Haustür gewendet hatte, um der Situation zu entgehen, blieb er wie angewurzelt stehen. Er konnte doch nicht so eine Gelegenheit verpassen, nur wegen Lisa. Und jetzt fragte Janine ihn auch noch, wo sein Auto stand. Da war ja wohl klar, was das bedeutete!

»Naja, nur ein paar Bier, das geht schon. Ähm... mein Auto? Gleich um die Ecke, in der Nähe von der Tankstelle.«

Michael witterte seine Chance. Es war so leicht, Frauen wie Janine zu verführen. Sie hatte sich ja nicht einmal verführen lassen, nein: sie hatte ihn verführen wollen. Michael sah zu, wie Janine den letzten Zug nahm und dann die Zigarette auf den Boden warf und mit ihren High Heels zertrat. Dann näherte sie sich ihm kichernd.

»Soso, Herr Autofahrer. Da hast du wohl mehr Glück gehabt als ich sonst. Hier ist dein Sakko, danke dir«, sagte Janine, reichte es ihm und gab ihm einen Kuss auf die Wange.

»Mein Sakko? Auf dem Weg zum Auto wird's sicher auch kalt sein, lass es besser erst einmal an...«

Michael sah, wie Janines angetrunkener Verstand zu arbeiten versuchte. Sie war ihm so nah, dass er ihr billiges Parfüm riechen konnte, aber das war ihm egal. Für eine Nacht dürfte das reichen. Anstatt sich aber das Sakko, das Michael ihr hinhielt, wieder anzuziehen, verpasste Janine ihm eine schallende Ohrfeige. Sie wäre wohl schlimmer gewesen, wenn sie besser hätte zielen können, doch der Schmerz brannte gleichwohl wie Feuer auf Michaels Wangen.

»Auf dem Weg zum Auto? Bist du bescheuert?«

Sie wirkte schlagartig nüchtern. »Wie kommst du darauf, dass ich mit dir mitgehen würde? Für wen hältst du dich eigentlich? Mistkerl!«, schrie Janine ihn an, riss ihm das Sakko aus der Hand und warf es auf den Boden. »Wegen Kerlen wie dir verlieren Frauen den Glauben an die guten Männer!« Wütend stapfte sie ins Haus zurück und zupfte sich dabei erneut die knappe Bluse zurecht.

Gemurmel erhob sich aus der Gruppe der Raucher, einer von ihnen schlug Michael auf die Schulter: »Einen Versuch wars ja wert!« Michael schüttelte die Berührung ab. Sie hatte nach seinem Auto gefragt, warum hätte sie das auch sonst tun sollen, wenn sie mit ihm nicht ein bisschen Spaß hätte haben wollen? Michael konnte ja nicht ahnen, dass sie so hysterisch werden würde. Er bückte sich, um das Sakko aufzuheben. Als er sich wieder aufrichtete, sah Michael, dass Lukas neben ihm stand und gerade dazu ansetzen wollte, etwas zu sagen, als auf der gegenüberliegenden Straßenseite ein Tumult losbrach. Autotüren wurden zugeschlagen, Stimmen erhoben sich und ein Blitzlichtgewitter ging auf sie nieder.

»Das ist Lukas Stein!«

»Und daneben Igor Ivanov!«

Fotografen eilten auf die Gruppe zu und versuchten, Lukas und den hinter ihm stehenden Igor abzulichten. Igor schien damit gerechnet zu haben, hob eine Hand und winkte den Paparazzi zu.

»Guten Abend, mein liebe Freunde! Ich danke euch für ganzen Interesse! Gucken unsern neue Film, wenn ist in Kino!« Lukas schmunzelte, wie immer bei Igors Versuchen, Deutsch zu sprechen. Dennoch tat er es Igor gleich, hob eine Hand zum Gruß und lächelte nett in die Kameras. Die umstehenden Partygäste wichen zwar etwas von der Prominenz zurück, wunderten sich aber keineswegs; war doch der Gastgeber ebenfalls Schauspieler. Die Fotografen spürten jeden Promi auf, und wenn er noch so unbekannt war. Er könnte ja mal groß rauskommen und dann wären die Bilder was wert.

»Lukas, ich hau ab«, raunte Michael seinem Freund zu. Der Abend war schon blöd genug gewesen, da musste er Lukas nicht auch noch anhimmeln. Nein, besser war es, wenn er jetzt ging. Er schlug Lukas auf die Schulter, ging in Richtung Tankstelle und wurde von der Dunkelheit verschluckt. Lukas hingegen wurde in demselben Moment in gleißend helles Licht getaucht und badete in der Aufmerksamkeit der Fotografen.

Am nächsten Tag fuhr Michael bereits gegen Nachmittag zu Lisa. Er freute sich auf das Treffen und konnte nach dem gestrigen Abend etwas Zuwendung gebrauchen. Bislang war er doch immer der Erfolgreiche, Gutaussehende unter seinen Freunden gewesen. Jetzt wollte Lukas ihm seinen Platz streitig machen? Lukas?! Immerhin hatte Michael eine Promi-Frau am Start und die war schon ein Feger. Spätestens auf dem Charity-Ball würde er aller Welt zeigen, dass er auch in die Hochglanzmagazine gehörte! Michael parkte und machte sich auf den Weg über die Auffahrt zum Haus. Heute war es etwas neblig und es nieselte leicht. Er zog den Reißverschluss seiner Jacke, die er aus praktischen Gründen seinem Jackett vorgezogen hatte, etwas höher und wollte gerade zur Eingangstür gehen, da erblickte er etwas in der Ferne. Neben dem Haus, im weitläufigen Garten, der den bedachten Pool umspielte, bemerkte er eine Bewegung. Wenngleich der Himmel wolkenverhangen war und nur wenig Licht durchließ, erkannte Michael einen gelblichen Schimmer. Gregor würde sicher nichts Gelbes tragen, das musste Lisa sein. Aber was machte sie im Garten bei diesem Wetter? Michael zögerte. Sollte er zu ihr hingehen oder lieber nur rufen, damit sie herkam? Er trug seine neuen italienischen Schuhe und wollte damit nur ungern den aufgeweichten Rasen betreten.

»Lisa!« Keine Reaktion. Der gelbe Fleck bewegte sich zuerst nicht, dann näherte er sich dem Boden, nur um sich dann wieder zu erheben. Wenn es doch nicht Lisa war?

»Lisaaa!«, rief Michael noch einmal. Da, der gelbe Fleck drehte sich um und kam auf ihn zu.

»Michael?« Als Lisa ihn fast erreicht hatte, erkannte Michael, dass sie die Regenjacke aus dem Zoo trug. Ihr Haar war zwar zu einem Zopf gebunden, doch hatte der Wind bereits viele Strähnen daraus gelöst, die ihr ins Gesicht fielen. Ins rote Gesicht. Es sah aufgequollen aus, die Augen gerötet. Ob es Regentropfen oder Tränen waren, die ihr die Wangen hinab glitten, vermochte Michael nicht zu unterscheiden.

»Ich dachte... ich dachte, du kommst erst gegen Abend?«, fragte sie und küsste ihn zur Begrüßung.

»Ach, ich hatte schon früher Zeit und wollte dich sehen.«

Lisa grinste traurig und schniefte. Es waren also doch Tränen.

»Lisa – was ist los?«, fragte Michael und ahnte, dass er das bereuen würde. Natürlich! Der Hund... Wie konnte er bloß so naiv sein und glauben, Lisa würde sich heute mal um ihn kümmern? Dieser Charly war sicher immer noch auf Platz eins.

»Ach, ich... Gestern... gestern Abend ist Charly gesto-ho-rben«, weinte sie und warf sich in Michaels Arme, dem nichts weiter übrig blieb, als die triefnasse Lisa zu halten und über ihr nasses Haar zu streichen.

»Oh nein! Das tut mir so leid, Liebling!« Er hoffte, dass es nach aufrichtigem Mitleid klang.

»Er war mein... be-he-ster Freund...«, schluchzte sie und schlang die Arme fester um Michael.

»Aber Süße, warum bist du hier draußen?«

»Wir w-wollten ihn beerdi-hi-gen... Aber mein Va-ha-ter musste weg...«

»Lisa, beruhige dich. Sieh mich an!« Sie tat es.

»Ich bin doch jetzt für dich da. Wieso hast du nicht schon früher angerufen?«

Lisa wandte sich aus seiner Umarmung und wischte sich mit dem Pulli unter der Regenjacke die Tränen aus dem Gesicht. Dann schniefte sie noch einmal und versuchte, das Weinen zu unterdrücken. Ihr ständiges Klimpern mit den Wimpern, das Lisa wohl nie ablegen würde, verlieh ihrem gesamten Auftreten etwas unglaublich Kindisches. Wieder einmal fühlte sich Michael, als stünde eine kleine Schwester neben ihm.

»Ich dachte, du hast sicher so viel zu tun mit Lukas... Ich wollte euch nicht den Abend vermiesen. Es ging schließlich um seinen Job.« Michael jubilierte innerlich. Zum Glück hatte sie ihn gestern nicht angerufen, dann hätte er vorbeikommen müssen und die Nacht wäre noch schlimmer gewesen, als sie es sowieso schon gewesen war.

»Ach, ich bin doch immer für dich da. Du hättest ruhig Bescheid sagen können!«

Lisa schluchzte noch etwas, dann bat sie Michael darum, sie zu Charlys Grab zu begleiten. Sie hatte am Morgen mit ihrem Vater ein Loch ausgehoben, gleich neben dem Fliederstrauch, der bereits blühte, nun aber durch den Regen und Wind trostlos hin und her wog. Das Grab war schon wieder zugeschaufelt worden. Als provisorischer Grabstein diente ein Foto von Charly, das Michael kannte; der Bilderrahmen hatte in Lisas Zimmer im Regal gestanden. Außerdem lag auf der nassen Erde ein Kuscheltier.

»Das ist Timmy. Ich hab dir von ihm erzählt. Charly glaubte, er sei echt gewesen und hat sich um ihn gekümmert wie um einen Welpen.«

Michael nickte abwesend. Der Regen wurde allmählich stärker und die Kälte kämpfte sich schleichend durch seine Kleidung, fraß sich immer tiefer hinein in seinen Körper.

»Er wird mir so fehlen!«, sagte Lisa und fing erneut an zu weinen. Dafür war Michael also hergekommen? Um ihr beim Heulen zuzusehen? Unter Tränen hielt Lisa eine Abschiedsrede. Michael hielt das Ganze für unglaublich bescheuert. Schon auf normalen Beerdigungen nervten ihn diese Reden. Die Leute waren schließlich tot, wozu also das alles? Und hier war es ja noch verrückter, Lisa betrauerte schließlich ihren Hund. Doch er ließ sie reden, nahm sie in den Arm und dachte an die Beerdigungen, bei denen er bislang gewesen war. Am schlimmsten war es bei seiner Mutter gewesen. Seiner Adoptivmutter. Wie hatte sie ihn nur einfach so allein lassen können? Wieso hatte sie nicht Sorge getragen, dass so etwas niemals geschah? War es ihr etwa gleich gewesen, was mit ihm passierte? So, wie es seiner leiblichen Mutter egal gewesen war? Wut loderte in Michael auf, er wollte nicht daran denken.

»Lisa, Schatz, wir sollten rein gehen. Es ist ziemlich kalt und nass hier draußen.«

Lisa weinte nun umso lauter, verabschiedete sich aber von Charly und versprach, bald wieder zu kommen und ihm einen richtigen Grabstein zu besorgen.

»Ich liebe dich, Charly«, schluchzte sie und ließ sich von Michael ins Haus führen.

Es hatte fast eine Stunde gedauert, bis Michael und Lisa die Kälte aus ihren Körpern vertrieben hatten. Sie hatten jeweils heiß geduscht und sich dann trockene Kleidung angezogen. Michael hatte eine Stoffhose und ein Hemd von Gregor bekommen, was ihm sogar relativ gut stand. Nun saßen die beiden auf dem Sofa und aßen Pizza, die Michael bestellt hatte. Keiner der beiden wollte wirklich kochen und essen mussten sie wenigstens etwas. Nachdem Lisa das letzte Stück verdrückt hatte – sie muss einen riesigen Hunger gehabt haben, sonst aß sie gerade einmal die Hälfte – lehnte sie sich zurück und atmete tief aus.

»Ich…es tut mir leid, Michael. Das Ganze nimmt mich ziemlich mit. Ich habe die letzte Nacht kaum geschlafen.«

»Was ist denn eigentlich genau passiert?«

»Nun, ich war gestern zwischendurch kurz im Arbeitszimmer. Meine Mutter hatte angerufen, sie brauchte ein paar alte Dokumente und ich sollte sie heraussuchen. Wir haben bestimmt eine Stunde lang telefoniert und als ich zu Charly zurückkam, hat er nicht mehr geatmet. Ich habe sofort Jochen angerufen, aber es war schon zu spät. Und ich habe Charly ganz alleine sterben lassen!«

Lisas Augen füllten sich schon wieder mit Tränen. Sie senkte den Blick und schluckte. »Ich werde mich nie bei ihm dafür entschuldigen können!«

Michael legte seine Hand auf ihren Oberschenkel und tätschelte sie sanft. »Er hätte das verstanden. Du konntest nicht ahnen, dass er bei deiner Rückkehr nicht mehr leben würde. Wirf dir das nicht vor, Lisa!«

Traurig sah sie Michael an. »Du hast recht. Es fühlt sich aber so... falsch an. Das ist alles so schrecklich!« Dann sah sie aus dem Fenster, hinaus in die Dunkelheit, die den Kampf gegen den Nebel gewonnen hatte und wie eine Decke über dem Garten hing. Ein Donnergrollen war zu hören und kurz darauf sahen die beiden den Blitz am Himmel.

»Er hatte immer schreckliche Angst bei Gewittern! Und jetzt ist er ganz allein dort draußen!« Lisa zog die Beine an sich, schlang die Arme darum und wiegte sich weinend vor und zurück.

So ging das den ganzen Abend lang. Michael tröstete Lisa, hielt sie, wenn sie weinte und hörte zu, wenn sie ihm von Charly erzählte. Eigentlich war er der perfekte Freund, fand er. Glücklicherweise war es Sonntag und nachdem Lisa endlich erschöpft eingeschlafen war, legte Michael eine Decke über sie und verließ leise das Haus. Sie würde es verstehen, morgen war schließlich ein Arbeitstag und er musste früh aufstehen.

Im Büro setzte sich die Pechsträhne vom Wochenende fort. Gegen zehn Uhr erhielt einer von Michaels Mitarbeitern einen Anruf von seiner Tochter Sophia. Sie war Anfang zwanzig und Michael war letztes Jahr einige Male mit ihr ausgegangen, doch hatte sie ihn schnell gelangweilt. Ihr Vater, Horst Lichtmann, arbeitete schon seit vielen Jahren für das Unternehmen. Er war es sogar gewesen, der Michael damals eingewiesen hatte, als dieser seine ersten Arbeitstage hier absolvierte. Eben war Lichtmann in seinem Büro gewesen, es folgte ein ordentlicher Streit. Er wollte Sophia vom Flughafen abholen, weil ihr Freund das nicht wie vereinbart machen konnte. Wo sie gewesen war, wusste Michael nicht, doch es interessierte ihn auch nicht.

»Dann soll sie doch ein Taxi oder die Bahn nehmen! So weit ist der Flughafen nicht weg! Wir brauchen dich hier heute, gleich kommen Frau Klepp und Herr Wegener zum Meeting, das kann ich nicht alleine erledigen!« Um seine Aussage zu unterstreichen schlug Michael mit der Hand auf den Tisch.

»Sophia ist nicht in Düsseldorf gelandet, sondern in Frankfurt! Ich kann sie da nicht einfach sitzen lassen!«

»Und du kannst mich hier nicht sitzen lassen. Du bleibst im Büro. Ende.«

Lichtmann wurde allmählich ebenfalls aufbrausend: »Michael, ich schätze dich wirklich und ich wäre heute auch hier, wenn sie mich nicht brauchen würde. Aber die Familie steht für mich immer an erster Stelle. Dein Vater würde das Gleiche tun.«

»Ich bin aber nicht mein Vater! Und nenn mich nicht Michael! Für dich bin ich immer noch Herr McPherson!«

»Wirklich, Michael? Darauf bestehst du? Weißt du was, krieg du dich mal wieder ein, ich fahre jetzt erst einmal nach Frankfurt!«, entgegnete Horst Lichtmann und verschwand aus Michaels Büro. Dieser ging zunächst ins Bad und wusch sich das Gesicht. Etwas Abkühlung tat gut, nachdem Horst ihn so in Rage versetzt hatte. Dann ging Michael zu Horst ins Büro, um zu sehen, ob er arbeitete. Nein! Horst Lichtmann war tatsächlich einfach gefahren, ohne Michaels Zustimmung! Das gab es nicht - nicht mit Michael! Zunächst musste sich Michael allerdings erst einmal auf das Meeting vorbereiten, das er jetzt alleine zu führen hatte.

Den Abend verbrachte Michael im Fitnessstudio. Er hatte keine Lust auf eine weinende Lisa und hatte sich stattdessen mit Markus zum Training verabredet. Während die beiden Gewichte stemmten, erzählte Michael seinem Freund von seiner neuen Beziehung.

»Ich bin echt beeindruckt«, gab Markus zu. »Ich hätte nicht gedacht, dass du die so schnell rumkriegen würdest. Respekt!«

Michael grinste selbstzufrieden. »Ja, die ist aber auch ganz schön anstrengend. Na ja, solange es sich wenigstens lohnt... Hauptsache, ich sehe einmal Lukas seine Wette verlieren!« Die beiden lachten.

Michael wischte sich mit seinem Handtuch über Stirn und Nacken, er war ziemlich ins Schwitzen geraten. Dann gingen die beiden zu einem anderen Gerät, wo sie die Oberschenkel trainierten.

»Und, hat sich Maja mal wieder bei dir gemeldet?«, fragte Markus.

»Ja, hat sie. Aber ich hab ihr abgesagt.«

»Was? Dir scheint es echt ernst zu sein mit Lisa. Bitte, kehr bald zu deinem echten Leben zurück! Oder hast du wirklich vor, mit Matthias Pärchenabende zu schieben?«

Michael lachte. »Nein, keine Sorge. Der Charity-Ball findet ja schon bald statt und danach bin ich wieder ganz der Alte. Versprochen!«

Am nächsten Morgen war Michael zeitig im Büro, um Lichtmann, der üblicherweise als einer der ersten auftauchte, abzufangen. Wie erwartet erschien Horst Lichtmann pünktlich.

»Horst, komm mal rüber!«, rief Michael, als er diesen eintreten hörte.

»Was gibt's, Michael?« Horst stand entspannt an den Türrahmen gelehnt da, als hätte es den gestrigen Streit nicht gegeben. Eine Hand hatte er sogar in der Hosentasche vergraben! Jetzt wollte Michael ihm erst recht zeigen, wer hier der Boss war!

»Pack deine Sachen und geh.«

»Was?«

»Du hast mich schon verstanden. Du bist gefeuert!«

»Das kannst du nicht tun. Wieso sollte...-«

Lichtmann fuhr sich durch das allmählich ergrauende Haar, als führte ihn das zu einer Lösung.

»Natürlich kann ich! Das, was du gestern hier abgezogen hast, war Arbeitsverweigerung. Auf Mitarbeiter wie dich kann ich verzichten!« Michael lehnte sich in seinem Bürostuhl zurück und genoss den Moment. Lichtmann war der letzte Mitarbeiter der ehemaligen Stammbelegschaft, die er von seinem ersten Tag an kannte. Jetzt wären ihm endlich alle hier hörig.

»Michael, bitte! Das geht nicht. Du weißt, dass ich einer der Besten hier bin. Und du weißt auch, dass Martha seit einem Monat im Krankenhaus liegt! Du darfst mich nicht entlassen!«

»Ich darf. Sieh zu, dass du in einer Stunde hier weg bist!« Michael wartete, doch Lichtmann sagte nichts. Er schüttelte bloß ungläubig den Kopf, stand etwa eine halbe Minute lang reglos da und kam dann um Michaels Schreibtisch herum auf ihn zu.

»Michael, bitte! Es kommt nicht wieder vor! Bitte! Ich brauche den Job, das weißt du! Ich... Es tut mir leid!«

»Eine Stunde!«, wiederholte Michael und wandte sich ab. »Wenn die anderen zur Arbeit kommen, solltest du weg sein. Also beeile dich!«, befahl er ein letztes Mal, dann tippte er weiter an der E-Mail, in der er die Personalabteilung über seinen Entschluss informierte. Noch bevor der erste Mitarbeiter an diesem Morgen das Gebäude betrat, war Lichtmanns Arbeitsplatz leer geräumt. Er hatte sich nicht mehr von Michael verabschiedet und sein Büro sah aus, als hätte dort niemals jemand gearbeitet.

4. Kapitel

Die nächsten Wochen vergingen wie im Flug. Am Anfang musste Michael Lisa noch oft wegen Charly trösten, aber inzwischen hatten sie einen richtigen Grabstein aufgestellt und Lisa trauerte nur noch im Stillen. Sie unternahmen viel, gingen Tretbootfahren und genossen die ersten Frühsommertage. Jetzt, da Charly nicht mehr da war, konnte Lisa all ihre Aufmerksamkeit Michael schenken.

Der Charity-Ball rückte näher und am Tag des Events war Michael zum ersten Mal seit langer Zeit aufgeregt. Er konnte sich nicht für einen Anzug entscheiden und kam sich vor wie eine Frau. Stundenlang stand er in seiner Wohnung vor dem Spiegel und stylte sich ständig um. Heute Abend war sein großer Auftritt, da musste er gut aussehen. So würde er das erste Mal richtig in die Medien kommen und das nicht nur auf einer schlechten Party im Schatten von Lukas. Letztlich entschied sich Michael für einen cremefarbenen Anzug und ein dunkelblaues Hemd. Gestern war er noch beim Frisör gewesen, daher lagen seine Haare gut; er brauchte nur noch etwas Haarspray zu benutzen. Noch bevor Michael das Haus verlassen konnte, hatte er das Hemd durchgeschwitzt. Nur noch heute, sagte er sich. Beruhige dich. Bald hast du es geschafft. Er zog sich sein Hemd wieder aus und zog sich daraufhin dessen Duplikat an. Glücklicherweise besaß er von den meisten seiner Lieblingshemden mindestens zwei Exemplare. Dann benutzte er ein spezielles Antitranspirant. Warum war es heute auch so unerträglich heiß? Für einen Tag im Mai schon fast zu warm, sechsundzwanzig Grad waren angekündigt. Nachdem Michael das Problem mit seinem Hemd behoben hatte, betrachtete er sich ein letztes Mal im Spiegel. Er sah wirklich gut aus. So konnte er gehen. Dann setzte er sich in sein Auto und fuhr zu dem Schloss, das Lisa für den Ball gemietet hatte.

Es war beeindruckend. Nicht nur, dass das frisch restaurierte Schloss über dem Rhein in den strahlend blauen Himmel emporragte; nein, sogar die Gartenanlage hatte sich rechtzeitig für den Ball in ein Meer aus bunten Blumen verwandelt. Es roch nach unzählig vielen verschiedenen Pflanzen, die Michael nicht benennen konnte. Vögel zwitscherten und er fragte sich, ob Lisa gleich im Brautkleid aus dem Schloss spazieren würde. Die richtige Kulisse für eine Hochzeit war es allemal. Tatsächlich trat Lisa wenige Minuten später aus dem Gebäude. Michael lief auf sie zu und musste kurz den Atem anhalten. So hübsch hatte sie noch nie ausgesehen. Das Kleid, das sie gemeinsam ausgesucht hatten, war knielang und violett. Es hatte keine Ärmel und war um die Brust herum eng anliegend, fiel dann jedoch wellenförmig und locker herab. Rüschen in einem zarten Rosa zierten es am oberen und unteren Bund. Ihr Haar hatte Lisa beim Frisör legen lassen, es fiel in Locken sanft auf ihre Schultern. Als sie Michael umarmte und küsste, sah er das Strahlen in ihren grünen Augen und atmete ihren süßlichen Duft ein. Er wurde schwach.

»Lisa, du siehst umwerfend aus!«

»Danke, Liebling! Komm mit, ich zeige dir den Saal, bevor die ersten Gäste gleich kommen!«

»Wie lange haben wir denn noch Zeit?«

»In etwa einer Stunde ist der Einlass, dann kommen auch die Reporter für die Interviews. In zweieinhalb Stunden beginnt die Eröffnungszeremonie.«

Michael bekam allmählich ein mulmiges Gefühl im Magen. Er wusste nicht so recht, was auf ihn zukam, er war noch nie auf solch einer Veranstaltung gewesen. Lief hier jemand mit einem Klingelbeutel herum und sammelte die Spenden? In Gedanken versunken folgte er Lisa, die ihm den Speisesaal zeigte, in dem sich auch eine geräumige Tanzfläche befand, und ihn dann durch den Rest des Schlosses führte. Es hatte wirklich Charme, musste Michael zugeben. Aber ob die Leute deshalb Geld spenden würden, um den Tierschutz zu unterstützen? Michael wagte das zu bezweifeln, tat Lisa gegenüber jedoch sehr begeistert. Kurz bevor die Reporter sich angekündigt hatten, ging er zur Toilette. Im Spiegel prüfte er sein Aussehen und atmete tief durch. Das war seine große Gelegenheit. Er verließ das Bad und suchte Lisa. Dann machten sie sich gemeinsam auf den Weg nach draußen, wo Lisa mit ihm an ihrer Seite einige Interviews geben würde.

Zuerst beantwortete sie die Fragen eines lokalen Journalisten, der für eine Tageszeitung schrieb. Eine Hand voll Fotografen und ein Kamerateam komplettierte die Reihe der Reporter. Insgesamt waren es aber nicht sehr viele. Michael hatte mit einem größeren Interesse gerechnet. Er hielt sich stets an Lisas Seite und sah sich nach neu eintreffenden Journalisten um, während Lisa Rede und Antwort stand. Sie erzählte vom Sinn und Zweck der Veranstaltung, von den Tierversuchen großer Kosmetikkonzerne und von Skandalen in der Schlachttierhaltung. Sie selbst sei zwar keine Vegetarierin, doch achte sie darauf, dass das Fleisch, das sie kaufe, nachweislich von »glücklichen« Tieren stammte. Außerdem trage sie keinen Pelz und auch ihr Vater verwende nur Kunstpelz in seinen Modelinien. Es sei wichtig, den Menschen zu zeigen, dass nicht nur eine vegane Lebensweise Tieren zugute kommt, sondern dass auch kleine Taten etwas bewirken könnten. Der Reporter schrieb fleißig mit, stellte gezielte Fragen und sprach sie sogar auf Charly an, der bisher jedes Jahr mit auf dem Event gewesen war. Lisa ließ sich nicht aus der Ruhe bringen, fasste sich zwar zwischendurch ans Haar, ließ die Hand dann jedoch wieder sinken, als sie sich daran erinnerte, dass ihre Haare perfekt frisiert waren. Dann erzählte sie ihm aufrichtig, dass sie ihren geliebten Hund erst vor kurzem verloren habe und er immer in ihrem Herzen sei. Anschließend lächelte sie charmant, wechselte das Thema und witzte sogar ab und an. Michael war fasziniert. Lisa schaffte heute scheinbar alles mit links.

Als der Mann sein Interview beendet hatte, waren die Fotografen dran. Zunächst posierte Lisa alleine, kam sich ohne Charly aber etwas verloren vor und holte Michael als Unterstützung an ihre Seite. Eine Hand hatte sie in die Hüfte gestützt, Michael sah ihr Delfintattoo am Handgelenk unter dem schmalen Armband hervorlugen. Das würde sicherlich auf den Bildern drauf sein, aber für den Moment war es Michael egal. Lisa sah einfach klasse aus. Das Kamerateam drehte kurz einige Szenen, stellte Lisa ein paar Fragen und hatte dann ebenfalls seine Arbeit beendet. Einige Journalisten nutzten die Gunst der Stunde, um Gregor, der etwas abseits stand, zu seiner neuesten Kollektion zu befragen. Lisa und Michael empfingen die ersten Gäste – allesamt lokale, aber auch einige bundesweit bekannte Prominente – und machten sich allmählich auf den Weg in den Speisesaal. Michael hatte noch nie so viele Berühmtheiten persönlich kennengelernt und empfand den Tag bislang als angenehmer als erwartet.

Während Lisa sich auf die Eröffnungsrede vorbereitete und die Technik überprüfte, setzte sich Michael zu Gregor an den Tisch. Es war ein guter Platz, nahe der Bühne und ebenfalls unweit vom Buffet. Nach Lisas Rede sollte es zunächst das Essen geben und anschließend wollte sie alle zum Tanzen auffordern. Michael unterhielt sich etwas mit Gregor, während sich der Saal füllte. Lisas Vater war wie immer stilsicher gekleidet und trug ebenfalls einen hellen Anzug, jedoch ein türkisgrünes Hemd darunter. Braun gebrannt wie er war – er hatte letzte Woche beruflich in Spanien zu tun gehabt – sah er wirklich gut aus für sein Alter. Er benutzte sicherlich Anti-Falten-Creme, dachte Michael. Der Lärmpegel im Raum stieg an und einige Leute setzen sich zu Michael und Gregor an den Tisch. Die eine Frau war Moderatorin bei einem großen Fernsehsender, das wusste Michael, und ihre Begleitung musste ein bekannter Musical-Star sein. Außerdem kamen noch eine Schauspielerin, ein Model und zwei Juroren einer Castingshow hinzu. Es gab jedoch auch etliche

Prominente, die Michael nicht erkannte, jedenfalls nicht sofort. Dennoch – je mehr berühmte Gäste, desto wichtiger würde den Journalisten die Berichterstattung am nächsten Tag sein. Die frühe Abendsonne schien in den Speisesaal und Michael wurde wieder warm. Der weiche, mit Samt bezogene Stuhl ließ ihn zusätzlich schwitzen und er hoffte, dass es bloß bald los ging. Bevor er jemandem die Hand gab und sich vorstellte, musste er diese an seiner teuren Hose abwischen und auf dem hellen Stoff sah man das schnell. Etwas unruhig sah er sich im Raum um. Wo war Lisa? Nachdem er erst eine andere Frau in ähnlichem Kleid für seine Freundin gehalten hatte, entdeckte er sie am anderen Ende des Saals. Gerade ging ein Mann auf sie zu, tippte ihr auf die Schulter und nahm sie dann in den Arm. Sie lachte, warf das Haar nach hinten und unterhielt sich mit ihm. Wer war der Kerl? Und was wollte er bei seiner Freundin? Michaels Laune wurde zunehmend schlechter, dabei hatte alles so gut angefangen.

Glücklicherweise ging Lisa nun auf die Bühne und stellte das Mikrofon auf die richtige Höhe ein. Es wurde etwas ruhiger und Michael war so auf Lisa konzentriert, dass er fast nicht wahrgenommen hätte, wie sich ein Mann neben Lisas Platz auf den letzten noch freien Stuhl an seinem Tisch setzte. Michael sah kurz hin. Es war der Typ, den Lisa eben umarmt hatte!

»Ach, wir kennen uns noch nicht!«, sagte der Kerl freundlich. »Ich bin Julien.« Julien? Kannte er einen Julien? Michael war sich nicht sicher, glaubte aber, den Namen schon einmal gehört zu haben.

»Hi. Michael«, sagte er schlicht und bemerkte zu seiner Verärgerung, dass Julien und Gregor sich höflich zunickten. Vielleicht war dieser Julien mit dem Model zusammen? Aber wieso sollte sie etwas mit so einem anfangen? Er sah aus wie ein Verlierer. Kaum Muskeln, eine billige Haarfarbe, ein langweiliger Anzug von keiner bekannteren Marke. Der wäre ja wohl keine Konkurrenz für Michael! Aber er hatte eine Model-Freundin, verdammt!

Lisa zupfte sich auf der Bühne gerade ihr Kleid zurecht, räusperte sich und bat um Aufmerksamkeit. Sie eröffnete ihre Rede mit der traurigen Neuigkeit von Charlys Tod, erzählte etwas über die Veranstaltung – was sie auch schon in den Interviews berichtet hatte – und erläuterte dann noch, wie man die Stiftung unterstützen konnte. Dann bat sie ihren Partner auf die Bühne. Partner? Michael war verdutzt. Sie hatte ihm gar nichts davon gesagt. Was sollte er denn da tun? Er wusste gar nicht, was er sagen wollte. Lisa sah zu ihm hin und winkte auffordernd. Er musste es tun. Sie wollte es schließlich und heute musste er tun, was sie wollte, um die Wette definitiv zu gewinnen. Michael wollte gerade aufstehen, da erhob sich der Mann neben ihm, Julien.

»Meine Damen und Herren, ein großer Applaus für Julien Winkler!« Julien? Der war ihr Partner? Was für ein Partner?

»Guten Abend wünsche ich, mein Name ist Julien Winkler und wenn Sie diese Veranstaltung auch in den letzten Jahren besucht haben, kennen Sie mich bereits. Ich möchte Ihnen jetzt einige Projekte vorstellen, die Sie in den letzten Jahren mit finanziert und unterstützt haben.« Julien schaltete eine Powerpoint-Präsentation ein, zeigte ein paar Bilder und erläuterte sie. Lisa hatte Michael nie gesagt, dass noch ein anderer an der Veranstaltung mitarbeitete! Warum hatte sie ihm diesen Kerl verschwiegen? Lief da etwas zwischen ihnen? Sie würden sich gleich erst mal unterhalten müssen, dachte Michael, wartete aber zunächst die Rede ab. Nachdem Lisa dann das Buffet für eröffnet erklärt hatte und die Gäste hungrig dem duftenden Essen entgegen strömten, setzten sich Lisa und Julien an den Tisch und beglückwünschten sich gegenseitig.

»Das lief doch alles gut, oder?«, fragte Lisa in die Runde und Gregor kam zu seiner Tochter herüber. Er nahm sie in den Arm, gab ihr einen Kuss auf die Wange und lobte sie: »Das hast du wunderbar gemacht, Schätzchen! Und jetzt iss etwas, sonst fällst du noch vom Fleisch!« Mit diesen Worten machte sich Gregor auf den Weg zum Buffet und nahm Julien und den Rest des Tisches gleich mit. Michael jedoch hielt Lisa kurz zurück und als niemand mehr bei ihnen saß, fragte er sie nach Julien.

»Julien ist mein Partner. Wir haben die Aktion vor drei Jahren ins Leben gerufen.«

»Nur dein Partner? Ihr seht aber sehr vertraut aus...«

»Ja, er ist ja auch mein Ex!«

Das saß. Ihr Ex. Das hätte ihm auch sofort einfallen können, natürlich! Es passte alles, sie hatte Michael ja erzählt, dass ihr Ex ein Loser war. Außerdem hatte er ja Bilder von ihm im Internet gesehen! Aber damals hatte er noch schlechter ausgesehen als jetzt.

»Oh, klasse. Ich dachte, ihr hättet letztes Jahr Schluss gemacht? Ich dachte, wir wären jetzt zusammen?«

»Michael, ja, wir haben Schluss gemacht. Deshalb müssen wir doch nicht unsere geschäftliche Beziehung aufgeben? Dieses Event liegt mir sehr am Herzen und Julien engagiert sich viel für Tiere. Er hat Charly geliebt.«

»Dann ruf ihn doch nächstes Mal an, wenn du jemanden zum Trösten brauchst!« Michael wurde lauter.

»Hör auf damit, Michael! Ich habe ihn nicht angerufen, weil das unpassend gewesen wäre, das weißt du! Da ist nichts mehr zwischen uns, das Ganze ist vorbei. Trotzdem gibt er sich viel Mühe bei der Vorbereitung dieses Balls und der Tierschutz kann jede Hilfe gebrauchen! Warum bist du heute nur so komisch?«

Michael riss sich zusammen. Warum war er überhaupt eifersüchtig? Er wollte Lisa doch sowieso bald verlassen. Was spielte Julien da noch für eine Rolle?

»Es tut mir leid, Liebling. Ich habe nur bemerkt, wie er dich ansieht... und es kam mir vor, als wäre da noch etwas. Kannst du mir verzeihen?«

Lisa lächelte und ihre Wimpern begannen mal wieder zu klimpern. »Natürlich. Du hast wohl wie ich auch zu wenig gegessen heute. Komm, lass uns einen Teller holen. Und glaube mir, Julien ist nur noch mein Geschäftspartner.«

Michael nickte und machte gute Miene zum bösen Spiel, doch innerlich brodelte er. Erst Charly, jetzt Julien! Hörte das denn nie auf?

Nachdem sie sich den Bauch vollgeschlagen hatten, wollte Lisa zum nächsten Punkt auf der Tagesordnung übergehen: dem Tanz. Sie wartete, bis alle Teller abgeräumt waren und nur einige Nachzügler sich noch ein Dessert holten, dann ging sie wieder zur Bühne und kündigte die Live-Band an: es waren die Musiker aus dem Luigi's, Michael erkannte sie sofort und war beeindruckt, dass Lisa sie hatte engagieren können. Aber mit dem Namen ihres Vaters und dem richtigen Kleingeld war wohl alles möglich. Während seine Freundin auf der Bühne die Musik anpries und allen einen angenehmen Abend wünschte, schweiften Michaels Gedanken wieder ab. Er würde Julien schon zeigen, wer jetzt mit Lisa zusammen war – und wer von ihnen eindeutig die bessere Wahl war! Die Fotografen sollten am nächsten Tag nicht Julien abdrucken, sondern Lisa und Michael als Traumpaar feiern, dann konnte er Lukas seinen Sieg umso mehr unter die Nase reiben. Gewonnen hatte er die Wette sowieso schon, es ging jetzt nur noch darum, wie hoch. Je mehr Lisa ihn liebte, desto bessere Arbeit hatte er geleistet, überlegte Michael.

Ein tosender Applaus riss Michael jäh aus seinen Gedanken. Alle Augen waren auf ihn gerichtet, sogar ein Scheinwerferlicht huschte von der Bühne herüber. Bestimmt sollte Julien wieder irgendetwas sagen, dachte Michael, als Julien ihn mit dem Ellbogen anstieß und in Richtung Tanzfläche wies.

»Na los«, flüsterte Julien. Der Tanz! Michael und Lisa mussten wohl den Anfang machen. Schnell setzte Michael sein Pokerface auf, erhob sich und winkte einmal kurz in die Menge. Dann näherte er sich der Bühne, half Lisa herab und begleitete sie zur Tanzfläche, wo sie vor allen Gästen einen langsamen Walzer hinlegten. Michael kannte das Lied, es wurde häufig im Luigi's gespielt. Routiniert nahm er seine Tanzhaltung ein und führte Lisa elegant über das Parkett. Während er sie sanft umherwirbelte, nahm er wieder ihr teures Parfüm wahr und wollte es am liebsten in sich hinein saugen. Sie roch betörend gut. So nah, wie er ihr war, konnte er außerdem kleine Schweißperlen auf Lisas Stirn sehen. Auf der Bühne und im grellen Scheinwerferlicht war es warm, das merkte Michael nun auch – jetzt, da sie sich beide inmitten des Lichtkegels bewegten und dem Rhythmus der Musik folgten. Am Ende entschied sich Michael dazu, eine kleine Hebefigur einzubauen, die er mit Maja – sie arbeitete als Trainerin für Pole-Dance – einstudiert hatte. Lisa war sichtlich überrascht, spielte aber mit. Michael bewunderte ihre gute Körperspannung, ohne die sie die Figur nur schwerlich hätte machen können. Als der letzte Ton des Stücks verklang, drehte er Lisa ein letztes Mal um ihre eigene Achse und zog sie nah an sich heran; so nah, dass er ihren Atem spüren konnte. Ein Knistern lag in der Luft, Michael hatte den unwillkürlichen Drang, sie zu küssen, verharrte jedoch in seiner Position und genoss den Applaus. Lisas Augen strahlten und diese positive Energie breitete sich auf ihrem Gesicht aus, als sie sich zur Menge wandte und alle zum Tanzen aufforderte. Die Gäste stürmten die Tanzfläche und die Band spielte einen etwas flotteren Jive; Michael und Lisa hingegen setzten sich zurück an ihre Plätze und beobachteten das bunte Treiben.

»Ich wusste gar nicht, dass du so gut tanzen kannst!«, lobte Lisa ihn.

»Ich bin immer für eine Überraschung gut«, gab er augenzwinkernd zurück. Michael vergewisserte sich, dass Julien hinsah, dann zog er Lisa zu sich heran und küsste sie leidenschaftlich. In ihrer

Euphorie tat sie es ihm gleich und fuhr ihm dabei durch sein Haar. So glücklich war sie schon lange nicht mehr gewesen.

Nachdem die letzten Gäste gegangen waren, machten sich auch Michael und Lisa auf den Heimweg. Gregor hatte die Veranstaltung bereits verlassen, weil er noch einen Flug nach München erwischen musste. Lisas Partner Julien hatte bis zum Schluss den Technikern beim Abbau der Geräte geholfen und war vor wenigen Minuten in ein Taxi gestiegen. Lisa und Michael saßen nun in seinem Wagen und lachten und scherzten unbekümmert. Der Abend hatte sich doch noch als ganz unterhaltsam erwiesen. Die Lisa von damals, die leidenschaftliche Lisa, war zurück. Bei ihr zuhause angekommen strahlte sie Michael glücklich an und lief ihm dann voraus in ihr Zimmer. Dabei hinterließ sie eine Spur: zuerst verlor sie einige ihrer Haarklammern, sodass ihre blonde Mähne verführerisch ihr Gesicht umspielte. Dann kickte Lisa die Schuhe beiseite und tappte barfuß weiter, bis sie bald auch die Strumpfhose ablegte. Ihr Kleid rutschte gleich von ihrem zarten Körper, sobald sie den Reißverschluss öffnete. Als sie in ihrem Zimmer angekommen waren, trug Lisa nur noch ihre Unterwäsche.

Michael drückte Lukas seinen Ersatz-Autoschlüssel in die Hand. »Viel Spaß beim Schrubben«, wünschte er ihm vielsagend und mit einem breiten Grinsen. Es war der Tag nach dem Charity-Ball und Michael hatte gerade am Kiosk die Sonntagszeitung gekauft. Sie hatten es zwar nicht auf die ersten Seiten geschafft, aber im Lokalteil füllte das Bild von Lisa und Michael sogar eine halbe Seite. Der Bericht daneben ging außerdem nicht nur auf die Veranstaltung und Lisa ein, sondern auch auf ihr »neu gefundenes Liebesglück« mit Michael, nachdem »ihre Beziehung zum engagierten Tierschützer und Co-Organisator der Veranstaltung Julien Winkler« im vergangenen Jahr gescheitert war. Ein kleines Bild am unteren

Rand zeigte Julien und Lisa im letzten Jahr, als sie noch ein Paar gewesen waren. Dann schrieb der Reporter noch etwas über Charly, versah den Bericht über sein Ableben ebenfalls mit einem Foto und gab am Ende des Artikels Spendenmöglichkeiten für Lisas Tierschutzprojekt an. Dass Julien es mit in die Zeitung geschafft hatte, wurmte Michael zwar, aber das kleine Bild übersahen die meisten Leser wohl ohnehin.

»Zeig mal her!«, forderte Lukas ihn auf und riss Michael die Zeitung aus der Hand. Er hatte sie mitgenommen, um einen Beweis zu liefern, auch wenn es ihm etwas seltsam vorkam, mit der Tageszeitung in der Hand am Sonntagabend eine Kneipe zu betreten. Lukas las sich den Artikel interessiert durch und auch Matthias und Markus beugten sich herüber, um die Fotos besser sehen zu können, begnügten sich jedoch größtenteils mit den Zitaten, die Lukas vorlas.

»Wow, Michael... Ich muss schon sagen: gute Arbeit, Hut ab! Das hätte ich dir nicht zugetraut!«

»Wieso denn das? Meine Affären waren allesamt heiße Frauen!«, entgegnete Michael.

»Das schon, aber die Herausforderung lag doch in Wirklichkeit darin, sie bis zum gestrigen Abend zu halten.« Da musste Michael seinem Freund recht geben. Tatsächlich hatte er bislang kaum eine richtige Beziehung gehabt und wenn, dann hielt sie nicht lange. Beziehungen waren einfach nichts für Michael, die brachten nur Probleme mit sich.

»Und, wann wirst du es ihr sagen?«, fragte Markus.

»Ihr was sagen?«, fragte Matthias.

»Na, dass er Schluss macht!«, rief Lukas lachend.

»Mmh... Ich weiß noch nicht so genau. Ich lasse es meistens nicht so weit kommen, dass ich Schluss machen muss, normalerweise reicht es, wenn ich einfach nicht mehr anrufe.« Das war ernst gemeint, aber Markus und Lukas brachen daraufhin in schallendes

Gelächter aus und entwarfen schon die Schlagzeilen von morgen: »Delfinfrau von Bürohengst verlassen!«, »Millionärstochter abserviert«...

»Ach, Leute, beruhigt euch. Ich mache das in den nächsten Tagen«, versprach Michael und beendete die Spinnereien seiner Freunde.

»Das will ich hoffen, dann können wir endlich mal wieder ordentlich Party machen«, freute sich Markus. Ihm hatte Michael gefehlt und seine lockere Art, Frauen anzusprechen – oft schon hatten er und Lukas davon profitiert.

»Bist du sicher, dass du Schluss machen willst?«, fragte Matthias. »Sie scheint doch eine tolle Frau zu sein und dich wirklich gern zu haben.«

»Oh Mann, Matthias! Wirklich? Es gibt überall tolle Frauen, man kann doch jeden Tag eine neue haben!« Markus schien entsetzt von Matthias' Vorschlag.

»Ich meine ja nur... Sie könnte die Richtige für dich sein. Außerdem ist sie erfolgreich und klug – was willst du denn mehr?«

Michael schwieg. Was wollte er denn schon? Das spielte keine Rolle, man bekam nicht alles, was man wollte. Und wenn doch, dann nahm irgendwer es einem schon früh genug wieder weg. Er dachte an Lisa, an ihre hübsche Figur und offene Art. Schnell jedoch wurde dieser Gedanke von ihrem Augengeklimper überschattet und dem unwillkürlichen Gefühl, sie sei Michaels kleine Schwester.

»Übermorgen ist die Kleine fällig!«, rief er in die Runde und prostete Lukas und Markus zu, die anerkennend nickten, während Matthias nur den Kopf schüttelte. Wie konnten seine Freunde die Frauen nur so schlecht behandeln?

»Michael? Michael, bist du dran?« Die Stimme klang leise und schwach.

»Ja, hey... ja, bin ich. Bin gerade unterwegs, was gibt's?«

»Ich wollte dich nur kurz anrufen und fragen, wie es dir geht.«

»Deshalb rufst du an? Ja, also, ganz gut eigentlich...« Michael musste einer Frau mit Kinderwagen ausweichen. Weil vor dem Fitnessstudio kein Parkplatz mehr frei gewesen war, musste er ein paar Straßen weiter parken und sich nun einen Weg durch die Innenstadt bahnen. An einem Montagnachmittag nicht gerade die beste Idee – der Feierabendverkehr verstopfte die Straßen und die Fußgänger blockierten die Bürgersteige.

»Ich hab das mit deiner Freundin mitbekommen«, sagte Alex.

»Meiner Freundin?«

»Ja, dieser Lisa Becker. Gratuliere, das ist eine hübsche Frau! Das hättest du mir ja ruhig mal erzählen können! Und ich musste es gestern aus der Zeitung erfahren...«

»Achso, das... Ja, es ist eigentlich nichts Festes«, beschwichtigte Michael seinen Vater.

»Dann sieh zu, dass es das wird.« Er hustete. »Sie wäre eine tolle Schwiegertochter!«

»Dad!«

»Schon gut, schon gut...«

»Was ist denn jetzt? Du rufst mich doch nicht nur wegen Lisa an?«

»Hast du es eilig?«

»Ja, ich wollte gerade zum Fitnessstudio, Markus und ich sind zum Training verabredet. Wie jeden Montagabend.«

»Oh, na dann... Tut mir leid. Ich wollte eigentlich nur...« Alex schwieg. »Ich wollte nur ein paar Termine absagen. Ich kann nächste Woche nicht zu euch in die Stadt kommen, deshalb müsstest du meine Termine übernehmen.«

»Gut, aber wieso rufst du denn dann nicht meine Sekretärin an?«

Allmählich wurde Michael unruhig. Was wollte sein Vater von ihm? Konnte das nicht warten?

»Ja, stimmt, das habe ich ganz vergessen. Danke, Michael. Ich rufe sie gleich an.«

»Okay, tu das. Ist denn sonst noch was?«

»Ich... nein, eigentlich nicht. Mach's gut, mein Junge!«

»Mach's gut, Daddy!«

Irgendetwas an dem Gespräch war komisch gewesen, doch Michael kam nicht darauf, was es war. Er verstaute sein Handy im Spind, zog sich um und ging dann auf die Trainingsfläche, um seine Muskeln etwas in Form zu bringen.

Außerdem brauchte er dringend Markus' Rat, wie er die Beziehung mit Lisa am unkompliziertesten beenden konnte.

Als Michael die Wunderbar betrat, die eher ein urgemütliches Café mit zusammengewürfeltem Mobiliar und weißen Spitzendeckchen auf den Tischen war, fühlte er sich schlagartig unwohl. Bereits dieser Ort war ihm in seiner Gesamtheit zuwider – Kitsch, wohin man auch sah; Frauen, die an den kleinen Tischen in den Nischen tuschelten und kicherten. Lisa hatte dieses Café vorgeschlagen und ihr zuliebe war er hierher gekommen – wie sollte er ihr auch etwas abschlagen, wenn er sie doch jetzt sowieso verlassen würde? Lisa hatte sich heute am Telefon so merkwürdig verhalten wie sein Vater gestern auch schon. Michael sah sich um und entdeckte Lisa in einer Ecke im hinteren Teil der Wunderbar. Sie saß mit dem Rücken zu ihm und rührte mit einem Löffel monoton in ihrem Kaffee. Als Michael sie zur Begrüßung küssen wollte, hielt sie ihm bloß die Wange hin und starrte ihm regungslos in die Augen.

»Lisa, Schatz, wie geht's dir?«

»Hast du mir nicht etwas zu sagen?«, fragte sie ihn gerade heraus mit durchdringendem Blick. Sie legte den Kaffeelöffel auf der Untertasse ab, gleich neben dem Teller mit den unangetasteten Waffeln, die inzwischen kalt sein mussten. Dann platzierte sie ihre Hände, zu kleinen Fäusten geballt, auf dem Tisch.

»Zu sagen? Wie meinst du das?« Sie konnte doch nicht wissen, dass er vorhatte, ihre Beziehung gleich zu beenden.

»Also nichts? Du bist dir keiner Schuld bewusst?«

»Schuld?« Michael verstand nicht, worauf sie hinaus wollte.

»Du willst es also tatsächlich leugnen! Und ich dachte, ich könnte dir vertrauen!« Plötzlich brach Lisa in Tränen aus und schluchzte vor sich hin. Ihre Wimperntusche hinterließ lange, schwarze Streifen auf ihren Wangen wie ein schlammiger Fluss, der sich in immer und immer neue Läufe aufteilte. Zum Schluss tropften ihre Tränen sogar auf den Tisch mit dem weißen Spitzendeckchen.

»Lisa, ich verstehe nicht-«

»Du verstehst sehr wohl!« Sie blinzelte ihn wütend und traurig zugleich an. »Du warst auf der Party. Janine hat mir alles erzählt!«

Janine? Es dauerte einen Augenblick, bis Michael begriff. Dieses Mädchen von der Party, das sein Sakko getragen hatte!

»Was... – wie... Wie meinst du das?« Michael wusste nicht, was er sagen sollte. Er hatte das Gespräch perfekt einstudiert und jetzt kam Lisa daher und machte ihm das Ganze zunichte. Unruhig rutschte Michael auf der Sitzbank herum, der billige Stoff quietschte bei seinen Bewegungen. Er sah Lisa an, die sich mit den Fingerspitzen die Tränen aus den Augen wischte und in ihrer Handtasche nach einem Taschentuch wühlte, um ihre Nase abzutupfen. Die Frauen am Nebentisch hatten ihre Unterhaltung unterbrochen und sahen gelegentlich zu ihnen hinüber, taten jedoch so, als sprächen sie über irgendetwas anderes. Ihre leisen Stimmen und die zu Lisa huschenden Blicke bestätigten Michael jedoch, dass sie lauschten. Ihm wurde es allmählich zu peinlich hier, was sollten die Leute nur denken? Führte man solche Gespräche nicht gerade deshalb an öffentlichen Orten, um Szenen wie diese zu vermeiden? Während die Kellnerin heiße Waffeln mit Sahne und Kirschen am Nebentisch platzierte – nicht, ohne Lisa einen mitleidigen Blick zuzuwerfen – hörte Michael Lisa zu.

»Janine ist eine Bekannte meiner Cousine, die beiden waren auch auf der Party! Als sie gestern unser Foto in der Zeitung gesehen und dich erkannt hat, rief sie mich sofort an. Während ich also alleine zuhause geblieben bin und um Charlys Leben bangen musste, hattest du nichts Besseres zu tun, als mich anzulügen und zu versuchen, Janine auf einer Party ins Bett zu kriegen!« Enttäuschung schwang in Lisas Stimme mit, aber auch Wut. Michael wusste nicht, wie ihm geschah. Er wollte doch eigentlich Schluss machen – wieso drehte Lisa den Spieß plötzlich um?

»Was denkt die eigentlich, wer sie ist? Sie wollte mit mir ins Bett gehen – und nicht andersrum. Hat mich sogar gefragt, wo mein Auto steht. Ich war stattdessen ein treuer Freund, bin nach Hause gefahren und habe mir am nächsten Tag jede Geschichte über Charly angehört – jede einzelne!« Michael zupfte eine Serviette aus dem Spender, nur um sie sogleich zusammenzuknüllen und immer kleiner zu pressen. Dann nahm er noch eine heraus.

»Treuer Freund? Ich weiß, dass Janine nicht lügt! Kaum haben wir uns mal einen Abend lang nicht gesehen, da wolltest du dir einen One Night Stand angeln! Das ist so armselig, Michael! Ich dachte wirklich, du wärst anders.« Lisa sprach allmählich sicherer, schluckte und trocknete die letzten Tränen in ihrem Gesicht. Trotzdem war es rot und geschwollen. Michael hätte ihr einiges zugetraut, aber nicht, in der Öffentlichkeit solch eine Szene zu machen und sich so schwach zu zeigen. Die Kellnerin näherte sich wieder ihrem Tisch – sie wollte wohl auch kein Wort verpassen – doch Michael gab ihr mit einer Handbewegung zu verstehen, dass er jetzt nichts bestellen wollte.

»Armselig? Du bist armselig! Sieh dich nur an – alles dreht sich immer um deine verdammten Tiere, sogar ein Tattoo hast du von ihnen! Wie alt bist du denn, zwölf? Sei lieber froh, dass jemand wie ich sich für dich interessiert hat – bedank dich bei Lukas!«

»Bei Lukas?«

»Ohne seine blöde Wette hätte ich dich doch nie angesehen!«

»Eine Wette?«

Michael biss sich auf die Lippe. Mist. Das mit der Wette hatte er nicht sagen wollen. Es war besser, wenn niemand davon erfuhr, vor allem nicht die Presse, denn dann würde sich die weibliche Front in der Stadt gegen ihn verschwören – bei solchen Dingen hielten die Frauen immer zusammen. Sie verstanden halt keinen Spaß, so wie Männer.

»Ja, meine Güte, du warst eine Wette! Zufrieden?«

Lisa blickte ihn sprachlos an. Ihre zuvor tränengefüllten, großen Augen funkelten nun. Dann wurden sie glasig und ausdruckslos.

»Weißt du was, Michael? Ich hab mich in dir getäuscht. Ich habe dich wirklich gern gehabt und wenn du mir das mit Janine gestanden hättest, hätte ich darüber hinwegsehen können – aber das? Das wird mir zu viel. Vergiss es, es ist aus!« Lisa griff ihre Handtasche. Sprang vom Stuhl auf. Verließ den Laden in Windeseile. Keine Minute länger wollte sie bei Michael bleiben. Dieser hingegen blieb sitzen und konnte nicht fassen, was gerade vor sich gegangen war. Hatte Lisa tatsächlich gerade mit ihm Schluss gemacht? Sie? Mit ihm? Das war doch sein Plan gewesen! Michael biss die Zähne zusammen, bis es weh tat. Seine Augen wurden klein, er atmete laut ein und stieß dann jedes Mal ein verächtliches Schnauben aus, wenn er ausatmete. Die Kellnerin kam erneut zum Tisch und hielt ihm fragend eine Kanne hin. »Kaffee?«

Michael wand sich aus der Sitzbank hinter dem Tisch heraus, schlug der Kellnerin die Kanne aus der Hand, zog den ersten Schein aus den Portemonnaie, den er greifen konnte, und warf ihn der Kellnerin zu. Leider war er so leicht, dass er auf dem Boden zu Michaels Füßen landete, doch das war ihm egal. Eilig verließ er das Café.

Der Schein war ein Fünfziger gewesen, verdammt! Michael hatte nur Lisas Kaffee und die Waffeln bezahlen wollen, stattdessen hatte er für eine arme Kellnerin wohl die Heilsarmee gespielt. Mist! Während er ziellos durch die Straßen irrte, versuchte Michael das vergangene Gespräch zu rekonstruieren. Doch er kam immer wieder zum selben, essentiellen Knackpunkt: Lisa hatte mit ihm Schluss gemacht. Noch nie hatte jemand mit ihm Schluss gemacht, wozu auch? Er war den Frauen immer einen Schritt voraus. Na ja, fast immer. Heute wohl nicht. Ebenso wie damals, als nicht nur eine, sondern sogar zwei Mütter der Meinung waren, sie könnten ihn ja verlassen. Michael kickte einen Stein aus dem Weg, dann noch einen. Der nächste erwies sich als überstehendes Stück des Pflasters, sodass Michael sich die Zehen stieß. Mit schmerzverzerrtem Gesicht hüpfte er einige Meter weit, bis das Pochen in der Fußspitze nachließ. Niemand machte mit Michael McPherson Schluss, schon gar nicht eine Delfinfrau! Unschlüssig, was er als nächstes tun sollte, konzentrierte Michael seine Energie auf seine Beine. Er lief immer schneller und schneller, wusste ab einem gewissen Zeitpunkt nicht einmal mehr, wo genau er sich befand, aber das war ihm egal. Auf dem Weg durch die Stadt trat er gegen Straßenlaternen, Verkehrsschilder und Fußgängerampeln.

Als er an einer roten Ampel stand, nahm das Adrenalin in Michaels Körper überhand. Er wollte nicht stehen bleiben, sondern laufen, immer weiter laufen. Das rote Signal ignorierend betrat Michael die Straße. Sollten die Autos doch bremsen. Die sahen doch, dass er trotzdem rüber ging! Wie konnte Lisa nur mit ihm Schluss machen? Ihn dermaßen demütigen? Wegen dieses kleinen Flirts mit dieser Schlampe? Das war doch ein Witz. Bestimmt heulte sie sich jetzt bei Julien aus – erst starb Charly und dann ging ihr Freund auch noch fast fremd, buhu! Völlig in Gedanken versunken lief Michael weiter, blendete alle Geräusche aus – Autohupen, kreischende Kinder, den Wind und das ständige Klicken der Ampeln, das Blinden mitteilte, dass noch rot war. Auch das herannahende Auto hörte und sah er gar nicht, bis es ihn mit voller Wucht erwischte.

5. Kapitel

Es fühlt sich weich an. Weich und angenehm. Eine zarte Brise weht durch mein Haar und ich fühle mich unglaublich wohl und ausgeruht. Ein frischer Duft liegt in der Luft, aber ich kann ihn nicht ganz einordnen. Sind das Blumen? In der Ferne höre ich Gesang. Ganz leise zunächst, dann stetig lauter werdend. Es ist eine Frauenstimme, lieblich und dennoch fesselnd. Ich will sehen, wo ich bin, doch es fällt mir schwer, die Augen zu öffnen. Ganz langsam schaffe ich es, doch ich sehe nur blau. Strahlendes Blau und dazwischen weiße Schleier. Ist das der Himmel? Ein Vogel flattert wenige Meter über meinem Kopf herum und ich stelle fest, dass ich tatsächlich den Himmel sehe. Langsam lasse ich meinen Blick schweifen, nach links, nach rechts. Ich liege auf einer Wiese. Daher auch der Geruch – es ist der Duft des Grases, der in meine Nase steigt. Dass es aber so bequem und weich sein kann, wusste ich gar nicht mehr. Ich habe schon lange nicht mehr im Gras gelegen. Es ist ein warmer Tag und der Wind, der zwischendurch weht, bringt angenehme Frische mit sich. Stille liegt über dieser Wiese wie ein schwerer Schleier, doch ist er nicht bedrückend, sondern wohltuend. Nur das Vogelgezwitscher und der Gesang sind zu hören. Der Gesang! Ich blicke umher und sehe einen weißen Fleck in der Ferne. Hüpfend bewegt er sich über das Grün. Als er näher kommt, entdecke ich, dass da auch noch braune Haare sind. Eine Frau nähert sich mir singend und hüpfend. Es ist eher ein Summen und die Melodie kenne ich nicht, doch sie ist wunderschön. So wunderschön wie die Frau. Sie setzt sich einen Meter von mir entfernt ins Gras und verschlägt mir die Sprache. Ihr langes Haar ist leicht gelockt und die Spitzen umspielen ihr blütenweißes Kleid, das so unfassbar leicht aussieht. Ihre Schultern sind nicht bedeckt und ich erkenne dort dieselben kleinen Sommersprossen, die die Frau auch auf ihrer Nase hat. Als ich ihr in die Augen sehe, hört sie auf zu summen.

»Hallo, Michael«, sagt sie sanft.

Ich will antworten, doch es kommt nur ein Krächzen aus meinem Hals.

»Woher kennst du meinen Namen?« Endlich kann ich sprechen und es fühlt sich so an, als hätte ich sehr lange nichts mehr gesagt.

»Das spielt keine Rolle. Ich weiß viel über dich. Aber möchtest du dich nicht erst einmal anziehen?«

Sie kichert und ich stelle fest, dass ich tatsächlich nackt bin. Ich will mich aufsetzen, das alles verwirrt mich. Wo bin ich und wieso bin ich nackt? Und wer ist diese Frau? Sie hilft mir beim Aufstehen und da sehe ich, dass wenige Meter neben mir, im Schatten eines hohen Baumes, fein säuberlich gefaltet, eine weiße Leinenhose und ein passendes Shirt im Gras liegen. Rasch ziehe ich mir die Kleidung über, doch ich tue mich schwer damit. Wie geht das nochmal? Als ich schließlich angezogen bin, sehe ich die Frau an. Sie sitzt immer noch im Gras, streckt ihre Beine aus und wippt mit den Füßen.

»Komm mit!«, sagt sie, hält mir die Hand hin und hüpft los. Ich folge ihr, zunächst langsam und vorsichtig, dann mit zunehmendem Tempo auch unbeschwerter und fast schon hüpfend wie sie. Wir nähern uns dem Ende der Wiese, einem Waldstück.

»Bist du bereit?«, fragt sie und kichert erneut.

»Bereit? Wofür?«

»Ich bin übrigens Leonie«, sagt sie lächelnd und verschwindet zwischen den Bäumen.

»Vorsicht, hier ist eine Grube! Nicht reintreten«, warnt sie mich und deutet auf eine mit Geäst abgedeckte Stelle am Boden, worunter sich wohl eine Vertiefung befindet. Ich tue es ihr gleich und bahne mir einen Weg herum, über einen umgekippten Baum, der schon lange so daliegen muss, weil die umgebende Natur ihn einfach in sich aufgenommen hat; Pflanzen und Pilze wachsen an und auf dem modrigen Baumstamm. Wir laufen nun schon bestimmt zwanzig

Minuten durch diesen Wald, aber genau kann ich das nicht sagen, mein Zeitgefühl lässt mich im Stich. Außerdem fühlt sich irgendetwas komisch an und ich weiß, dass mir eine Frage auf den Lippen liegt, aber ich weiß nicht welche, also lasse ich Leonie in Ruhe und folge ihr schweigsam. Ich würde mich gerne mehr umsehen. Die Bäume ragen viele Meter in die Höhe, bei einigen kann ich die Kronen kaum erkennen. Von der Wiese ist schon lange nichts mehr zu sehen, ich bin umgeben von den Stämmen – mal breit, mal schmal – und Büschen, den Tieren in der Luft und denen am Boden. Das alles nehme ich aber nur unterschwellig wahr, ich bin auf etwas anderes konzentriert. Meine Füße ertasten Schritt für Schritt den moosigen Boden des Wäldchens; einige abgebrochene Zweige piksen in meine Fußsohlen. Ich muss aufpassen, wo ich hintrete, um mich nicht zu verletzen; es ist ein wahrer Spießrutenlauf. Dennoch fühle ich mich wohl dabei und ich verstehe nicht, wieso. Leonie sagte, eigentlich hätte sich bei meiner Kleidung auf der Wiese auch ein Paar Sandalen befinden müssen, aber jemand muss das vergessen haben. Ich muss also den Weg erst einmal barfuß zurücklegen, bis ich...

»Leonie!«

Meine Fragen fallen mir nun endlich alle ein, sprudeln nur so aus mir heraus.

»Was mache ich eigentlich hier? Wo bin ich? Wohin gehen wir? Und was soll das eigentlich alles?« All das frage ich mich schon seit ich auf der Wiese aufgewacht bin, nur wusste ich bis jetzt noch nicht, dass ich das alles wissen will und muss. Leonie bleibt stehen und lächelt mich an.

»Keine Sorge, Michael. Wir sind gleich da, du wirst das alles noch herausfinden!« Geheimnisvoll wie bereits zuvor winkt sie mich zu sich hinüber und deutet dann auf eine Stelle zwischen den Bäumen. »Dort ist das Lager, da bekommst du deine Schuhe. Und deine Fragen werden sich bald auch klären, vertrau mir.«

»Aber-«

Unbeirrt eilt Leonie weiter, dreht sich gelegentlich um und sieht nach mir. Als wir das Lager erreichen, betreten wir zunächst einen breiten Trampelpfad, der zu einem zentralen Platz zu führen scheint. Von diesem Platz aus gehen ähnliche Pfade sternförmig in alle Richtungen ab, sie gleichen sich so sehr, dass ich rasch die Orientierung verliere. Auf dem Platz, wo wir uns nun befinden, sehe ich ein kleines Podest und daneben eine große Hütte, beides aus Holz. Außerdem ist genau in der Mitte des Platzes eine Feuerstelle vorhanden, umgeben von zu Sitzgelegenheiten umfunktionierten Baumstämmen. Die Sonne scheint gerade so durch das Blätterdach, dass sie die beiden Bauten in ein helles Licht taucht, während der Rest des Ortes momentan eher schattig liegt.

»Hierher«, sagt Leonie und deutet auf die Hütte. Sie öffnet mir die Tür und als ich eintrete, befinde ich mich in einem kleinen Raum, der in einen größeren führt. In den größeren kann ich zwar nicht ganz sehen, aber ich höre, dass dort geschäftiges Treiben herrscht und bemerke vertraute Geräusche – ein Zischen, ein Klappern, Rühren. Leonie bedeutet mir, mich auf einen Schemel in der Ecke des kleinen Raumes zu setzen und als ich sie fragen will, wozu, erkenne ich daneben – ebenfalls auf einem Schemel – eine alte Frau.

»Es hat alles reibungslos geklappt, Yolanda. Er war pünktlich«, sagt Leonie zu ihr.

»Ich danke dir, Leonie. Lass mich nun allein mit Michael«, bittet Yolanda sie und Leonie verlässt die Hütte wieder. Ich sehe Yolanda genauer an. Sie ist schon sehr alt; ihre wettergegerbte, braune Haut weist unzählige, tiefe Falten auf. Das lange, graue Haar hängt in dünnen Strähnen vom Kopf herab und ihr nicht allzu großer, etwas dicklicher Körper lässt nicht auf eine starke Frau schließen. Ihre Augen aber... ja, ihre Augen sprühen vor Lebensfreude, Energie und

Tatendrang. Als Yolanda spricht, ist ihre Stimme ruhig, aber bestimmt.

»Michael, sei willkommen bei uns«, beginnt sie und es ist, als erbebten die Furchen ihres Gesichts während des Sprechens. »Du hast vermutlich keine Vorstellung davon, wieso du hier bist und wo wir hier überhaupt sind. Das spielt auch keine Rolle. Lass mich nur eins sagen: du bist hier, weil du uns brauchst. Du weißt es vielleicht noch nicht, aber so ist es.« Yolanda holt tief Luft, dann spricht sie weiter. »Leonie wird sich um dich kümmern. Wir können dir noch nicht alles sagen; dir nicht erklären, was passiert ist. Du bist jetzt hier und das sollte vorerst an Informationen genügen.«

Diese alte Frau bringt mich langsam aus der Ruhe und ich spüre, wie meine Lebensgeister wieder erwachen. Bis eben habe ich mich so schwach und schläfrig gefühlt, ich war nicht ganz ich selbst. Jetzt aber erwacht der Zorn in mir – weshalb bin ich hier und warum denkt diese Frau, sie könne es mir verheimlichen? Und was ist verdammt noch mal überhaupt passiert? Ich balle meine Hände zu einer Faust, will etwas erwidern, da sehe ich, dass Leonie wieder hereingekommen ist. Sie nimmt mich an der Hand und führt mich hinaus. Yolanda indes lehnt sich zurück, verschwindet im Dunkel der Hütte und nickt kaum merklich. Draußen auf dem Platz reiße ich mich von Leonie los.

»Ich will wissen, was los ist!«, fordere ich.

»Michael, ich kann dir das nicht sagen. Noch nicht. Aber du bist hier nicht der Einzige, der sich so fühlt. Morgen, wenn du deinen ersten Arbeitstag hast, wirst du mit ihnen sprechen können und wenn ihr euch austauscht, wird dir sicher einiges klarer. Hier, deine Schuhe«, sagt sie und drückt mir die Sandalen in die Hand. Doch etwas anderes erregt meine Aufmerksamkeit.

»Arbeitstag?«

»Oh ja«, sagt Leonie. »Du kannst doch kochen, oder?«

Am nächsten Morgen werde ich unsanft geweckt. Leonie kommt in unsere Gemeinschaftshütte und rüttelt mich wach.

»Aufstehen, Michael! Der erste Tag steht an!«

Ich zwinge mich dazu, meine Beine von der Pritsche zu schwingen und strecke mich. Leonie verlässt die Hütte bereits wieder, denn meine beiden Mitbewohner – Harald und Justus, wie sie sich mir gestern vorstellten – sind für andere Teams eingeteilt und so bin ich der einzige hier, der jetzt schon seine Arbeit antreten muss. Arbeit, dass ich nicht lache! Während ich meine Kleidung zusammenklaube und überstreife, lasse ich den gestrigen Tag Revue passieren. Ich habe immer noch keinen Schimmer, was hier vor sich geht, aber es scheint ein Lager zu sein, in dem es Besucher gibt – so wie Harald, Justus und mich – und die sogenannten Heiler, so wie Leonie. Jeder hat einen eigenen Heiler, der einen einweisen soll. Wie viele Menschen hier wohnen, kann ich bloß schätzen, aber es müssen insgesamt so um die fünfzig Personen sein. Irgendwie wissen Leonie und Yolanda über mich Bescheid, sie wissen sogar, dass ich ganz passable Kochfähigkeiten habe, obwohl ich seit dem Tod meiner Mutter nicht gerne am Herd stehe. Sie haben mich trotzdem für die Küche eingeteilt, weshalb ich jetzt auch als Erster in der Hütte aufstehen muss und das Frühstück in der großen Hütte am zentralen Platz zubereiten werde. Die Leute hier sind scheinbar alle nicht ganz bei Trost. Ich spiele doch nicht den Küchenjungen!

Eigentlich wollte ich mich gestern sofort auf den Heimweg machen, aber ich weiß nicht, was passiert ist, wo ich bin und wo ich hin muss und deshalb habe ich beschlossen, noch einen Tag zu warten und meine Gedanken zu sortieren. Außerdem war ich gestern Abend hungrig und so schlang ich in der großen Gemeinschaftshütte das Chili con Carne herunter, das zu meinem Erstaunen sogar recht gut schmeckte. Anschließend machte ich mich rasch auf den Weg zu meiner Hütte, um Fluchtpläne zu schmieden, hatte aber nicht mit Justus und Harald gerechnet. Harald ist etwa Ende fünfzig und groß, aber dicklich. Sein ergrauendes Haar wird allmählich dünn, doch wirkt Harald genauso wie Yolanda trotz des Alters energisch. Er war nett zu mir gestern, schob sich ständig mit dem Zeigefinger die Brille auf der Nase zurecht und bot mir an, bei Problemen zu helfen. Er sei, wie er sagte, schon länger hier und kenne sich gut aus. Justus hingegen ist schätzungsweise Mitte oder Ende Zwanzig und hat eine ähnliche Statur wie ich. Nur ist sein Haar dunkelbraun und kürzer als meines. Anders als Harald scheint er noch nicht allzu lange hier zu sein. Dennoch: beide erzählten, dass sie genauso wie ich an ihrem ersten Tag nackt auf der Wiese aufgewacht sind und nicht so richtig wussten, was sie hier sollten. Allmählich kam aber die Erinnerung zurück und mit jedem weiteren Tag fällt es ihnen leichter, sich an Dinge aus ihrem Leben zu erinnern. Die beiden scheinen ganz in Ordnung zu sein, aber wieso sind sie hier geblieben und machen bei Yolandas Spielchen mit? Ich wollte sie gestern danach fragen, aber Leonie kam zu uns herein und ich entschied, die beiden erst heute weiter auszuhorchen.

»Michael, kommst du?«, ruft Leonie von draußen und reißt mich aus meinen Gedanken.

»Sofort!«, antworte ich und atme einmal tief durch. Heute würde ich mich noch zusammenreißen, dann würde keiner auf mich achten und ich könnte in der Abenddämmerung verschwinden. Zufrieden mit meinem Plan nicke ich mir selbst kurz zu, schlüpfe in die Sandalen und verlasse die Hütte. Vor der Tür empfängt mich die frühmorgendliche Sonne, die nicht bloß die Veranda der Hütte, sondern auch mein Gesicht angenehm erwärmt. Die staubige Luft kitzelt in meiner Nase und ich muss niesen. Da es in der Hütte noch sehr dunkel war, kneife ich außerdem reflexartig die Augen zusammen. Als ich sie langsam blinzelnd wieder öffne, erkenne ich, dass neben Leonie noch eine Frau steht. Sie ist bestimmt schon Mitte sechzig und hat kurzes und voluminöses graues Haar. Ein fröhliches Lachen breitet sich auf ihrem Gesicht aus. Neben der schlanken Leonie kommt sie mir umso dicker vor, wenngleich sie eine für ihr Alter ganz passable Figur hat. Da die Frau aber so klein ist, wirkt sie ohnehin etwas pummelig.

»Das ist Renate«, sagt Leonie und deutet auf die Frau. »Sie arbeitet auch in der Küche und wohnt in der Hütte gleich gegenüber, deshalb dachte ich, ihr könntet gemeinsam hingehen.«

»Ach, nenn mich ruhig Reni!«, sagt Renate grinsend und hält mir die Hand hin.

»Michael«, sage ich kurz und blicke erst zu Renate, dann zu Leonie.

»Oh, ja, also dann viel Erfolg heute, Michael!«, sagt Leonie, hebt die Hand zum Gruß und geht den Pfad entlang, in die uns entgegengesetzte Richtung. Auch heute trägt sie ein weißes Kleid. Es ist etwas anders geschnitten als das gestrige, betont aber ihre hübsche Figur genauso sehr.

»Also, wollen wir?«, fragt Reni und nickt mir aufmunternd zu. »Keine Sorge, es ist alles halb so wild«, versucht sie mich zu beruhigen. Ich nicke abwesend und trotte neben ihr her. Noch scheint das Lager wie ausgestorben, die meisten schlafen noch. In der morgendlichen Stille legen wir den Weg zum zentralen Platz zurück, der glücklicherweise nicht so weit entfernt ist, denn wir bewohnen zwei der Holzhäuschen, die relativ nah gelegen sind. Als wir die große Hütte betreten, erwarte ich merkwürdigerweise, Yolanda im vorderen Teil auf dem Schemel zu sehen und blicke daher sogleich dorthin. Sie ist nicht da. Natürlich nicht, wieso sollte sie auch da herumsitzen? Bestimmt schläft sie noch. Reni scheint meine Gedanken zu erraten. »

Yolanda macht morgens immer lange Spaziergänge. Manchmal taucht sie auch erst zum Mittagessen wieder auf, es sei denn, ein neuer Besucher wird erwartet.«

»Ah, okay«, antworte ich bloß und folge ihr in den großen Raum, der erstaunlicherweise eine ziemlich gut ausgestattete Küche beherbergt. Eine Hand voll anderer Besucher aus dem Küchen-Team ist bereits bei der Arbeit, einige Nachzügler kommen kurz nach uns dazu. Meine Hauptaufgabe besteht heute im Zusammenstellen der Tabletts – auf jedes kommt ein Glas Saft, zwei Scheiben Brot, Aufstrich, Wurst und Käse sowie ein Apfel. Unwillkürlich muss ich an meine Zeit im Waisenhaus denken, wo wir ähnliche Strukturen hatten wie hier im Lager. Das Essen dort hat mir jedoch nie so richtig geschmeckt und üppig gefüllt waren die Teller selten, wohingegen hier – wie Reni mir erzählt – jeder nachnehmen kann, so oft er will. Die Tabletts stellen wir nur zusammen, damit eine Grund-Ordnung beim Frühstück herrscht und alles schneller von statten geht. Meine ersten zwei Arbeitsstunden gehen rasch vorbei und als auch für das Küchen-Team Essenszeit ist, bin ich richtig hungrig und hole mir sogar einen Nachschlag. Zum Glück habe ich vorhin gesehen, wie Harald und Justus hereinkamen und sich an einen Tisch an der Seite setzten, deshalb nehme ich mir mein zweites Tablett und setze mich zu ihnen.

»Guten Morgen«, sage ich und sie grüßen freundlich zurück. Während des Frühstücks versuche ich etwas mehr über sie in Erfahrung zu bringen. Harald ist sehr gesprächig, deshalb versuche ich es zunächst mit ihm und frage mit gedämpfter Stimme, wieso er noch nie ans Abhauen gedacht hat.

»Weißt du, Junge, natürlich habe ich daran gedacht. Ich wär auch ganz schön blöd, wenn nicht. Wache hier nackt auf und dann soll ich hier den Jäger spielen, was soll das? Aber am Anfang war mein Kopf nicht so klar, ich wusste nicht, wohin ich hätte fliehen sollen. Irgendwie gibt es hier nur Wald und Wiese und bislang hat sich glaub ich noch kein Wanderer hierher verirrt. Dann irgendwann hab ich mich hier ganz wohl gefühlt, weißt du, und ich spüre, dass ich bald wieder nach Hause gehen werde... aber jetzt noch nicht.«

Ich schüttele verwirrt den Kopf. »Du spürst das? Du meinst, du willst bald fliehen?«

»Nein, Michael, ich kann das auch nicht so genau erklären. Ich weiß einfach, dass ich bald gehen werde. Die meisten bleiben höchstens ein Jahr, soweit ich weiß. Meins ist bald um und ich fühle auch, dass ich nicht mehr lange hierher gehöre. Ich kann das alles nicht so in Worte fassen. Wenn es bei dir soweit ist, wirst du wissen, was ich meine.«

Harald hat wohl ganz schön einen an der Waffel, denke ich mir, sage aber nichts und nicke bloß.

»Es ist ja nicht so, dass ich es nicht hätte versuchen wollen. Ich habe mir Fluchtwege überlegt, Strategien für das Überleben im Wald und so weiter. Und doch war es aussichtslos, weißt du, und ich war bei der Polizei, ich weiß, wie man sowas plant, Fährten legt und aufspürt, Junge...« Harald scheint ganz schön stolz auf sich zu sein, lässt seine Worte mit einem Schweigen wirken und trinkt einen Schluck von seinem Saft.

»Und du, Justus? Du fühlst sowas auch?« Schon während ich meinen Sitznachbar das frage, lache ich innerlich. Harald spürt, dass er das Lager bald verlässt, das ist so lächerlich!

»Nein, dafür bin ich glaube ich noch nicht lang genug hier. Aber ich kann es mir vorstellen. Ich habe es jedenfalls schon mal versucht.«

»Versucht?«, frage ich.

»Ja, abzuhauen. Nach meinen ersten Tagen im Lager habe ich meine Sachen gepackt, bin nachts losgezogen und es hat auch alles reibungslos geklappt. Niemand hat mich aufgehalten, sogar Josefine, meine Heilerin, nicht. Sie muss geahnt haben, dass ich gehen würde und stand vor der Hütte, als ich ging. Sie wünschte mir sogar viel Glück und ließ mich vorbeigehen.«

Ungläubig starre ich Justus an. Es kommt mir hier alles so vor, als würden Yolanda und die ganzen sogenannten Heiler uns hier kontrollieren und einsperren, aber wieso haben sie Justus dann einfach ziehen lassen? »Und was geschah dann?«, frage ich ihn.

»Na ja, ich habe ein paar Tage lang im Wald gelebt, ich weiß ja, wie so etwas läuft... ich war Soldat«, fügt er mit einem Seitenblick auf mein Stirnrunzeln hinzu. »Jedenfalls... ich lief und lief weiter, doch die Wiese fand ich nicht mehr. Der Wald schien grenzenlos zu sein, ich kam nie zu einem Dorf oder auch nur einem Bauernhof. Als ich langsam verzweifelte, stand Josefine plötzlich vor mir – wie aus dem Nichts war sie aufgetaucht – und bat mich, mit ihr zurückzukehren. Ich würde das Lager dann verlassen können, wenn ich dazu bereit sei. Weil ich nicht wusste, was ich sonst hätte tun sollen, ging ich mit ihr mit und wir waren nach einer guten halben Stunde schon wieder hier, obwohl ich vorher tagelang durch den Wald geirrt war. Ich muss im Kreis gelaufen sein oder so, ich weiß es nicht. Na ja und jetzt bin ich wieder hier und es fühlt sich besser an als vorher.« Justus beißt sich auf die Lippen und schweigt abrupt. »Tut mir leid, ich wollte keinen Monolog führen«, entschuldigt er sich.

»Ach was, das hört sich alles sehr interessant an!«, gebe ich zu. »Aber seltsam ist es auch. Wie konnte sie ahnen, dass du gehen würdest und wieso tauchte sie genau dort im Wald auf, wo du warst? Ganz normal sind die hier ja nicht...«, sage ich.

»Stimmt, die Heilerinnen und Yolanda haben irgendetwas Merkwürdiges an sich, aber sie sind ohnehin etwas Besonderes. Es ist, als würde ich Josefine schon immer kennen. Ich weiß auch nicht, wieso sich das so anfühlt.«

»Bestimmt wegen der Heilstunden«, wirft Harald ein. »Da fühlt man sich seinem Heiler verbunden.«

»Heilstunden?«, frage ich.

»Ja, die Heiler nehmen ihre Besucher manchmal mit und unternehmen etwas«, erzählt Justus.

»Man sitzt dann entweder nur am Bach, spaziert im Wald oder unterhält sich lang am Lagerfeuer. Wann man so eine Stunde hat, weiß man nicht. Die Heiler kommen einfach und nehmen dich mit.« Harald nickt, um seine Worte zu unterstreichen.

Das wird ja immer lustiger hier. Heilstunden? Ich habe keine Lust auf solche Seelenklempner-Spielchen! Ich will die beiden gerade weiter nach diesen Heilstunden fragen, da ruft mich Reni aus der Küche. Der Abwasch steht an und ich muss wieder an die Arbeit. Ich verabschiede mich von meinen Mitbewohnern und folge Reni an die Spüle.

Nachdem meine Arbeit getan ist, soll Leonie mich durch das Lager führen. Damit ich rechtzeitig zurück bin, um bei der Vorbereitung des Mittagessens zu helfen, brechen wir gleich auf. Zuerst zeigt sie mir das Camp, von dem ich ja bereits einiges gesehen habe.

»Hier am Lagerfeuer feiern wir unsere Feste oder verbringen einfach so unsere Abende«, erklärt sie. »Aber ich zeige dir lieber mal die Umgebung, das ist für dich vielleicht etwas interessanter.«

Den zentralen Platz mit seinen sternförmig abzweigenden Pfaden verlassend bahnt sich Leonie einen Weg durch das Dickicht, tiefer in den Wald, und ich weiß nicht so recht, was sie vorhat. Nachdem wir etwa fünfzehn Minuten gelaufen sind, bedeutet sie mir, leise zu sein.

»Sieh mal dort rüber!«, flüstert sie mir zu und ich sehe Harald und Justus, beide mit einem Köcher über der Schulter und Pfeil und Bogen in den Händen. »Sie gehören zum Jagd-Team und besorgen uns das Frischfleisch. Deine zwei Mitbewohner haben früher beruflich mit Schusswaffen zu tun gehabt, deshalb können sie ganz gut zielen und erweisen sich als recht nützlich bei der Jagd.«

Während ich durch das Gestrüpp hinüber zu den Jägern spähe, spannt Harald seinen Bogen, starrt konzentriert auf eine Stelle und schießt dann. Meine Augen folgen dem Pfeil auf seinem Flug und ich erkenne trotz der weiten Entfernung, dass Harald gerade ein Kaninchen erlegt hat.

»Wir versorgen uns hier weitestgehend selbst, deshalb müssen wir von dem leben, was wir schießen oder ernten. Lass uns zu den Feldern gehen«, schlägt Leonie vor und geht weiter durch das unwegsame Gelände. Ich folge ihr und werde fast schon hypnotisiert durch ihr auf und ab wippendes Haar, das im Zwielicht der Bäume hin und wieder seidig schimmert. Diese Frau ist der Wahnsinn, zu gern würde ich...

»Wir müssen durch den Bach laufen«, sagt sie und reißt mich aus meinen Gedanken. Den Bach habe ich noch gar nicht gesehen, bis sie mich darauf hinweist. Eigentlich hätte ich das sanfte Plätschern bereits vorher hören müssen, doch ich war so fasziniert von Leonie, dass ich alle Geräusche ausgeblendet habe. Der Bach ist zwar nicht sehr tief, aber relativ breit. Leonie zieht sich ihre Schuhe aus und ich folge ihrem Beispiel.

»Wir werden bald eine Brücke bauen, dann müssen wir nicht mehr durch das Wasser laufen... Bis dahin aber bleibt uns leider nichts anderes übrig«, erklärt Leonie und geht wieder voran. Ich nicke und krempele meine Hose etwas um, dann trete ich in das Wasser. Das kühle Nass umspielt meine Zehen, kleine Fischchen ziehen ihre Bahnen. Die Steine im Bach sind glitschig und ich muss mich vorsichtig voran tasten, damit ich nicht ausrutsche. Zunächst ist das Wasser gerade einmal knöcheltief, nach wenigen Schritten aber reicht es schon fast bis zu meinen Knien und die Hose wird etwas feucht. Ich ziehe sie etwas weiter hoch und sehe zu Leonie, die dieses Problem dadurch löst, dass sie ihr Kleid bloß etwas anhebt. Sie vor mir so durch den Bach steigen zu sehen, mit ihrem im Wind tänzelndem Haar, hat etwas unglaublich Anziehendes und Erotisches an sich; ich verstehe selbst nicht, was mit mir los ist. Sie ist eine sehr schöne Frau, aber gar nicht mein Typ. Ihre Brüste sind viel zu klein und sie wirkt so ausgeglichen, ruhig und... ja, unschuldig. Ich brauche eigentlich eine wilde Frau, nicht so ein Mauerblümchen. Doch ich kann nichts dagegen machen: ich starre sie an, tapse weiter durch den Bach und kann meine Augen nicht von ihrem Po abwenden. Plötzlich wendet sie den Kopf und ich richte rasch meinen Blick auf etwas anderes, rutsche jedoch auf der veralgten Oberfläche eines Steines aus und stolpere auf sie zu. Blitzschnell reagiert Leonie, greift mit ihrer Hand nach meinem Arm und zieht mich hoch.

»Danke«, murmele ich verlegen und sie nickt verständnisvoll.

»Alles okay, Michael?«

»Ja.«

Wir bahnen uns den Weg aus dem Gewässer und trocknen unsere Füße am sandigen Ufer, bevor wir wieder in die Schuhe schlüpfen. Die Sonne steht bereits hoch am Himmel und brennt unerbittlich; die Abkühlung gerade hat gut getan, doch wir müssen weiter.

»In ein paar Minuten sind wir bei den Feldern«, erklärt Leonie und deutet mit dem Finger in die Ferne. Obwohl wir schweigend nebeneinander hergehen, ist diese Stille wohltuend. Normalerweise ertrage ich so etwas in Gegenwart einer hübschen Frau kaum; solch eine Ruhe ist mir meist unangenehm, aber gerade kann ich nicht umhin sie zu genießen. Als wir die Felder erreichen, müssen wir den schützenden Schatten der Bäume verlassen und nähern uns einigen Besuchern des Teams Ernte, die gerade Erdbeeren pflücken und Spargel stechen. Leonie zeigt mir noch weitere Felder – Kartoffeln, Salat, Tomaten und vieles mehr. Ich wusste gar nicht, dass all das hier in Deutschland wächst – mit Landwirtschaft habe ich mich nie näher befasst. In den Supermärkten wird mittlerweile ja das ganze Jahr hindurch Obst und Gemüse aus allen Regionen der Welt angeboten, nicht bloß aus der Heimat. Dann fällt mir ein, dass ich ja gar nicht weiß, wo ich bin – ich könnte auch ganz woanders sein.

»Hallo, Leonie!«, ruft uns eine kleine Frau zu und winkt. Sie hat langes, schwarzes Haar und hält einen Korb voller Erdbeeren in der Hand.

»Hallo, Lisa!«, grüßt Leonie zurück und winkt der Frau kurz zurück.

Lisa. Lisa? Den Namen habe ich irgendwo doch schon einmal gehört. Irgendetwas in meinem Kopf macht Klick. Lisa. Ist das meine Schwester? Habe ich eine Schwester? Oder ist das meine Frau? Nein, ich habe bestimmt keine Frau. Das wüsste ich doch. Oder? Die Frau dort auf dem Feld kommt mir aber auch keineswegs bekannt vor, vielleicht heißt sie einfach nur so wie jemand, den ich kenne. Gedankenverloren folge ich Leonie. Sie zeigt mir auch die Wiesen mit den Obstbäumen, dann gehen wir wieder durch den Bach und das Waldstück zum Lager zurück.

»Wir sind zwar ein paar Minuten zu spät, aber das macht nichts«, sagt Leonie und fordert mich auf, meinen Küchendienst anzutreten. Sie dreht sich um, doch irgendwie überkommt mich eine höhere Macht und meine Hand greift jäh zu Leonies Arm und hält ihn fest.

»Leonie, warte...«

Erstaunt dreht sie sich zurück zu mir und blickt mich neugierig an.

»Ähm, ich wollte nur sagen... äh, danke. Danke für alles.« Sie lächelt, drückt mich und geht. Und ich habe keine Ahnung, was das von mir sollte.

Die Stunden in der Küche vergehen wie im Flug. Ich wasche Salatköpfe, schneide Tomaten, rühre ein Dressing an – als hätte ich all das schon immer getan, dabei ist es lange her, dass ich selbst richtig gekocht habe. Meistens hat das Roswitha für mich erledigt. Sobald mir dieser Gedanke durch den Kopf geht, halte ich inne. Roswitha! Das ist meine Haushälterin! Die Erinnerung an mein Zuhause kehrt zurück, ich weiß wieder, wie meine Wohnung aussieht, sehe mein Auto vor mir und denke an den Job. Gleichwohl fühle ich, dass das alles bislang nur Bruchstücke eines großen Ganzen sind. Irgendetwas fehlt noch.

»Michael, weiter!«, raunt mir Reni zu, die bemerkt, dass ich gedankenversunken in die Luft starre. Ich zucke zusammen, nicke und schneide weiter, bis der Salat fertig ist, und gehe dann zum Anbraten des Kaninchenfleisches über.

Nach dem Mittagessen eröffnet mir Reni, dass ich für das Abendessen nicht gebraucht werde. Die meisten Besucher arbeiten in der Küche nur zwei Mahlzeiten am Tag. Falls es zu Engpässen bei der Vorbereitung kommt, springen auch manchmal Heiler ein. Da ich jetzt für den Rest des Tages frei habe, lege ich mich auf meine Pritsche und genieße die Ruhe. Justus und Harald sind noch unterwegs, deshalb habe ich die Hütte ganz für mich. Da es hier nur eine schmale Einbuchtung gibt, die ein Fenster darstellen soll, fällt nur wenig Licht herein, selbst an einem hellen Tag wie diesem. Ich schließe die Augen und versuche, mich zu konzentrieren. In dieser Nacht sollte ich es wagen und die Flucht versuchen. Nur weil Justus es nicht geschafft hat, heißt das noch lange nicht, dass es mir genauso ergehen wird! Meine Äpfel vom Frühstück und Mittagessen habe ich wohlweislich in meine Hosentaschen sinken lassen und sie vorhin neben meiner Pritsche versteckt. Beim Abendessen werde ich gleich auch noch etwas mitgehen lassen und das sollte dann erst einmal reichen. Ich werde die ganze Nacht durch laufen und nicht anhalten, ehe ich der Zivilisation näher bin. So weit kann das alles doch nicht sein! Ich muss weg von diesen Irren, dieser Sekte! Bislang machen sie zwar alle noch einen freundlichen, wenngleich merkwürdigen, Eindruck auf mich – aber das ist ja immer so. Nur selten offenbart sich ein Verrückter sogleich als das, was er ist. Zufrieden mit meinem Fluchtplan suche ich meine Sachen zusammen, verstaue die Äpfel und ein Küchenmesser, das ich ebenfalls geschmuggelt habe, in einer Art Stoffrucksack – der zwar optisch völlig versagt, aber seinen Zweck erfüllt – und überlege mir auf dem Feldbett liegend eine Strategie. Ich sollte wohl zuerst in Richtung Bach gehen und mich dann an ihm orientieren, dann habe ich zumindest stets Trinkwasser in meiner Nähe. Außerdem kann dieser Wald ja nicht endlos sein, irgendwo muss er an diese Wiese grenzen oder an eine Straße. Vielleicht sollte ich auch wie Justus erst die Wiese suchen, denn da kam ich schließlich her. Wie auch immer diese Leute es hinbekommen haben, mich zu entführen und meine Erinnerung auszulöschen. Haben sie mir Drogen eingeflößt? Ich verstehe das alles hier immer noch nicht so recht. Ich...

»Hey, Michael! Oh, tut mir leid, schläfst du?«, entschuldigt sich Justus, der gerade gemeinsam mit Harald voll bepackt die Hütte betritt.

»Äh, nein, schon okay«, antworte ich. Ich zögere – soll ich die beiden nach Hilfe bei meiner Flucht fragen? Ich entscheide mich schließlich dagegen. Die zwei scheinen hier zufrieden zu sein, vielleicht verraten sie mich und das würde nur Probleme mit sich bringen, auch wenn Justus meint, die Heiler würden uns nicht aufhalten. Während die beiden von ihrem Arbeitstag erzählen und wetteifern, wer die meisten Tiere erlegt hat und diskutieren, ob Justus' Waschbär nicht mehr zähle als Haralds viele Kaninchen, wende ich den Blick nicht von ihren Köchern ab, die seelenruhig neben ihren Bett liegen. Gestern müssen sie sie ebenfalls so platziert haben, aber das ist mir wohl entgangen. Einen Köcher im Gepäck zu haben dürfte sich als hilfreich erweisen. So schwer kann es ja wohl nicht sein, irgendetwas abzuschießen. Ich entscheide mich dafür, nachher einen der Köcher samt Pfeilen und Bogen mitzunehmen, doch jetzt passe ich mich erst einmal an. Ich berichte den beiden von meiner Arbeit in der Küche – ich komme mir vor wie eine Hausfrau, die ihrem schwer arbeitendem Mann abends von ihrem Problemchen erzählt – und wir machen uns auf den Weg zum zentralen Platz. Justus hat gleich seine Heilstunde, wie Josefine ihm im Vorbeigehen mitteilt, deshalb setzen Harald und ich uns allein auf einen der Baumstämme am Lagerfeuer, das gerade allerdings noch nicht brennt. Ich sehe mich um; versuche, schon einige gute Routen für meine Flucht zu finden. Als ich zu unserer Hütte blicke, sehe ich auf der gegenüberliegenden Seite Reni die ihre verlassen, doch sie ist nicht allein. Auf dem Arm trägt sie etwas, es muss ein Kleinkind sein. Hinter ihr kommen ein Mann und eine Frau aus der Hütte. Gemeinsam laufen sie in unsere Richtung, verlassen den zentralen Platz jedoch bald auf einem der anderen abgehenden Pfade.

»Kinder leben also auch hier?«, frage ich Harald. Er lacht.

»Weißt du, Junge, eigentlich leben keine Kinder hier. Für Reni ist das Teil ihrer Heilstunden. Sie lebt zusammen mit Anson, seiner Frau Ludmilla und ihrem Sohn Niels.«

»Wieso ist das Teil ihrer Heilstunden?«

»Weißt du, Reni hat ein Problem. Die gute Reni kann keine Kinder bekommen und das hat sie so sehr getroffen, dass sie sich für lange Zeit immer mal wieder als Krankenschwester ausgegeben hat, in Krankenhäuser hinein spaziert ist und Neugeborene mitgenommen hat. Sie wollte unbedingt ein ganz kleines Baby, weißt du? Adoptieren kam deswegen nicht infrage, dann wären die schon zu alt gewesen, aber sie wollte so tun, als wäre es ihr eigenes von Anfang an. Irgendwann hat sie dann aber immer ein schlechtes Gewissen bekommen, ist ja logisch, weißt du, und hat die Kinder dann wieder über die Babyklappe abgegeben. Das lief ganz schön lange so, sie hatte viele Babys damals. Tja, Junge, und jetzt ist sie hier und kümmert sich um Niels und muss versuchen, damit klar zu kommen, dass sie selbst niemals Kinder haben wird und sie aber auch niemandem die Kleinen wegnehmen kann, weißt du?«

Oh Mann, ist dieser Harald ein Schwätzer. Aber interessant, was er da über Reni sagt. Die scheint ja wirklich durchgeknallt zu sein – wer stiehlt denn bitte Babys? Und was hat sie für ein Problem mit den Kindern im Waisenhaus? Die brauchen schließlich auch jemanden, der sie aufnimmt! Stattdessen nahm sie frischgebackenen Eltern ihre Säuglinge weg. Ich bin fassungslos.

»Das gibt's ja nicht! Deswegen soll sie also mit einem Paar und dem Kind zusammenleben?«

Harald nickt. »Ja und sie ist schon wirklich lange hier, muss ich sagen. Als sie kam, war der kleine Niels gerade ein paar Monate alt und jetzt wird er bald drei. Aber wer weiß, was in Reni vorgeht, für seine Kinder macht man nun mal alles...«

»Hast du Kinder?«, frage ich Harald und setze mich etwas bequemer hin, denn der Baumstamm ist ziemlich hart und uneben.

»Ja, eine Tochter, Katrin. Leider ist sie seit einem Unfall im Alter von vier Jahren querschnittsgelähmt, weißt du. Jetzt sitzt sie schon zehn Jahre lang im Rollstuhl.« Haralds Stimme klingt hohl und matt, er schluckt. Tränen bilden sich in seinen Augen, sie glänzen feucht.

»Aber sie ist so ein gutes Kind, ein wahrer Schatz. Und vielleicht schafft sie es mithilfe der Therapien bald wieder laufen zu können. Technik und Medizin sind da schon sehr weit, das muss ich echt sagen, Junge. Und die Hoffnung stirbt immer zuletzt...« Harald schnieft laut und wischt sich mit der rechten Hand die Tränen weg, dann lächelt er mich schief an.

»Aber was erzähl ich da. Hat hier schließlich jeder sein eigenes Päckchen zu tragen, weißt du?«

Ich nicke, obwohl ich nicht so genau weiß, worauf er hinaus will. Aus der großen Gemeinschaftshütte weht der Duft des bevorstehenden Abendessens bereits zu uns hinüber, lange kann es nicht mehr dauern. Ich atme tief ein. Während ich erneut versuche, eine angenehmere Sitzposition auf dem Baumstamm einzunehmen, in der mich keine kratzenden Enden der Baumrinde oder abstehende Äste stören, sehe ich, wie das Team Ernte allmählich aus dem Wald hervorkommt und sich in seine Hütten aufteilt, nachdem sie ihre Körbe voll Obst und Gemüse zur Küche gebracht haben. Zwischen all den mir unbekannten Gesichtern entdecke ich die schwarzhaarige Frau von heute Mittag wieder, Lisa. Lisa! Schlagartig fällt es mir ein. Lisa war diese Delfinfrau! Meine Freundin? Oder eine Freundin. Jedenfalls kannten wir uns, da bin ich mir sicher. Aber das war nicht die Lisa aus dem Ernte-Team, das weiß ich mit Sicherheit. Allmählich kehrt auch die Erinnerung an die Wette zurück, an Lukas, Markus und Matthias. Mein Leben in Düsseldorf nimmt vor meinem geistigen Auge wieder Form und Farbe an, fast alles kann ich inzwischen deutlich sehen. Dennoch – einige Puzzleteile fehlen mir noch.

»Komm mit, das Essen ist gleich fertig. Wir sollen Justus doch einen Platz frei halten.« Harald reißt mich aus meinen Gedanken.

»Ja, lass uns essen gehen.«

Heute Nacht werde ich zurückkehren in meine Heimat. Da würde ich sogar mit Lukas drum wetten. Harald und ich belegen denselben Tisch wie beim Frühstück und warten sehnsüchtig darauf, dass das Küchen-Team die Essensausgabe öffnet. Justus stößt zu uns, als wir in der Warteschlange stehen, und erzählt von seiner Heilstunde.

»Josefine und ich waren am Bach und haben lange Zeit geredet. Es tat mir echt mal gut, einfach da zu sitzen und auszusprechen, was mir gerade so durch den Kopf geht. Josefine sagt...«

Was Josefine sagt, werden wir glücklicherweise nicht erfahren, denn in diesem Augenblick reicht uns ein Mann aus dem Abendessen-Team einen Teller Suppe. Daraufhin greife ich mit der freien Hand nach einem Stück Baguette, das im Korb liegt. Davon würde ich mir später noch etwas mitnehmen für die Flucht. Der Geräuschpegel in der Hütte schwillt an. Nach ihrem langen, heißen Arbeitstag sind alle erschöpft, aber glücklich und gesprächig. Nicht ganz meine Welt, aber was soll's, bald bin ich ohnehin weg hier. Eine hübsche Brünette stolziert durch den Gang und umklammert dabei ihre Suppe und ein Stück Baguette, das ihr direkt vor meinem Tisch herunterfällt. Rasch strecke ich meinen Arm und greife danach.

Kurz bevor es den Boden erreicht, umschließt meine Hand das warme Brot, das ich der Frau dann reiche. Sie lächelt.

»Danke, mein Held!«, zwitschert sie und zwinkert mir zu. Dann läuft sie in ihrem Modelgang weiter zu einem Platz einige Meter entfernt und ich wende mich wieder meinem Abendessen zu. Die Pilzsuppe schmeckt so gut wie sie riecht und ich hole mir einen zweiten Teller davon, schließlich muss ich Kalorienreserven für meine Flucht aufbauen. Nach dem Hauptgang setzen Justus, Harald und ich uns wieder ans Lagerfeuer, das inzwischen brennt und mich an meine Zeit im Pfadfinderlager erinnert, in dem ich mit elf Jahren mal gewesen bin. Fehlt nur noch das Stockbrot, denke ich mir, gebe mich aber auch mit dem bloßen Knistern zufrieden und genieße die Wärme, die von den Flammen ausgeht, denn die untergehende Abendsonne lässt uns hier im Wald mit Dunkelheit und deutlich kühleren Temperaturen zurück.

»Ach, da ist ja mein Held!«, sagt die Brünette und zwängt sich auf einen freien Platz zwischen mir und einer anderen Frau. Es tut gut, Held genannt zu werden. Und ich bin ja verdammt noch mal ein Held! Auch wenn ich meine Superkräfte weniger auf das Fangen von herunterfallenden Brotstücken beziehen würde.

»Eigentlich heiße ich Michael«, sage ich, reiche ihr die Hand und bemühe mich, charmant zu sein. Meine Fähigkeiten diesbezüglich kommen mir gerade aber noch etwas eingerostet vor.

»Sarah«, antwortet sie und reicht mir ebenfalls ihre Hand. »Du bist neu hier, oder?«, fragt sie mich und ich nicke.

»Schuldig!«, gestehe ich. »Ich bin erst gestern gekommen... woher auch immer.«

»Das weiß man hier nie«, lacht sie und wirft ihr Haar zurück. »Du wärst mir sicher schon aufgefallen, so gut wie du aussiehst...«, sagt sie dann. Diese Frau zieht wirklich alle Register, aber hallo! Normalerweise übernehme ich ihre Rolle, aber gut, dann mal anders herum. Es gefällt mir, wie sie so offensichtlich mit mir flirtet.

»Was bin ich froh, dass du dein Brot versehentlich hast fallen lassen – und das an meinem Tisch!«, sage ich und freue mich wirklich, mal einen normalen Menschen hier zu treffen, der nicht ständig »weißt du, Junge« sagt oder auf seine Heilerin steht.

»Ach, vielleicht war das ja gar kein Zufall...«, sagt Sarah und kichert. »Noch lieber hätte ich dich ja schon gleich auf der Zauberwiese getroffen.«

»Zauberwiese?«, frage ich verwirrt.

»Ja, so nennen wir die Wiese, über die wir hierher gelangen. Keiner weiß, woher er kommt, aber man wacht dort auf und findet nie mehr zu der Wiese zurück, egal wie lange man sucht.« Ihre Aussage versetzt mir einen kleinen Dämpfer. Sarah ist jetzt schon die Zweite, die das sagt, aber ich muss zu dieser Wiese, ich will doch hier weg! Dann denke ich etwas über ihre letzten Sätze nach. Sie hat damit auch gesagt, dass sie mich gern nackt gesehen hätte, oder? Vielleicht wird meine Zeit in diesem verrückten Camp ja doch nicht so schlimm wie ich dachte. Ein Grinsen breitet sich auf meinem Gesicht aus, ich rücke etwas näher an Sarah heran und frage sie, in was für einem Gebiet sie hier arbeitet. Es stellt sich heraus, dass es noch das Team Kleidung (nähen und flicken), Bauen (Bäume fällen und Gebäude errichten sowie reparieren) und Tiere gibt, zu welchem Sarah gehört. Sie ist auf einem Bauernhof aufgewachsen und obwohl sie später in die Stadt zog, kann sie immer noch Tiere melken und versorgen. Ohne das Team Tiere müssten wir hier auf viele Mahlzeiten verzichten, denn im Bereich hinter den Obst- und Gemüsefeldern halten sie Hühner, Kühe, Schafe und vieles mehr. Mit Sarah kann ich mich wirklich gut unterhalten, ich vergesse allmählich, dass wir am Lagerfeuer sitzen, wir könnten auch genauso gut bei einem Cocktail in einer schicken Bar flirten. Nur dass ich sie nicht mit meinem schönen Anzug oder dem flotten Mercedes beeindrucken kann. Auch Sarah trägt Camp-Kleidung, ebenfalls ein weißes Kleid wie Leonie, aber es ist eng anliegender und im Dekolleté etwas weiter ausgeschnitten. Sie zeigt, was sie hat, und das gefällt mir. Während wir reden, bemerke ich nur nebenbei, dass die Lagerbewohner nach und nach das Feuer verlassen, bis nur noch wir beide hier sitzen. Stille legt sich über unser kleines Dorf, man vernimmt nur das ferne »Schuhuu« einer Eule. Das Knistern des Feuers hört man nun lauter als zuvor, es kann aber auch das Knistern zwischen Sarah und mir sein. Sie ist eine Wahnsinns-Frau, hat eine tolle Figur und große, vermeintlich unschuldige Augen. Dennoch ist sie schlagfertig und witzig. Wäre sie blond, könnte ich glauben, es sei Maja, mit der ich hier spreche. Ich will gerade einen Schritt weiter gehen und sie küssen, da hält sie mir ihre Hand vor den Mund.

»Na, na... Nicht so schnell, mein Lieber. Sooo leicht bin ich nun auch nicht zu haben.« Sarah gibt mir einen Kuss auf die Wange, kichert und geht zu dem Pfad, der zu ihrer Hütte führt. »Gute Nacht, Michael.«

Dann verschwindet sie im Dunkel zwischen den Bäumen.

»Gute Nacht!«, rufe ich ihr hinterher. Na, vielleicht wird's ja morgen was mit ihr. Ein, zwei Tage kann ich sicherlich noch bleiben.

6. Kapitel

In meiner ersten richtigen Heilstunde gehen Leonie und ich zum Bach. Wir setzen uns an seinen Rand und strecken die Füße ins Wasser, um uns etwas abzukühlen. Gleich nach dem Mittagessen haben wir uns auf den Weg gemacht und die Sonne steht noch immer hoch am Himmel. Ob es hier überhaupt je regnet? Die Ellbogen ins Gras gestützt liegen wir ausgestreckt da und nehmen die Ruhe in uns auf. Aus der Ferne hört man nur gedämpfte Geräusche vom Team Ernte, das wieder an die Arbeit geht.

»Erzähl mir von dir«, sagt Leonie und sieht mich aufmunternd an.

»Was soll ich schon erzählen«, entgegne ich und meine es auch so. Dann senke ich den Blick, schaue auf die einzelnen Grashalme am Boden und erkenne einige winzige Blümchen, die zart im Wind wehen.

»Warum hast du deinen Vater nicht besucht?«, fragt Leonie nach einer langen Pause.

Verwundert blicke ich auf. »Wieso besuchen? Er wohnt viel zu weit weg. Er kommt doch meistens zu mir, wenn er es mal einrichten kann.«

»Das meine ich nicht, Michael. Du hättest ins Krankenhaus gehen sollen.«

Ich runzle irritiert die Stirn. »Krankenhaus? Wie meinst du das?«

»Oh, dir ist es wirklich nicht aufgefallen? Dein Vater hat Krebs, Michael.«

»Krebs? Das kann gar nicht sein. Wie kommst du auf so etwas?«

»Ich weiß es, so wie ich vieles über dich weiß. Nimm es einfach hin. Aber wieso ist es dir nicht aufgefallen?«

»Wann hätte es mir auffallen sollen? Er hätte es mir sagen können, wenn er wirklich Krebs hat.«

»Er wollte es, aber dann hatte er Sorge, es könnte dich zu sehr belasten und hat gewartet. Vielleicht zu lange...«

»Ist er tot?«, frage ich sie und habe Angst vor der Antwort. Zu meinem Entsetzen stelle ich fest, dass ich Leonie glaube. Wieso eigentlich? Woher sollte sie wissen, wie es um meinen Vater steht, wenn er es mir selbst nicht einmal sagt? Und kann ich ihr überhaupt vertrauen? Ich will es nicht, doch irgendetwas sagt mir, dass es das einzig richtige ist.

»Nein, nein, keine Bange. Dennoch geht es ihm nicht gut. Er hätte dich gebraucht und tut es noch.«

Sie schweigt und ich denke an mein letztes Telefonat mit Alex. Ja, er hatte seltsam geklungen, aber das hatte ich auf Arbeitsstress oder auf einen schlechten Tag geschoben. Woher hätte ich denn ahnen sollen, dass es ihm nicht gut ging? Ich schiebe den Gedanken beiseite. Wahrscheinlich erzählt Leonie Unsinn, vermutlich ist er gerade auf der Arbeit und versinkt unter einem Berg von Unterlagen. Oder er macht Mittagspause und stellt sich vor, wie er mit seinen Enkelkindern eines Tages in den Park zum Spielen gehen würde. Eins jedenfalls tut Alex jetzt sicher nicht – beim Arzt auf schlechte Testergebnisse warten.

»Dein Vater bedeutet dir viel, oder nicht?«, fragt Leonie dann.

»Ja, natürlich. Er ist der Letzte, der mir geblieben ist, nachdem sie mich einer nach dem anderen verlassen haben!«

»Zeig es ihm doch mal. Du bist ihm sehr wichtig, er liebt dich!«

Ich starre aufs Wasser. Leise plätschert es vor sich hin, umspielt kleine Hindernisse und strömt weiter davon. Manchmal kitzelt es ein wenig an den Füßen. Ich spüre, wie die Sonne auf mich herab brennt und meine Haut immer heißer und trockener wird. Bald bekomme ich sicher einen Sonnenbrand. Man kann die Hitze, die sich gleichermaßen auf die Landschaft und meine Haut legt, nahezu riechen. Ich richte meinen Blick auf das gegenüberliegende Ufer und sehe plötzlich ein großes, hellbraunes Kaninchen daher hoppeln.

Unwillkürlich muss ich schmunzeln. Es ist so unschuldig und naiv. Das Kleine weiß noch nicht, dass es den Jägern zum Opfer fallen wird.

»Als kleines Kind hatte ich auch mal eines«, sagt Leonie, die das Kaninchen ebenfalls entdeckt hat. »Seit ich hier bin, wünsche ich mir, ich hätte wieder eins. Aber das geht nicht.« Sie klingt wehmütig.

»Du bist nicht schon immer hier?«, frage ich überrascht. Ich kann mir irgendwie kaum vorstellen, Leonie woanders zu begegnen als hier im Lager. Sie passt perfekt hierher.

»Nein. Nicht alle Heiler waren schon immer welche. Einige von uns sind als Besucher hergekommen und geblieben, andere sind hier geboren.«

»Aber warum hast du kein Haustier, wenn du es dir doch wünschst?«

»Ich habe mal Yolanda danach gefragt, aber sie sagte, es ginge nicht. Noch nicht. Irgendwann wäre der richtige Zeitpunkt dafür und dann würde ich wissen, wieso. Naja, bis jetzt habe ich jedenfalls keines – aber wo sollte ich es auch halten? Ich habe ja keinen Stall. Nur finde ich den Gedanken so furchtbar, dass vielleicht das Kaninchen, das dort drüben am Löwenzahn knabbert, morgen auf meinem Teller liegen könnte. Deshalb hätte ich gern eins in meiner Nähe, ich will es beschützen.«

Das leuchtet ein, auch wenn die ganze Sache mit Yolanda mal wieder vollkommen bescheuert klingt. Immer will sie hier die Regeln machen. Und dann diese undurchsichtigen Aussagen, die auch ich schon von ihr zu hören bekam. Kann sie sich nicht mal normal ausdrücken? Und was ist überhaupt verkehrt daran, ein Haustier haben zu wollen? Lisa hatte einen ganzen Zoo voller Tiere.

»Erzähl mir von deiner Kindheit. Kannst du dich noch an deine leiblichen Eltern erinnern?«, fragt Leonie dann und ich zucke zusammen. Woher weiß sie das alles und wieso will sie noch so viel mehr wissen?

»Leonie, ich glaube, ich bekomme einen Sonnenbrand. Ich sollte zurück ins Lager«, sage ich, springe auf, trockne meine Füße und ziehe die Schuhe wieder an. Dann lasse ich sie am Bach sitzen.

»Michael, warte! Ich wollte nur...«

Doch ich höre schon gar nicht mehr hin. Leonie muss wirklich nicht alles wissen.

Einige Stunden später sitze ich wieder gemeinsam mit Sarah am Lagerfeuer. Es knistert lauter als gestern und ich vergesse einen Moment lang fast, dass wir hier von Verrückten umgeben sind. Gelegentlich atme ich tief den Geruch des Rauchs ein, der sich bildet. Dass er mir gefällt, überrascht mich. Es duftet nach Wildnis, Freiheit, Sorglosigkeit. Der Himmel über uns ist klar und als wir spät am Abend wieder die letzten sind, die am zentralen Platz sitzen, blicke ich hoch hinauf. Da kommt mir eine Idee.

»Komm, leg dich neben mich!«, sage ich zu Sarah und lege mich mit dem Rücken auf den Boden.

»Was hast du vor?«, fragt sie, folgt jedoch meinem Vorschlag und legt sich zu mir.

»Sieh mal, wie schön der Himmel heut Nacht ist. Soll ich dir die Sternbilder zeigen?« Sie kichert. Es ist solch ein Klischee, aber Sternegucken ist unglaublich romantisch und so cool sie auch tut: Sarah ist eine Frau durch und durch, die verzaubert werden will. Ich habe dieses Spielchen schon unzählige Male gespielt – inzwischen kenne ich sogar ziemlich viele Sternbilder. Ich habe sie damals mit Matthias zusammen gelernt, als er mit Verena eine Art Astrologie-für-Anfänger-Kurs durchgezogen hat und wir feststellten, dass Frauen bei so etwas schwach werden und all ihre Prinzipien über Bord werfen. Außerdem wollte ich mal sehen, wie viele typische Maschen bei den Ladys ziehen – Fazit: so ziemlich alle. Je kitschiger, desto besser. Sarah und ich liegen also da und ich erzähle ihr was vom großen und kleinen Wagen. Ich könnte wahrscheinlich auch bloß ein paar Worte in den Raum werfen, die interessant und magisch klingen, denn es stellt sich heraus, dass Sarah absolut keine Ahnung von Astrologie hat. Umso besser für mich, denn dadurch ist sie unglaublich leicht zu beeindrucken. Irgendwann liegen wir beide schweigsam da und ich spüre den Moment kommen. Ich beuge mich zu ihr herüber, sehe ihr tief in die Augen und küsse sie. Wir setzen uns auf, ich fahre ihr mit den Händen über den Rücken, den Nacken, das Haar. Dabei verheddert sich eine ihrer Haarsträhnen in ihrem Ohrring und ich versuche, sie zu entwirren. Ohrring?

»Woher hast du den denn?«, frage ich sie verwundert, denn hier trägt kaum jemand Schmuck und wenn, dann nur eine Heilerin. Wir haben ja nicht einmal Armbanduhren.

»Der lag hier so rum«, sagt sie zwinkernd und beugt sich wieder zu mir herüber. Einen Augenblick lang bin ich irritiert, dann jedoch machen wir da weiter, wo wir aufgehört haben.

Später in meiner Hütte liege ich noch lange wach. Auch, wenn ich Leonie nicht alles glaube, kann ich den Gedanken an Alex nicht gänzlich verdrängen. Was, wenn er tatsächlich krank ist? Wenn er mich braucht? War ich ihm ein schlechter Sohn? Ich beschließe, morgen endlich die Flucht zu wagen. Ich gehöre nicht hierher und sollte es nicht länger aufschieben. Meine Zeit ist nun gekommen, das Lager zu verlassen.

Der nächste Tag bringt einiges an Neuigkeiten mit sich. Zunächst wurde das Camp am Morgen in Aufruhr versetzt. Der zentrale Platz ist noch vor Antritt meiner ersten Küchenschicht belebt und kleine Grüppchen umzingeln eine Person vor der großen Hütte. Justus und Harald schlafen noch, aber weil ich ohnehin gleich das

Frühstück zubereiten muss, mache ich mich schon einmal auf den Weg dorthin und laufe der tuschelnden Menge entgegen.

»Beruhige dich, Schatz. Du hast sie sicher nur verlegt!«, sagt Anson und legt seiner Frau Ludmilla einen Arm über die Schultern.

»Verlegt? Eine ganze Kiste? Ganz bestimmt nicht!« Ludmilla funkelt ihn an, ihre Stimme bebt. Sie wirkt gar nicht mehr so ruhig und gefasst wie beim letzten Mal, als ich sie gesehen habe.

»Das war ein Besucher und ich weiß auch schon, wer – wer außer Renate hat wohl sonst Zugang zu unserer Hütte?« Die Umstehenden murmeln etwas, alle blicken zu Reni, die Ludmilla mit einer Mischung aus Wut und Enttäuschung ansieht.

»Ich war es nicht, wirklich nicht!«, beteuert sie immer wieder. »Was soll ich denn damit?«

»Das weiß ich doch nicht«, antwortet Ludmilla aufgebracht. Dann, etwas lauter: »Yolanda! Jetzt komm doch bitte mal!«

Tatsächlich taucht Yolanda wie aus dem Nichts auf einem der Pfade auf. Sie trägt ein buntes, tuchartiges, um den Körper gewickeltes Kleid und läuft barfuß.

»Liebes, was ist denn?«, fragt sie mit sanfter Stimme und legt Ludmilla beruhigend ihre Hand auf die Schulter.

»Renate hat meine Schmuckkiste gestohlen!«, beschwert sich diese. Schmuck? Ich suche die Menge um Ludmilla nach Sarah ab; als sich unsere Blicke treffen, sieht sie weg.

»Bist du dir sicher?«, fragt Yolanda beschwichtigend. »Wo hast du sie denn zuletzt gesehen?« Yolanda und Ludmilla diskutieren kurz und beschließen dann, Renates Sachen in der Hütte zu durchsuchen. Als sie keine Beweise für den Vorwurf finden, beenden sie die Suche. Dennoch wird Renate zu einer Woche Extraarbeit verurteilt, sie muss also täglich eine Schicht mehr arbeiten. Ich ahne, wer Ludmillas Schmuck genommen hat, sage aber nichts. Vermutlich ahnt Yolanda es genauso. Die Menge zerstreut sich allmählich und ich beginne mit der ersten Schicht für heute. An diesem Tag trägt Sarah keine Ohrringe.

Nach dem Mittagessen – ich habe gerade die letzten Tische abgeräumt und gewischt – sehe ich Justus am Eingang der großen Hütte stehen.

»Hey, Michael«, ruft er mir zu und ich bedeute ihm mit der Hand, kurz zu warten. Als ich in die Küche gehe, um zu fragen, ob ich Feierabend machen kann, nickt Reni mir bereits zu. »Genieß den Nachmittag«, sagt sie, lächelt mich aufmunternd an und ich verlasse mit Justus die Hütte.

»Normalerweise habe ich nachmittags Partnertraining. Fürs Jagen. Eigentlich kommt Harald immer mit, aber er hat gerade seine Heilstunde. Möchtest du vielleicht, dass ich dir etwas beibringe?«

Ich denke über Justus' Angebot nach. Eigentlich habe ich wenig Lust, ihm Gesellschaft bei der Arbeit zu leisten, andererseits kann ich etwas Übung im Umgang mit Pfeil und Bogen ganz gut gebrauchen, wenn ich fliehe. Ich stimme also zu und folge ihm zu einer Stelle tief im Wald, wo nur feine Lichtstrahlen die hohen Baumkronen durchkreuzen und die einzigen Geräusche weit und breit nicht von Menschen, sondern von Tieren des Waldes herrühren.

»Warum eigentlich Partnertraining?«, frage ich Justus.

»Jeder von uns ist auf einem anderen Level, was die Jagderfahrung angeht. Morgens jagen wir mit dem Ziel, möglichst viel zu schießen. Nach dem Mittagessen aber arbeiten wir in Zweier-Teams und beobachten uns gegenseitig, um den anderen zu verbessern und ihm Ratschläge zu geben. Es gibt vieles, was man falsch machen kann.«

Justus blickt sich prüfend um und nickt zufrieden.

»Hier ist es gut. Komm her«, sagt er dann und hockt sich neben einen großen Busch. Er hat viele Dornen, daher hocke ich mich mit etwas größerem Abstand daneben.

»Lektion eins: volle Konzentration. Du musst deine Augen und Ohren überall haben. Die Tiere sind flinker, als dir lieb ist.« Ich nicke.

»Zweitens: such dir ein Ziel«, sagt Justus dann mit gesenkter Stimme und deutet nun auf ein Kaninchen.

»Drittens: fixiere es mit deinem Blick, versuche, seine nächsten Bewegungen vorherzusehen. Dann spann den Bogen – verharre – und dann lass los.«

Zack. Der Pfeil geht dem Tier direkt durch den Rumpf, es hat keine Chance mehr. Justus steht auf, nähert sich dem Kaninchen und bringt es zu unserem Busch. Dann hält er mir seinen Bogen hin. »Jetzt du.«

Obwohl ich das eigentlich üben muss, habe ich ein unwohles Gefühl im Bauch. Wie geht man mit so etwas überhaupt um? Es fällt mir schwer, den Pfeil an der richtigen Stelle zu positionieren und den Bogen zu spannen; Justus muss mehrmals meine Haltung korrigieren. Als ich es endlich richtig mache, will ich schnellstmöglich ein Ziel treffen, um die Position nicht zu verändern. Ich sehe mich hastig um, wo ist ein verdammtes Kaninchen? Ich erblicke ein Eichhörnchen, das gerade einen Baum hinaufklettert und innehält. Jetzt, denke ich, jetzt! Ich bücke mich vor, lasse den Pfeil los – und er fällt wenige Meter vor mir zu Boden. Justus kann sich ein Grinsen kaum verkneifen.

»Abgesehen vom miserablen Schuss – du musst leiser sein, Michael. Das Eichhörnchen hat dich gehört.«

Ich nicke, während Justus den Pfeil holt und auch den Bogen wieder an sich nimmt. Das Ganze ist wesentlich schwerer, als es aussieht und ich schäme mich. Wie kann es sein, dass ich darin so grottenschlecht bin? Oder anders gesagt: »Wieso bist du nur so unfassbar gut?«, frage ich Justus.

Er lacht. »Ich war doch Soldat. Mit Pfeil und Bogen bin ich damals zwar höchstens mal beim Training umgegangen, aber die Art der Jagd ist immer gleich. Dabei ist es egal, ob man auf Tiere oder auf Menschen schießt.«

Mir schaudert es. »Auf Menschen?«, frage ich.

»Ja, Michael, auf Menschen. Ich war im Kriegsgebiet, da bleibt das nicht aus. Ich habe viele umgebracht, sehr viele. Die meisten waren selbst schwer bewaffnete Feinde.«

Wieder stört mich etwas an seiner Ausdrucksweise. »Die meisten?«

»Ja, man kann nicht garantieren, dass man nicht auch mal einen Unschuldigen trifft. Im Laufe der Zeit verschwimmt sowieso die Grenze zwischen dem, was zulässig ist und dem, was man eben nicht tun sollte. Du verlierst die Kontrolle und weißt nicht mehr, wer Freund ist, wer Feind.«

Justus' Stimme wird zunehmend leiser, dann schluckt er. Ich denke noch über seine Worte nach, blicke hoch zum Baum, um das Eichhörnchen zu finden – es ist fort – und sehe wieder zu Justus.

Er richtet seinen Pfeil auf mich und schießt.

7. Kapitel

Justus befolgt all seine Regeln. Er konzentriert sich, nimmt ein Ziel ins Visier, macht es keinesfalls auf sich aufmerksam und weiß, dass das Objekt ihn nicht sieht. Er hat freie Bahn und so erlegt Justus sein Opfer vorbildlich. Dann schießt das Blut aus der Wunde und als Justus den leblosen Körper herträgt, erkenne ich einen Waschbären.

»Wow... wie hast du ihn gesehen?«, frage ich, immer noch unter Schock stehend. Schließlich wurde gerade ein Pfeil auf mich gerichtet.

»Augen und Ohren immer überall haben«, wiederholt Justus. »Er bewegte sich gerade dort hinten, aber entfernte sich von uns, deshalb konnte er mich nicht sehen. Hätte ich dich gewarnt, wärst du zu laut gewesen – tut mir leid, Michael.«

Ich lache nervös, die Anspannung lässt allmählich nach. Justus ist ein brutaler Mörder, auch wenn er nicht annähernd danach aussieht. Wäre er nicht so muskulös, würde er mit seiner schlanken Statur und dem schmalen Gesicht nicht gerade angsteinflößend aussehen. Abgesehen von seinem dunklen Haar ist er eher ein klassischer Sunnyboy. Aber wenn er auf etwas schießt, angestrengt ein Ziel im Blick hat – dann blickt er geradezu mordlustig drein. Irgendwie ist mir das Ganze etwas unheimlich und ich lasse mir von Justus nur noch ein paar Tricks zeigen, dann schlage ich unseren Aufbruch vor. Justus aber will bleiben und weiter trainieren, also stolpere ich auf mich allein gestellt zurück ins Lager und hoffe, dass ich den Weg richtig in Erinnerung habe. Es kommt mir vor wie eine Ewigkeit, doch letztlich – kurz bevor ich schon fürchte, mich verlaufen zu haben – erreiche ich einen der Pfade, die zum zentralen Platz führen und eile zu meiner Hütte, um die letzten Vorbereitungen für die Flucht zu treffen. Außerdem will ich noch etwas Schlaf bekommen, damit ich in der Nacht fit bin für meine Abreise.

Es ist sehr düster hier im Lager, bloß die Glut des Feuers auf dem zentralen Platz und die Sterne am Himmel erleuchten die Umgebung ein wenig. Ansonsten tappe ich hier größtenteils im Dunkeln. Zu meiner Erleichterung kommen aus dem Wald vereinzelte Laute – nachtaktive Tiere; Vögel und wer weiß was noch alles. Sie übertönen die Geräusche, die ich mitsamt meiner Fluchtausrüstung mache, nachdem ich die Hütte verlassen habe. Der Rucksack hängt über meinen Schultern, ebenso der Bogen und Köcher mit den Pfeilen. Ich trage meine lange Kleidung, sodass ich wenigstens nicht frösteln muss bei den nächtlichen Temperaturen. Die Äpfel, Messer und Brot sowie einige Hilfsmittel sind im Rucksack verstaut. Das muss erst einmal reichen. Zunächst schlage ich den Weg ein in die Richtung, aus der Leonie und ich von dieser mysteriösen Zauberwiese hier hergekommen sind. Vor den Hütten der anderen Besucher und Heiler laufe ich vorsichtig, um keine Geräusche von mir zu geben, aber dennoch zügig. Als ich den letzten Pfad verlasse und mich in den Wald hinein begebe, ist mir mulmig zumute, doch ich muss weiter. Ich versuche mich zu orientieren, was bei dieser Dunkelheit allerdings schier unmöglich ist. Intuitiv laufe ich weiter und hoffe inständig, die Wiese bald zu entdecken. So weit war sie doch nicht entfernt – ich müsste bald auf sie stoßen. Allen Erwartungen zum Trotz verpasse ich die Zauberwiese wohl und laufe weiter und weiter, bis ich weder Orientierung noch Kraft habe. Wie lange bin ich schon unterwegs? Eine Stunde? Zwei? Womöglich gar länger? Erschöpft sinke ich neben einem Baum nieder und lehne mich an dessen Stamm, um eine kurze Pause einzulegen. Dann jedoch nicke ich ein und als ich erwache, weiß ich nicht, wie lang ich gedöst habe. Es ist zwar immer noch dunkel, doch ein hellrosa Schimmer kämpft sich am Himmel hervor.

Rasch springe ich auf und setze meinen Weg fort. Stunden später mache ich erneut eine Pause und gönne mir einen Apfel und etwas Brot zum Frühstück. Der Apfel schmeckt bereits etwas alt, doch ich denke an die Köstlichkeiten, die ich zu mir nehmen werde, wenn ich erst wieder in der Zivilisation angekommen bin. Dann laufe ich weiter. Einzelne Sonnenstrahlen brechen durch die Bäume und ich schätze, dass es bald schon Mittag ist. Allmählich bekomme ich Durst. Die kleine, mit Wasser gefüllte Flasche, die ich vor meiner Abreise mitgenommen habe, ist bald leer. Ich muss dringend den Bach finden. Der Wald sieht für mich überall gleich aus: Bäume, Büsche, umgestürzte Stämme und abgebrochene Äste. Gelegentlich moosbewachsene Erdhügel, umzingelt von Pilzen. Hier und da kreuzt ein Tier meinen Weg, doch meistens höre ich sie nur aus der Ferne. An eine Jagd ist nicht zu denken, meine potentiellen Opfer sind tatsächlich zu flink – und wie sollte ich sie auch zubereiten? Daran habe ich im Lager leider nicht gedacht und ich will schon fast meine Waffen liegen lassen – sie sind bloß eine zusätzliche Last – doch ich entscheide mich dafür, sie zur Verteidigung gegen wen oder was auch immer dabei zu haben. Man weiß nicht, was hier im Wald für Gefahren lauern.

Als ich gegen Nachmittag einen Brombeerstrauch auf einer Lichtung entdecke, mache ich Rast und sammele so viele, wie ich finden kann. An den vielen, feinen Dornen pikse ich mich einige Male, aber sie schmecken so gut, dass ich immer weiter pflücke. Von dem Schlafmangel, der anhaltenden Bewegung und der geringen Nahrungszufuhr fühle ich mich geschwächt, doch mein Verlangen nach Wasser wird stärker – ich muss weiter, den Bach finden. Irgendwann gebe ich es auf, sinke erneut an einem Baum nieder und frage mich, wie es alles soweit kommen konnte. Wo bin ich, wieso bin ich hier und wie komme ich dorthin zurück, wo ich hin gehöre? Neben mir entdecke ich einige Pilze, die mir sehr nach Champignons aussehen. Hungrig greife ich zu und nachdem ich sie alle verputzt habe, wünsche ich mir noch mehr. Sie waren lecker. Auch wenn der Wald zumeist im Schatten liegt, erhitzt die Sonne ihn doch auf hohe Temperaturen. Meine Kleidung habe ich bereits gewechselt, doch tut der Durst sein Übriges. An den Baum gelehnt hole ich tief Luft und versuche, einen klaren Kopf zu bekommen. Ein zarter Windhauch weht durch die Baumkronen und lässt ihre Blätter rascheln. Am Boden hier unten bekomme ich davon leider wenig ab. Ich höre ein Kaninchen über den Waldboden hoppeln, doch ich sehe ihm nur dabei zu, wie es in seinem Bau nicht weit entfernt von mir verschwindet. In der Ferne vernehme ich leise ein Plätschern. Ein Plätschern? Schlagartig bin ich wieder hellwach, folge meinen Ohren und tatsächlich: da ist der Bach! Er ist an dieser Stelle viel breiter als beim Lager, doch er ist da! Ich kann mein Glück kaum fassen, fülle meine Flasche und trinke so lange, bis sich mein Körper langsam wieder normalisiert und abkühlt. Ich beschließe, endlich eine längere Pause zu machen und strecke mich am Ufer aus.

Als ich wieder zu mir komme, muss es bereits früher Abend sein. Mir ist schwindelig, mein Kopf tut weh und meine Haut brennt. Kein Wunder – ich bemerke, dass die Sonne in den letzten Stunden so gewandert ist, dass ich ihr gerade vollends ausgeliefert bin. Meine Arme sind stark gerötet. Wenn ich mit dem Finger darauf drücke, weicht die Farbe kurz einer Blässe, nur um die Hautpartie danach wieder in ein feuriges Rot zu tauchen. Wie konnte ich nur so unvorsichtig sein! Zum Glück war der Bach kein Traum, er ist immer noch hier. Rasch nehme ich einige Schlucke, fülle meine Flasche und laufe weiter am Bach entlang. Den werde ich jetzt nicht mehr aus den Augen verlieren.

Die Landschaft verändert sich allmählich, die Bäume werden spärlicher und immer häufiger kommen kleinere Büsche zum Vorschein. Ich deute dies als gutes Zeichen und laufe weiter. Irgendwo muss dieser Wald doch enden. Einige Kilometer weiter, so schätze ich, vernehme ich Geräusche. Nein, weniger Geräusche als... eine Melodie. Da macht jemand Musik! Das müssen zivilisierte Menschen sein, diese Leute aus dem Lager bekommen solch einen schönen Klang sicher nicht hin. Ich folge den Tönen und mache eine Lichtung aus, von der die Musik kommt. Dann verstecke ich mich hinter einem wild gewachsenen Busch, um zunächst zu beobachten. Es ist erneut ein Brombeerstrauch – ich halte also Abstand – und er ist von Käfern befallen. Einige krabbeln darauf herum, auf manchen Beeren bewegen sich langsam Larven. Angewidert rutsche ich zur Seite – diese Brombeeren esse ich wohl besser nicht – und beobachte die Szenerie auf der Lichtung.

Ein Mann mit kurzem, braunem Haar läuft dort auf und ab. Jedenfalls denke ich das, bis ich erkenne, dass der Mann dort tanzt. Aber nicht wie ein Eingeborener um sein Feuer, so habe ich es nämlich fast schon erwartet, sondern wie ein klassischer Tänzer bei einem Ball. Dank meiner Tanzkenntnisse kann ich einen langsamen Walzer ausmachen und tatsächlich: der Mann öffnet in den richtigen Augenblicken seine Hände, wohl um eine ihm eingebildete Frau umher zu wirbeln. Am anderen Ende der Lichtung befindet sich ein großes Zelt, vor dem ein blonder Mann, der etwas jünger und pummeliger aussieht als der Tänzer, auf einem Stein sitzt und Gitarre spielt. Oder ist das gar keine Gitarre? Sie ist sehr klein, ich kann sie auf die Entfernung kaum erkennen. Vielleicht eine Ukulele? Jedenfalls ist sie rosafarben, das erkenne ich sofort. Eine pinke Ukulele? Ein Tänzer ohne Tanzpartnerin? Plötzlich tritt ein weiterer Mann aus dem Zelt, muskulös und mit braunem Haar. Er räuspert sich und beginnt dann, lauthals drauf los zu schmettern. Es klingt ganz nach einer Oper, der Text ist auf Italienisch, jedoch verwirrt mich die ganze Musik. Der eine tanzt, der andere spielt Ukulele, der nächste singt – alles in einem jeweils anderen Takt. Ich muss leider einsehen, dass diese drei Männer wohl nicht die Sorte Mensch sind, die mir auf meiner Flucht helfen kann. Ich will gerade kehrtmachen, da tritt ein vierter Mann auf die Lichtung. Er muss ebenfalls aus dem Zelt kommen, ich habe ihn nämlich vorher noch nicht gesehen. Er trägt etwas längeres, dunkelblondes Haar; zurückgehalten von einem

Stirnband in Tarnfarben. Außerdem hält er einen fein geschnitzten und verzierten Stock in seiner rechten Hand, die er erhebt, während er mich anblickt.

»Komm heraus, Fremder, und zeige dich uns!«, ruft er laut und ich stelle fest, dass er mich entdeckt hat und nun mit starrem Blick taxiert. An Flucht ist jetzt nicht mehr zu denken, die vier Irren würden mich sofort einholen. Auch mein Bogen wäre mir keine Hilfe, ich würde den Pfeil ja doch wieder nur einige Meter weit schießen und ihnen zu Füßen legen. Ich hebe also meine Hände zum Zeichen des Ergebens und trete hinter dem Brombeerstrauch hervor. Die Musik verklingt. Trotz der Wärme der Abendluft zittere ich am ganzen Leib.

»Entschuldigt, ich wollte nicht lauschen... Ich wollte eigentlich wieder-«

»Schweig!«, unterbricht mich der Langhaarige und wedelt mit seinem Stock. Der Ukulelespieler, der Sänger und der Tänzer verharren regungslos und sehen abwechselnd zu mir, dann zu dem blonden Mann. Ich verstumme und sehe ihn furchterfüllt an. Was hat er jetzt mit mir vor? Zu den Heilern scheint er nicht zu gehören, die sind weitaus freundlicher.

»Tritt näher, der König des Dschungels will dich sehen!«, fordert er mich auf und ich tu wie mir geheißen. Der König des Dschungels? Wir sind hier im Wald, wovon redet er bloß?

»Ihr seid eingedrungen in unser Gebiet und ich fordere eine Erklärung!«, sagt er ernst und fuchtelt erneut mit dem Stock vor meinem Gesicht herum. Ich überlege, was ich sagen soll, will gerade zu einer Antwort ansetzen, da bemerke ich ein nervöses Zucken um seine Mundwinkel. Er rastet bestimmt gleich aus! Ich werfe mich vor ihm zu Boden und bitte um Vergebung. Noch während ich das mache, schäme ich mich selbst für mein Verhalten, doch was tut man nicht alles im Angesicht des Todes? Als ich zu dem Mann mit dem Zepter aufblicke, sehe ich, wie er – und ebenso die drei anderen – in lautes Gelächter ausbrechen. Hysterisch kreischen sie, kichern und lachen ohne Pause. Der König schlägt sich vor Freude sogar mit den Händen auf die Schenkel. Sobald er sich wieder einkriegt, bedeutet er mir, aufzustehen.

»Du hältst mich echt für den König?«, fragt er, immer noch kichernd.

»Ähm, also ich...«, beginne ich, doch er unterbricht mir erneut.

»Hahaha, wir sind hier im Wald und nicht im Dschungel! Ich bin nur Dschungelkönig, nicht Waldkönig! Aber gut, dass du mir gehorchen würdest«, freut er sich und stößt mir scherzhalber in die Rippen. Ich ringe mir ebenfalls ein verlegenes Lachen ab.

»Darf ich mich vorstellen? König Douglas I. des Dschungels. Und das sind meine Gefolgsleute Thomas« – er deutet auf den Ukulelespieler – »...Harold« – dies ist der Tänzer – »..und Daniel.« Letzterer ist der Opernsänger. Ich nicke freundlich und stelle mich mit meinem Namen vor. »Sei gegrüßt, Michael. Wohin des Weges?«, fragt er dann, seine förmliche Sprache bewahrend. Ich schildere ihm meine Situation, doch er schüttelt den Kopf.

»Ich glaube nicht, dass man hier so leicht herauskommt. Aber wir haben es auch nie versucht, wir sind sozusagen Aussteiger, haben versucht, etwas Abstand von der Welt zu nehmen und hier zu leben, ohne ständig anderen Menschen zu begegnen.« Das glaube ich König Douglas aufs Wort. So, wie die vier sich hier benehmen, haben sie wohl länger keine Seele mehr getroffen.

»Gelegentlich verirren sich aber ein paar Leute aus deinem Lager hierher. Leider können wir ihnen nur dasselbe sagen wie dir. Ich fürchte, wir können dir nicht weiterhelfen...«, sagt Douglas und die anderen stimmen ihm zu. Sie bieten mir an, mit ihnen zu essen, doch ich erkläre, dass ich weiter muss. Daher geben sie mir etwas gebratenes Kaninchen mit auf den Weg – mir ist zuvor gar nicht aufgefallen, dass es über einem kleinen Feuer nahe des Zeltes briet und einen köstlichen Duft versprühte, so sehr war ich von dieser bizarren Szenerie gefesselt. Ich bedanke mich und trete meinen Weitermarsch an. Keine Minute länger möchte ich hier bleiben – obwohl sie nett sind, scheinen sie noch gestörter zu sein als die Leute im Lager. Wenige Augenblicke später ist von dem verrückten Dschungelvolk nichts mehr zu hören, als wären diese Menschen nie dort gewesen. Ich blicke mich nicht um, sondern gehe weiter. Wenn es stimmt, was sie sagen, dann habe ich noch einen langen Weg vor mir.

Der Kopf sehr schwer, die Füße schwach,
viel mehr vermagst du nicht zu geben.
Doch weiter auf den Weg dich mach,
du wirst bewacht auf all den Wegen.

Hab Kraft, hab Mut,
die Hälfte ist bald schon erreicht.
Du wirst sehn, es tut dir gut
und wird es auch nicht immer leicht.

So wage nun den nächsten Schritt,
kämpfen tust du nie allein.
Glaube mir, auf Schritt und Tritt
wird das Schicksal mit dir sein.

Die Stunden vergehen, sie werden zu Tagen. Es wird Morgen, dann Mittag, dann Abend. Ich verliere mein Zeitgefühl, weiß nicht mehr, wie lange ich schon unterwegs bin. Die Sonne geht auf, dann wieder unter. Hell, dunkel, hell, dunkel. Es fällt mir zunehmend schwer, Nahrung zu finden und von den wenigen Beeren, die ich sammele, werde ich nicht satt. Immerhin bietet der Bach genügend Wasser und scheint sehr lang zu sein, jedenfalls kann ich noch nicht sehen, wo er endet. Ich gehe weiter und weiter, doch ich verliere allmählich die Hoffnung. Jede Nacht wird immer schwerer durchzustehen, es wird unerträglich kühl und der Hunger lässt mich kaum schlafen. Von Müdigkeit geplagt tappe ich die Tage über immer langsamer durch den Wald und treffe auf keine Menschenseele mehr. Fast wünsche ich mir wieder das seltsame Dschungelvolk herbei. Beim Gedanken an ihr knusprig gebratenes Kaninchen kann ich den Geschmack schon fast auf meiner Zunge spüren.

Als ich an einem sonnigen Tag am Fuß einer Buche einnicke, habe ich einen seltsamen Traum. Ein Mann kommt auf mich zu: seine Haut ist golden, sein Körper in weißes Leinen gekleidet. Ich will aufstehen, ihn nach dem Weg fragen, doch ich kann mich nicht rühren.

»Shht«, beschwichtigt er mich. »Bleib liegen. Du wirst bald Zuhause sein.«

»Woher willst du das wissen?«, frage ich ihn und er antwortet:

»Was denkst du – woher weiß Leonie wohl so viel? Lass die vielen Fragen und höre auf die Worte des alten Gabriel. Bleib hier. Du wirst bald zurückkehren. Die Zeit ist noch nicht reif, Michael.« Ich will ihn fragen, was er damit meint. Ich will nicht zurückkehren, sondern in meine Heimat, doch die meint er sicher nicht. Mein Mund öffnet sich, doch heraus kommen keine Worte, sondern bloß Luftblasen. Und plötzlich falle ich, tiefer und tiefer, und erwache schließlich mit einem Schrecken. Ich liege mit dem Gesicht zum Boden, ich muss während des Schlafens hinab gesunken sein. Mein

Mund ist voller Erde, ich spucke sie aus und wische mir die Lippen mit dem Handrücken ab. Ich sehe mich um – es ist Nacht. Jetzt macht es wenig Sinn, weiter zu laufen. Ich spüle meinen Mund mit Wasser aus dem Bach aus, um den erdigen Geschmack wieder los zu werden, und will mir eine bequeme Schlafposition suchen. Obwohl mein ganzer Körper schmerzt und hier und da Wurzeln oder Äste piksen, schaffe ich es dennoch, etwas Schlaf zu finden. Zu meiner Verwunderung gilt mein letzter Gedanke Leonie in ihrem weißen Kleid, wie sie vor mir durch den Bach läuft und sich kichernd zu mir umblickt.

Als ich meine Augen öffne, blicke ich zu meinem Entsetzen in ein Paar Augen. Leonies Augen. Ich unterdrücke einen Schrei, sehe dann an mir herab – diesmal bin ich angezogen – und setze mich rasch auf.

»Wie... Wo kommst du her?«, frage ich sie.

Leonie lächelt. »Michael, es macht keinen Sinn, zu fliehen. Ich weiß, das willst du nicht hören, aber bitte – komm mit mir, du wirst es nicht bereuen. Es wird der Tag kommen, an dem du uns verlassen kannst, doch noch ist es nicht so weit.«

Es ist bereits früh am Morgen. Wie viele Tage ich hier umherirrte, vermag ich nicht zu sagen. Vom Hunger getrieben und gefesselt von ihren haselnussbraunen Augen, beschließe ich, ihr zu folgen. Leonie hilft mir aufzustehen, dann führt sie mich den Bach entlang und rasch sind wir auf den Feldern, die sie mir bei meiner Ankunft gezeigt hat. Bin ich wirklich im Kreis gelaufen? Genauso wie Justus? Das kann doch nicht sein, denke ich, doch tatsächlich führt Leonie mich an den Tiergehegen und Erdbeerfeldern vorbei, hinüber zu der Stelle am Bach, die etwas schmaler ist als alle anderen, und durch das Waldstück zum Lager. Keine halbe Stunde ist vergangen, da betrete ich schon meine Hütte und lege mich erschöpft in das Bett, nachdem ich einen großen Teller voll Kartoffeln mit Spargel verputzt habe. Dann schlafe ich tief und fest. Und lange. Ganze zwei Tage verlasse ich die Hütte nicht.

Als ich wieder erwache, ist es still in meinem Zuhause. Licht fällt durch das provisorische Fenster und die Betten von Harald und Justus sind leer, auch ihre Köcher sind fort. Sicherlich sind sie bei der Jagd. Ich weiß nicht, woran es liegt, doch irgendwie fühle ich mich jetzt besser und kann mich fast damit abfinden, erst einmal hier zu bleiben. Ich verstehe es selbst nicht, doch meine gescheiterte Flucht kommt mir vor wie ein Zeichen. Leonie hat selbst gesagt, ich könne bald gehen – und Leonie weiß schließlich irgendwie alles. Woher mein Vertrauen in ihre Worte kommt, kann ich mir nicht erklären, aber ich beschließe, ihr und dem Lager noch eine Chance zu geben. Wenn ich kooperiere, lassen sie mich vielleicht früher zurück in die Zivilisation. Ich mache mich frisch, kleide mich an und esse all das Brot auf, das mir jemand auf einem Teller neben dem Bett stehen gelassen hat. Als hätte sie mein Erwachen geahnt, klopft Leonie kurze Zeit später bereits an die Tür und holt mich zur Heilstunde ab.

»Du hast heute noch Schonfrist und musst nicht arbeiten«, erklärt sie mir und nimmt mich dann wieder mit an den Bach. Wir machen es uns bequem, die Füße im Wasser, und ich blicke hoch zum Himmel. Lange Zeit sagen wir beide nichts, doch dann durchbreche ich das Schweigen.

»Ich weiß nicht mehr viel, aber sie waren arm dran«, beginne ich.

»Wen meinst du?«, fragt Leonie.

»Meine Eltern. Du wolltest wissen, ob ich mich an meine Eltern erinnere. Sie hatten damals eigentlich nur noch sich selbst und mich. Die Eltern meines Vaters waren noch vor meiner Geburt gestorben und mein Großvater mütterlicherseits starb, als ich zwei Jahre alt war. Meine Großmutter zerbrach daran. Zunächst blieb sie noch zuhause, doch bald schon war ihr Geist verwirrt. Sie wurde ein Pflegefall. Mein Onkel, der einzige, den meine Eltern zu dieser Zeit noch hatten, saß immer mal wieder im Gefängnis, hatte ständig irgendwelche kriminellen Dinger gedreht. Und dann geschah der Unfall...«

Leonie sieht mich interessiert an. Vermutlich freut sie sich, dass ich ihr endlich die Fragen beantworte. Das aufmunternde Lächeln auf ihren Lippen ist für mich Belohnung genug. Eigentlich will ich nicht über meine Eltern reden, aber wenn es Leonie etwas bedeutet, dann tu ich das – für sie.

»Was passierte denn genau?«, fragt sie und ich kann nicht verhindern, dass meine Augen feucht werden. Leonie weiß das sicher alles bereits, aber sie will mir ihr Mitgefühl zeigen und ich lasse es zu. Ich glaube, weil ich sie mag.

»Er... er ging zur Arbeit, war Dachdecker. Dann rutschte er aus und fiel vom Dach in die Tiefe, er war sofort tot. Meine Mutter gab sich die Schuld daran, er hatte in der Nacht zuvor nicht viel geschlafen, weil sie am Abend einen Streit gehabt hatten. Man hat mir mal erzählt, dass sie dann Depressionen hatte. Sie bekam Medikamente und war zwischendurch immer mal wieder für einige Wochen in einer Klinik. In dieser Zeit passte eine Nachbarin auf mich auf. Eines Tages dann, kurz vor dem ersten Todestag meines Vaters, da war ich etwa fünf, brachte sie mich wieder zu der Nachbarin. Es war das letzte Mal, dass ich sie sah. Die Ärzte sagen, es kann eine zufällige Überdosis gewesen sein, aber ich glaube, dass sie dieses ganze Leben hinter sich lassen wollte. Und dabei war es ihr egal, dass sie dabei auch ihren Sohn alleine zurückließ...«

Ich schlucke. Lange schon habe ich nicht mehr daran gedacht, aber jetzt kommt alles wieder hoch. Wie kann man so verantwortungslos sein? Wenn man eine Familie hat, wenn man Kinder hat, dann kann man doch nicht einfach alles hinwerfen? Das hat sie aber und somit ist sie für mich nicht nur physisch, sondern auch in Gedanken gestorben. So jemand war nie meine Mutter, sondern eine egoistische Irre. Leonie rutscht näher zu mir hin und legt ihren Kopf auf meine Schulter. Ich ziehe meine Füße aus dem Wasser, näher zu mir heran, und umklammere sie mit meinen Armen. Um nicht zu weinen, schlucke ich und kämpfe mit den Tränen. Starr richte ich meinen Blick auf das Wasser vor uns und versuche, nicht zu blinzeln.

»Michael, sie hat dich sicher geliebt. Aber manche Menschen können mit solchem Schmerz nicht umgehen. Sie war zu schwach dafür, aber mach ihr das nicht zum Vorwurf.« Ich schnaube verächtlich. Wie sollte ich das nicht tun? Mein Vater hätte mich nicht einfach so verlassen, da bin ich mir sicher. Stattdessen hat sie es in Kauf genommen, dass ich ohne einen brauchbaren Verwandten zurückblieb und ins Heim gesteckt wurde. Ins Heim! Zu all den anderen verstoßenen Kindern, ich war eines von ihnen. Zärtlich tätschelt Leonie meinen Arm und auch wenn ich es ihr gegenüber nicht eingestehen würde, so tut es verdammt gut. Bei ihr kann ich einfach nur ich selbst sein, sie weiß ja ohnehin alles über mich, da brauche ich mich nicht zu verstellen. Obwohl ich gerade den Tränen nahe bin, fühle ich mich so gut wie seit langer Zeit nicht mehr. Viel brauche ich im Moment nicht. Und so sind es einfach nur Leonie, ich, dieser Bach und die Sonne. Leonie und ich sitzen noch lange so da, sagen kein Wort mehr. Als das Team Ernte sich dem Bach nähert, um für das Abendessen rechtzeitig im Lager zu sein, machen auch wir uns allmählich auf den Weg. Und wenn ich es richtig sehe, hat Leonie ebenfalls eine kleine Träne im Augenwinkel.

»Moment mal, pinke Ukulele, sagst du?« Justus schlingt einen üppigen Bissen von seinem Fleisch herunter und sieht mich neugierig an. In der großen Hütte ist es heute Abend voll und laut wie immer, aber nicht nur deshalb hängen Justus und Harald an meinen Lippen. Ich nicke.

»Die hab ich auch damals getroffen!«, sagt Justus und lacht laut los. »Die haben total einen an der Waffel, wirklich!«

Ich grinse. Ja, Justus ist wohl denselben Typen begegnet wie ich.

»Die sind aber bekannt«, fällt Harald ein. »Ich habe von meiner Heilerin Nadije auch schon mal gehört, dass es die gibt. Die haben wohl ein Zelt gar nicht so weit von unserem Lager und ehrlich gesagt, keiner hat eine Ahnung, wo die herkommen und was die hier machen.«

Jetzt ist es an Justus und mir, Harald ungläubig anzustarren. »Wie meinst du das? Auch die Heiler wissen nicht, warum die da sind?«

»Nein... Weißt du, Junge, die Kerle sind einfach irgendwann aufgetaucht und ziehen ihr eigenes Ding durch. Nennen sich »die Fliegen« oder sowas. Jeder von denen hat irgendwie auf 'ne andere Art und Weise einen Knall und einer von denen glaubt sogar, König des Dschungels zu sein, weißt du. Von welchem Dschungel auch immer er spricht. Aber sie jagen nur so viel, wie sie brauchen, und kommen den Heilern auch sonst nicht in die Quere, deshalb lassen sie sie in Ruhe. Aber merkwürdig finden das auch die Heiler, weißt du. Nadije sagt, der Ukulele-Typ singt manchmal auch und zwar über das, was er gerade tut. Zum Schluss bedankt er sich immer bei seinem Publikum!«, grölt Harald los und haut mit der flachen Hand auf den Tisch.

Obwohl die vier anscheinend wirklich etwas seltsam sind, finde ich sie gleichzeitig witzig. Und am merkwürdigsten ist es, dass sie freiwillig im Wald leben, nur diese vier »Fliegen«. Nachdem Harald und Justus sich wieder einkriegen, löchern sie mich weiter nach Details zu meiner Flucht, aber ich möchte nicht mehr viel darüber reden. Ich hole mir stattdessen einen Nachschlag und versuche, das Essen als Ausrede zu nehmen; statt zu sprechen eher zuzuhören. Ich fühle mich wie ein Verräter, der ohne seine Freunde einfach aufgebrochen ist und sie im Stich gelassen hat, deshalb möchte ich das

Kapitel Flucht schnellstmöglich vergessen. Ich werde jetzt versuchen, auf fairem Wege aus dem Camp zu kommen und dazu gehört nicht nur Kooperation gegenüber Leonie, sondern auch Ehrlichkeit gegenüber meinen Mitbewohnern. Ich nehme mir vor, Justus morgen wieder zur Jagd zu begleiten, wenn Harald mit Nadije unterwegs ist, und ihm ein guter Freund zu sein. Doch daraus wird leider nichts.

Nach dem Frühstück am nächsten Tag gibt es wieder eine Szene auf dem zentralen Platz und wieder spielen Anson und Sarah eine Rolle darin. Es ist ein kühlerer Tag als gewöhnlich und am Himmel stehen viele Wolken, sodass es am Waldboden immer noch – oder schon wieder? – sehr dunkel ist, wenngleich es bald schon fast Mittag wird. Anson läuft fluchend hinter Sarah durchs Camp, ebenfalls Ludmilla. Beide beschweren sich lautstark und beschimpfen Sarah aufs Ärgste. Aus allem, was ich mitbekomme, schließe ich, dass Sarah sich wohl an Anson heranmachen wollte und ihm eine Trennung von Ludmilla vorschlug, sodass Sarah bei ihm in der Hütte wohnen könnte, die weitaus prunkvoller und angenehmer sein muss als die eines Besuchers. Sogar warmes Wasser zum Duschen soll es dort geben und nicht nur einige Kübel voll kaltem.

Während sich der Himmel weiter zuzieht und immer stärkerer Wind aufkommt, verfolgen wir das Spektakel auf dem zentralen Platz. Sarah bestreitet die Vorwürfe, fleht Yolanda aber gleichzeitig an, ihr zu verzeihen. Ludmilla und Anson hingegen lassen sie nicht aus den Augen und fordern Yolanda auf, Sarah ihre Strafe zukommen zu lassen. Sie habe sich nicht geändert.

»Überlasst das mir«, antwortet Yolanda ruhig und besonnen, als ein greller Blitz den Himmel erleuchtet und der darauffolgende Donner ein nahendes Gewitter ankündigt. »Sucht zunächst Schutz in den Hütten, ich fürchte, ein Unwetter kommt auf uns zu. Geht erst wieder an die Arbeit, wenn es vorüber ist!«

Alle Umstehenden nicken und zerstreuen sich, eilen zu ihren Hütten. Ich würde gern noch etwas hier bleiben und auf den Regen warten, weil ich den Duft von warmem Sommerregen auf der trockenen Erde mittlerweile gern mal wieder riechen möchte. Harald jedoch, der mich hier stehen sieht, kommt auf mich zu und zieht an meinem Arm.

»Komm mit, Junge, das wird gleich ordentlich losgehen hier!«

»Wie kannst du das wissen? Wahrscheinlich ist es nur ein Schauer und schneller vorbei, als wir denken«, entgegne ich, lasse ihn jedoch gewähren und folge ihm.

»Das würde ich nicht sagen«, antwortet Harald, während wir den Pfad zu unserer Hütte entlang laufen. »Diese Unwetter hier sind anders als in unserer Heimat. Sie sind nicht naturgemacht, sondern... irgendwie magisch. Ich glaube, Sarah wird gehen«, fügt er hinzu und folgt Justus durch die Tür in unser Zuhause.

»Wie kommst du darauf?«, frage ich ihn, doch Justus kommt Harald mit seiner Antwort zuvor: »Wenn jemand das Lager verlässt, zieht gelegentlich ein schlimmes Unwetter auf. Manchmal nur für einige Stunden, andere Male tagelang. Bei manchen Besuchern jedoch passiert gar nichts, sie sind dann einfach fort. Ich weiß auch nicht genau, wieso...«

»Soll das heißen, Sarah reist heute ab? Wieso hat sie nichts gesagt? Und was sollte eigentlich die Szene mit Anson und Ludmilla?«

Obwohl ich schon seit einiger Zeit im Lager bin, verstehe ich noch immer nicht alles. Ständig kommt etwas Neues hinzu. Wie soll man da auch den Durchblick behalten?

»Das wusste sie ja noch nicht. Man weiß es nie vorher, auch wenn die meisten es spüren. Man verschwindet genauso, wie man hergekommen ist – plötzlich und ohne einen Schimmer, wie. Erinnerst du dich noch an das Unwetter, als Damian fortging?«, fragt Harald an Justus gewandt.

»Ja, das war kurz nach meiner Ankunft. Es war furchtbar, es hat eine Woche lang gestürmt!«

Ich grübele nach über das, was die beiden mir gerade gesagt haben. Wieso geht Sarah so plötzlich? Und wie kommt es, dass es unmittelbar nach der Auseinandersetzung mit Anson und Ludmilla geschieht?

»Ich denke, bald ist es für mich auch so weit. Ich möchte endlich wieder zu meiner kleinen Katrin und meiner Frau...« Harald schüttelt seufzend den Kopf und legt sich gedankenversunken auf sein Bett. Unschlüssig, was wir tun sollen, folgen Justus und ich seinem Beispiel. Während ich daliege und an die Decke der Hütte starre, überlege ich, wie Sarahs Abreise wohl aussieht und wo sie jetzt hingehen wird. Wo ist sie überhaupt hergekommen?

8. Kapitel

Es regnet drei Tage und drei Nächte lang. Am zweiten Tag lässt das Gewitter nach und nur ab und zu brechen Blitz und Donner durch. Wir verschanzen uns allesamt in unseren eigenen vier Wänden und verlassen diese nur selten, um in der großen Hütte gemeinsam zu essen – ohne Frischfleisch und nur mit eingelagertem Obst und Gemüse und weiteren Nahrungsmitteln aus unserer Vorratskammer. Einige von uns – so auch Harald, Justus und ich – bleiben danach noch dort, um mit den anderen Karten zu spielen. Allmählich kommt Langeweile auf, denn hier im Lager hat man üblicherweise genug zu tun – arbeiten, Heilstunden, essen, schlafen... Das alles nimmt für gewöhnlich viel Zeit in Anspruch, doch momentan arbeitet nur das Küchenteam zwischendurch und die meiste Zeit sitzen wir alle bloß herum. Umso erleichterter sind wir, als Yolanda am dritten Tag ankündigt, das meiste sei vorüber und wir könnten am kommenden Tag wieder zum Alltag übergehen. Diese Nachricht nehme ich mit Freude auf, denn es bedeutet nicht nur, dass dieses monotone Geräusch des prasselnden Regens endlich verschwinden wird, sondern auch, dass ich Leonie wieder sehen kann. Die letzten Tage habe ich nur gelegentlich beim Essen einen Blick auf sie erhascht, dann war sie schnell wieder verschwunden. Ich mache mir Sorgen um sie und mag mir kaum vorstellen, wie sie allein in ihrer Hütte sitzt, während es um uns herum stürmt. Ich möchte bei ihr sein, sie in den Arm nehmen und beschützen. Morgen ist es endlich wieder so weit.

Der vierte Tag nach dem Einsetzen des Gewitters fordert unsere Kräfte zunächst beim Beseitigen der umgestürzten Bäume und abgebrochenen Äste. Bei all dem Regen der letzten Tage habe ich kaum wahrgenommen, wie es im Lager aussieht. Die Pfade sind übersät mit Blättern und kleinen Ästen. In Verbindung mit der feuchten Erde ist an manchen Stellen ein fester Schlamm entstanden. Beim Aufräumen finden wir zahlreiche erschlagene Tiere, die wir – je nach Zustand des Kadavers – direkt an die Küche weitergeben. Ich fürchte schon, auf meine heutige Heilstunde verzichten zu müssen, doch Leonie sagt mir nach dem Mittagessen Bescheid, dass ich sie gleich bitte begleiten möge. Erfreut über einen Wechsel des Schauplatzes folge ich ihr und wundere mich, als sie nicht wie üblich den Weg zum Bach einschlägt.

»Heute mal woanders«, sagt sie augenzwinkernd und führt mich durch den Wald. Je weiter wir uns vom Lager entfernen, desto geringer werden die Unwetterschäden. Wir müssen uns wirklich im Auge des Sturms befunden haben. Mussten wir zu Beginn unserer kleinen Wanderung stets noch Acht geben, wohin wir traten, so kann ich inzwischen schon die Landschaft betrachten. Dieser Teil des Waldes unterscheidet sich stark von dem unseren. In dieser Höhe hat man von den Felsen aus einen unglaublichen Ausblick. Geröll und bemooste Steine säumen eine Lichtung, an welcher Leonie Halt macht und sich auf einen kleinen Felsvorsprung setzt. Ich lass mich neben ihr nieder.

»Wenn man psychisch leidet und keinen Ausweg weiß, handeln wir alle sehr unterschiedlich«, beginnt Leonie und spielt auf den Selbstmord meiner Mutter an. »Harald zum Beispiel«, sagt sie dann und ich sehe sie neugierig an.

»Was ist mit Harald?«

»Nun, seine Tochter ist krank, wie du vielleicht weißt.« Ich nicke, das hat er mir mal erzählt. »Er hat sich dadurch leider dazu hinreißen lassen, falsch zu handeln. Als Polizist nahm er Gelder an, um Kriminelle zu beschützen und damit Katrins Therapien zu bezahlen. Er meinte es nur gut, doch sind damit viele Menschen ihrer gerechten Strafe entgangen – und es handelte sich beileibe nicht bloß um Betrug und Diebstahl.«

»Er war korrupt?«, fasse ich zusammen.

»Ja, so kann man es sagen. Jedenfalls – Eltern lieben ihre Kinder und würden alles für sie tun. Deine Mutter glaubte vielleicht auch, dass du ohne sie besser dran wärst. Und kam es nicht auch so? Hast du nicht neue, liebevolle Adoptiveltern gefunden, die dich zu dem gemacht haben, der du heute bist?«

Ich nehme mir Zeit, um über ihre Worte nachzudenken. Nach und nach blende ich alles aus – den Wald, die leicht durch die Baumkronen brechenden Sonnenstrahlen, den Gesang der Vögel, die den Wetterumschwung begrüßen. Leonie hat recht. Meine Adoptiveltern waren das Beste, was mir passieren konnte. Wenn nur Mariah dann nicht auch so früh gegangen wäre...

»Ich weiß, woran du denkst«, sagt Leonie und schlingt ihren rechten Arm um meine Schulter. »Ihr hattet nur wenige Jahre zusammen und doch hat sie dich geliebt wie ihren eigenen Sohn.« Und ich habe sie geliebt wie meine eigene Mutter. Sie war meine Mutter, bis der nächste Unfall einen Menschen aus meinem Leben riss.

»Ich war zehn Jahre alt damals. Ich war bei einem Freund zu einer Geburtstagsfeier eingeladen und eigentlich sollte sie mich abholen. Ich war der letzte, der noch da war, als mein Vater schließlich kam und mir sagte, was passiert war.«

Ich schließe die Augen und hole tief Luft. Ich kann kaum aussprechen, was geschehen war, das Schlucken fällt mir schwer und mein Hals wird trocken. Diesen Tag werde ich niemals vergessen, es war der schlimmste in meinem Leben. Alex und ich fuhren zur Unfallstelle, nachdem die Sperrung der Autobahn wieder freigegeben war. Sehen konnte man nichts Besonderes, außer einer verbogenen Leitplanke und bunten Linien auf dem Boden, die die Umrisse der Autos und der Opfer markierten. Meine Mutter war seit dem Morgen im Einsatz gewesen, doch als sich der Massencrash auf der Autobahn ereignete, widersetzte sie sich dem Einsatzleiter, der sie in den Feierabend schickte, und fuhr mit dem Rettungswagen zur Unfallstelle. Immer mehr Autos fuhren in den Schrottberg, der sich inzwischen angesammelt hatte. Mariah stillte Blutungen, legte Verbände an und belebte Menschen wieder. Man könnte stolz sein auf sie, wenn sie nicht so töricht gewesen wäre, viel zu lange zu arbeiten und die Konsequenzen für ihre Familie zu ignorieren. Als meine Mutter eine Frau auf eine Trage legte, war sie unachtsam, wahrscheinlich vor Müdigkeit. Sie knickte mit dem rechten Fuß um und ein anderer Sanitäter nahm ihr die Trage ab. Sie versuchte gerade, zum Krankenwagen zu humpeln, als ein weiterer Wagen ungebremst in den Autoberg fuhr. Diesem Auto folgten drei weitere, beim letzten ging alles in Flammen auf. Die Sanitäter retteten, wen sie nur konnten, doch am Ende des Tages waren achtzehn Menschen ums Leben gekommen. Meine Mutter war einer von ihnen.

Es fällt mir schwer, mit Leonie darüber zu sprechen, aber sie ist verständnisvoll und zwingt mich zu nichts. Ich vergesse, wo ich bin; ich vergesse, wer ich bin. Das Einzige, was gerade für mich zählt, ist die Trauer, die mich wieder einmal durchdringt. Es fühlt sich an, als sei es gestern gewesen. Ich erinnere mich noch genau an alles. Mein Vater hatte die Leiche damals identifizieren müssen, er hat mir Jahre später erzählt, dass man sie kaum noch erkennen konnte. Nur das Armband am Handgelenk, das ich mit ihr für ihren letzten Geburtstag ausgesucht hatte, bestätigte meinen Vater in seiner Befürchtung. Und so hatte mir das Schicksal wieder einen Menschen genommen. Ich kann kaum glauben, dass mir wenigstens Alex geblieben ist. Bis jetzt.

»Ich muss ihn wirklich bald besuchen«, sage ich und hoffe, dass es dann noch nicht zu spät ist.

»Das wirst du, Michael. Ich verspreche es dir.« Und ich glaube ihr. Ich nehme Leonie fester in meinen Arm und lasse die Tränen zu. An diesem Tag verpassen wir beide das Abendessen.

Die Tage ziehen rasend schnell an mir vorüber. Ich leiste meine Arbeit in der Küche, plaudere mit Harald und Justus und treffe mich mit Leonie. Es kommt mir kaum mehr vor, als sei sie meine Heilerin; sie ist vielmehr eine gute Freundin geworden. Wir reden längst nicht mehr bloß über meine Familie, sondern unterhalten uns über den Alltag im Lager, über andere Besucher und auch über Leonies Vergangenheit. Sie war ebenfalls als Besucherin hier hergekommen und ich habe bereits erfahren, dass sie alkoholabhängig gewesen war. Die Gründe dafür hat sie mir bislang verschwiegen, doch ich ahne, dass auch sie eine schwere Zeit hinter sich hat.

Wir laufen gerade durch den Wald; für die heutige Heilstunde hat sie sich etwas Besonderes überlegt. Sie will mir einen Ort zeigen, den ich nicht kenne. Ich weiß nicht, was es hier noch geben könnte, das ich nicht schon gesehen habe – schließlich durchwanderte ich die Gegend bei meiner Flucht tagelang –, doch ich folge ihr. Es ist ein längerer Marsch als gewöhnlich und wir gehen auch auf anderen Wegen. Nach einiger Zeit – ich schätze, es ist etwa eine halbe Stunde seit unserem Aufbruch vergangen – nähern wir uns einer breiten Stelle des Baches. Das denke ich jedenfalls zunächst. Tatsächlich handelt es sich um einen See! Ein kleiner Waldsee, umgeben von hohen Gräsern und versteckt zwischen all den Bäumen. Ich kann kaum glauben, was ich dort sehe, und Leonie lächelt zufrieden, als sie merkt, dass es mir die Sprache verschlagen hat.

»Na, habe ich dir zu viel versprochen?«, fragt sie.

»Keineswegs«, gebe ich zu, während wir uns dem Ufer nähern. Zwar werfen die vielen hohen Tannen große Schatten auf das Wasser, doch stellenweise fällt helles Licht auf die Oberfläche, die es sogleich reflektiert, sodass einige Stellen geradezu glitzern.

»Komm, wir rudern hinaus!«, ruft Leonie und winkt mich zu sich. Erst da entdecke ich das hölzerne Ruderboot, das am Ufer liegt. Es ist von außen rot lackiert, doch die Farbe blättert bereits ab. In dem kleinen Boot ist ganz knapp Platz für uns zwei, trotzdem ist es gemütlich. Ich übernehme das Steuer und befördere uns mit einigen kräftigen Stößen in die Mitte des Sees, wo ich eine Pause mache.

Die Stille des Waldes scheint hier noch viel greifbarer zu sein, wenngleich das Wasser etwas unruhig vor sich hin plätschert, nachdem unser Boot seine Bahnen zog. Jetzt lassen wir uns einfach treiben. Kleine Fische huschen unter der Wasseroberfläche lautlos umher und eine leichte Brise Wind vertreibt alle Geräusche aus der Ferne. Es gibt gerade nur uns zwei, den See und das Boot. Eine Frage liegt mir schon seit einigen Tagen auf den Lippen und es hat sich kein günstiger Augenblick ergeben, sodass ich sie aufschob. Jetzt scheint der Moment zu stimmen.

»Wieso hast du mit dem Trinken angefangen?«, frage ich Leonie und hoffe, dass sie mir antworten wird. Sie verzieht ihren Mund zu einem schiefen Grinsen und lässt sich Zeit, doch dann erfahre ich die ganze Geschichte.

»Mein jüngerer Bruder hat sich das Leben genommen, als er neunzehn war«, sagt sie dann.

Schlagartig wird mir klar, wie viel Überwindung es sie kosten muss, darüber zu sprechen. Nicht nur in meinem Leben sind Menschen gestorben, auch sie hat Verluste erlitten. Und ich rede immer nur über mich, als hätte ich das schlimmste Los gezogen! Gern würde ich mich neben sie setzen, doch das würde das Gleichgewicht im Boot zerstören und wir würden kentern. Ich beuge mich also bloß etwas weiter vor, um meine Hand auf ihr Knie zu legen.

»Leonie, das tut mir leid! Ich hätte nicht-«

»Schon gut. Du hast mir alles erzählt, jetzt sollte ich auch ehrlich zu dir sein«, sagt sie und fährt dann fort.

»Er glaubte, Zeichen zu sehen. Irgendwie ist er in einen okkulten Wahn hineingezogen worden, der davon überzeugt war, dass die Apokalypse nahen würde. Ich weiß nicht, wie er an diese Leute geraten ist, ich habe das alles erst bemerkt, als er sein Leben komplett wandelte. Er verließ sein Zimmer kaum noch, sprach wenig und wenn, dann nur um andere zu bekehren. Ich konnte ihn kaum wieder erkennen. Er war immer noch mein kleiner Bruder und doch hatte ich keine Verbindung mehr zu ihm. Obwohl wir beide noch bei unseren Eltern wohnten, konnten auch sie nichts ausrichten. Er betrachtete uns als Verräter, weil wir ihm nicht in seinem Glauben folgten...«

Leonies Stimme klingt schwer. Sie schluckt und wischt sich mit dem Handrücken einige Tränen aus den Augenwinkeln, doch sie spricht weiter. Wie gebannt hänge ich an ihren Lippen, kann es kaum erwarten, die ganze Geschichte der Frau zu erfahren, die so geheimnisvoll und faszinierend ist; die mir so viel Trost gespendet hat, als ich ihn brauchte. Gleichzeitig schäme ich mich für meine Neugier, aber ich kann nicht umhin und will alles über Leonie wissen. Ich ergreife ihre Hand und drücke sie fest. Dies ermuntert sie, weiter zu reden.

»Es war ein wunderschöner Tag im Sommer, ich kam gerade aus dem Freibad zurück, wo meine Freundinnen und ich den Tag verbracht hatten. Als ich das Haus betrat, ahnte ich bereits, dass etwas passiert war. Im Eingangsbereich lag eine Keramikvase zertrümmert auf dem Boden und auch das Wohnzimmer glich einem Schlachtfeld. Eine Spur der Verwüstung zog sich von Zimmer zu Zimmer und als ich endlich meine Eltern fand, sah ich sie Arm in Arm in Bastians Zimmer auf dem Bett sitzen. Wir hatten es lange nicht mehr betreten, denn er ließ uns nicht mehr herein und verschloss die Tür, wenn er fortging. Ich konnte nicht glauben, was ich dort sah. Die Regale waren über und über mit Konservenbüchsen gefüllt, mit einem Notfall-Verbandskasten, Werkzeugen und allem, was man braucht, um möglichst lange und unabhängig in einer Notsituation zu überleben. Als ich die Tränen auf den Gesichtern meiner Eltern sah, wusste ich, dass etwas Schreckliches geschehen sein musste und meine Befürchtung bewahrheitete sich.«

Leonie wendet ihren Blick von mir ab und sieht aufs Wasser. Ich hätte nicht so viel von ihr fordern dürfen, stelle ich fest, und will das Thema gerade wechseln, da spricht sie weiter.

»Er ist in seiner Sekte gewesen. Bastian wollte eigentlich die vermeintliche Apokalypse ausstehen und hoffte auf Gnade, weil er sich zu seinem Klan bekannt hatte. Die Gemeinschaft jedoch hatte andere Pläne und sah die einzige Möglichkeit, gerettet zu werden, in einem kollektiven Selbstmord. Alle Mitglieder dieser Gruppe haben sich an diesem Tag die Pulsadern aufgeschnitten. Man fand sie auf offenem Feld liegend, alle tot, alle mit bemalten Gesichtern. Sie hatten sich die Worte 'Erlöse uns' mit Blut auf Stirn und Wangen geschrieben. Meine Eltern wollten es nicht wahrhaben; mein Vater rastete vollkommen aus und zerstörte alles, was ihm in die Hände kam. Meine Mutter weinte viele Wochen lang, vielleicht waren es sogar Monate...«

»...und du fingst an, zu trinken?«, frage ich und ahne bereits die Antwort. Sie nickt und lässt nun die Tränen zu, die ihr über die Wangen hinab aufs Kinn fließen und dann tropfenweise auf ihr Kleid. Sie schüttelt den Kopf immer wieder und berichtet mir mit Unterbrechungen, wie es weiter ging. Leonie muss viel getrunken haben; so viel, dass sie sich selbst nicht mehr unter Kontrolle hatte. Ihre Arbeit als Kindergärtnerin fiel ihr zunehmend schwer, sie konnte nicht glauben, wieso diese Kinder leben durften und man ihr ihren Bruder genommen hatte. Sie behandelte die Kleinen ungerecht, beschimpfte sie und legte sich mit ihren Eltern an. Als eines Tages eine Beschwerde gegen sie eingereicht wurde, folgte die fristlose Kündigung umgehend. Sie fühlte sich am Abgrund, dachte sogar über Selbstmord nach.

»Aber nicht mal dazu hatte ich die Kraft! Ich war ein vollkommener Versager!«

Ich streiche ihr sanft mit meinen Fingern über die Hände, halte sie dann fest umschlossen.

»Leonie, du bist die stärkste Frau, die ich kenne, die tapferste! Niemand steckt den Tod des eigenen Bruders so leicht weg, schon gar nicht bei Selbstmord! Aber... wie kam es, dass du es nicht getan hast?«

»Ich weiß nicht genau... ich habe es ja versucht, aber es hat anscheinend nicht geklappt. Ich weiß auch nicht, irgendwann bin ich auf der Zauberwiese aufgewacht und na ja, seitdem bin ich hier. Ich habe das Ganze inzwischen hinter mich gebracht, aber wenn ich darüber rede, muss ich immer noch weinen«, sagt sie und schluchzt erneut. »Ich habe ihn so geliebt! Ich konnte auf so viele kleine Kinder aufpassen, aber meinen eigenen Bruder konnte ich nicht vor sich selbst beschützen! Ich habe mir lange Zeit Vorwürfe gemacht und erst seit ich hier bin, bin ich mit mir selbst einigermaßen im Reinen. Und da ich hier anderen Menschen bei ihren Problemen helfen kann, fühle ich mich umso besser. Ich bin glücklich hier«, sagt sie unter Tränen.

Ich glaube ihr, denn Leonie ist wie geschaffen für dieses Lager. Sie kann einem so viel Kraft geben, dass es fast beängstigend ist. Den See, das Boot, die brennende Sonne – all das nehme ich schon längst nicht mehr wahr, in mir steigt der unnachgiebige Wunsch auf, Leonie in den Arm zu nehmen, sie zu beschützen und ihre Tränen weg zu küssen. Ich würde mich so gern weiter zu ihr hinüber lehnen und einfach ihren Kopf in meine Hände nehmen; für sie da sein. Doch das geht hier nicht. Ich sitze wie gefesselt auf meinem Platz, habe nur meine Hände, um ihr mein Mitgefühl auszudrücken.

»Jetzt weißt du's«, sagt sie dann und wischt sich erneut die Tränen aus dem Gesicht. Dann scheint sie sich innerlich wieder zu sammeln und steckt sich einige Haarsträhnen hinter das Ohr. »Aber wir sollten vielleicht über etwas Schöneres reden...«

»Was gibt es Schöneres als dich?«, entgegne ich, um die Stimmung etwas aufzuheitern. Und tatsächlich: unwillkürlich muss Leonie lächeln. Sie ist so hübsch, wenn sie das tut.

»Du Charmeur!«, antwortet sie kichernd und will mir scherzhaft eine leichte Ohrfeige geben, doch das Gleichgewicht im Boot wird aus der Ruhe gebracht, sie kann die Balance nicht mehr halten und fällt im hohen Bogen aus dem Ruderboot.

»Aaah«, ruft Leonie und versucht vergeblich, sich an mir festzuhalten. Mit den Händen erwischt sie noch den Rand des Bootes, doch ist sie bereits gänzlich in das Wasser eingetaucht. Ihre Tränen vereinen sich jetzt mit dem Waldsee. Vermutlich ist ihr dieses Missgeschick eine willkommene Ablenkung nach unserem Gespräch. Leonie taucht unter und durchbricht dann mit tropfnassem Kopf wieder die Oberfläche. Erleichtert stelle ich fest, dass sie grinst.

»Du musst auch rein kommen! Es ist erfrischend!«, sagt Leonie und will mich zu sich ins Wasser ziehen.

»Nein, es ist ganz angenehm hier oben.«

Doch keine Chance: sie bringt das Boot ins Wanken, greift dann mit ihren Händen nach meinem Unterarm und auch ich platsche laut in den See. Leonie lacht los und kann ihre Freude kaum verbergen. Vermutlich braucht sie jetzt etwas Erheiterndes, nach so einem ernsten und traurigen Gespräch. Ihr Bruder muss eine große Wunde in ihrem Herzen hinterlassen haben. Ich gehe also darauf ein, kann ein Lachen selbst kaum unterdrücken und versuche, sie für ihr Verhalten spaßeshalber zu bestrafen. Ich schwimme auf sie zu, doch sie taucht unter und verschwindet aus meiner Reichweite. Es beginnt eine kleine Jagd rund um unser Gefährt. Vor lauter Geplätscher bemerke ich erst spät, dass jemand uns vom Ufer aus zusieht und etwas ruft.

»Hey, wir bräuchten das Boot auch mal!«

Leonie folgt meinem Blick und wir erkennen Lisa, die kleine Frau aus dem Team Ernte, und ihren Heiler, dessen Namen ich nicht kenne.

»Wir kommen!«, ruft Leonie zurück und versucht sich an Bord zu ziehen, immer noch lachend. Es misslingt ihr und so klettere ich rasch ins Ruderboot zurück, um ihr hinein zu helfen. Als wir am Ufer ankommen und die beiden warten sehen, versucht Leonie, ihr

Grinsen zu unterdrücken, doch kaum sind wir außer Sichtweite, prustet sie erneut drauf los. Ich lache mit, doch kann ich meine Augen kaum von ihrem Körper abwenden, denn unter dem nassen, weißen Stoff kann man ihre Konturen mehr als bloß erahnen. Reiß dich zusammen, denke ich mir und blicke schnell weg.

Als wir wieder im Lager sind, hastet Leonie in ihre Hütte, um sich umzuziehen. Es ist in der feuchten Kleidung inzwischen doch recht kühl, daher tu ich es ihr gleich. Dann geselle ich mich zum Abendessen an den Tisch von Harald und Justus, die mir gleich etwas zu berichten haben.

»Wir haben einen Neuling, Junge!«, ruft Harald mir zu, noch bevor ich mich überhaupt an den Tisch setzen kann.

»Ach, wirklich? Wen?«, frage ich neugierig und lasse mich mit meinem Tablett neben Justus nieder.

»Simon heißt er wohl. Ich hab ihn vorhin gesehen, er ist vielleicht zehn Jahre älter als wir, Michael«, sagt Justus. »Da ist er ja!«, fügt er hinzu und nickt mit dem Kopf zur Eingangstür der großen Hütte, durch die Manaba, eine Heilerin, gemeinsam mit dem neuen Gesicht tritt. Simon ist weder besonders groß noch klein und hat kurzes, schwarzes Haar, das ihm in Locken vom Kopf absteht. Dass er neu hier ist, erkennt man auf den ersten Blick: in seiner neuen, frischen Kleidung sieht er sich zunächst verwundert um und scheint nur widerwillig den Anweisungen Manabas zu folgen. Fast alle Anwesenden in der großen Hütte starren ihn an. Haben sie mich damals auch so angesehen? Ich kann mich kaum mehr erinnern.

»Und hast du das mit dem Bauprojekt schon gehört?«, unterbricht Justus meine Gedanken. Irritiert wende ich meinen Blick von Simon ab und sehe wieder zu Justus.

»Nein. Was für ein Projekt meinst du?«

»Das is 'ne ganz große Sache, weißt du, Junge. Kennste die Stelle am Bach, durch die wir immer waten müssen, um zu den Feldern zu gelangen?« Harald blickt mich fragend an. Natürlich kenne ich die Stelle. Ich nicke und schneide das Fleisch auf meinem Teller in kleine Stücke. Während Harald weiter erzählt, schiebe ich sie mir nach und nach in den Mund.

»Damit is bald Schluss! Ab morgen wird da 'ne Brücke gebaut und dann kommen wir endlich trocken nach da drüben, Halleluja! Und außerdem können wir dann die Ernte besser transportieren, weißt du... Das wird alles ziemlich erleichtern!« Harald grinst zufrieden.

»Und das Beste: wir können zusammen arbeiten!«, freut sich auch Justus.

»Wie meinst du das? Ich arbeite in der Küche, da kann ich doch nicht einfach das Team wechseln?«

»Nein, Michael, alle Männer packen da mit an. Die Frauen aus den übrigen Teams werden alle übrigen wichtigen Posten besetzen und wenn die Brücke fertig ist, kannst du zurück in die Küche, Junge...«, erklärt Harald.

Ich weiß nicht so recht, ob ich Lust auf den Brückenbau habe, doch tut es sicherlich gut, mal aus der Küche raus zu kommen und mit ein paar anderen Leuten zusammen zu arbeiten.

»Wann geht's los?«, frage ich.

»Morgen, gleich nach dem Frühstück«, antwortet Justus.

9. Kapitel

Der Brückenbau erweist sich als umfangreiches Projekt. Zwar hat das Team Bauen bereits viele Vorbereitungen getroffen und die nach dem Sturm umgestürzten Bäume und umgeknickten Äste nach verwertbarem Material abgesucht und einen beträchtlichen Holzhaufen aufgeschichtet, doch muss dieser zunächst zum Bach transportiert werden. Damit sind wir fast einen halben Tag lang beschäftigt. Nach dem Mittagessen legen wir die einzelnen Latten und Platten schon einmal in ihre zukünftige Position und schleppen Werkzeug aus dem Lager zum Bach, dann ist für heute erst einmal Schluss. Am kommenden Tag geht es dann richtig los: es wird gesägt, gehämmert, gebaut. Ein spartanisches Grundgerüst steht bereits am zweiten Abend und wir sind stolz auf unsere Arbeit. Justus, Harald und ich arbeiten größtenteils zusammen und können uns daher recht gut unterhalten.

»Ich bin bald weg«, sagt Harald am Morgen des zweiten Tages. »Ich spüre es, das Gefühl ist ganz stark!«

Irgendwie stimmt mich das traurig; Harald und Justus sind meine besten Freunde hier – abgesehen von Leonie natürlich. Haralds Vermutung bringt mich ins Grübeln und ich überlege, wann ich wohl soweit bin und ob ich das auch vorher spüren werde. All dies lässt mich in der Nacht nicht los und auch am nächsten Tag beschäftigt es mich. Während ich diesen Gedanken nachhänge, verrichte ich abwesend meine Arbeit. Wie würde es wohl sein im Lager ohne Harald? Würden wir einen neuen Mitbewohner bekommen? Als Justus gerade eine Holzlatte festhält, damit ich die Nägel hineinschlagen kann, rutsche ich plötzlich ab und der Nagel gräbt sich statt in das Holz tief in mein Fleisch. Vom linken Handrücken an bis zum Ellbogen ratscht er entlang, um dann eine tiefe Wunde in den Unterarm zu reißen. Sogleich beginnt es zu bluten und ich lasse den

Hammer fallen – glücklicherweise nicht auf meinen Fuß, wie ich erleichtert feststelle.

»Michael, alles in Ordnung?«, fragt Justus geschockt, wirft die Latte beiseite und will den Arm begutachten.

»Ja, alles okay...«, sage ich, während ich mir den Nagel aus dem Arm ziehe. Zu meiner Erleichterung steckt er nicht so tief drin, wie ich zunächst vermutet habe, doch spüre ich den pochenden Schmerz, der von der Wunde ausgeht, und verziehe mein Gesicht zu einer Grimasse.

»Du solltest für heute Schluss machen, Junge«, schlägt Harald vor, der das Ganze mitbekommen hat. »Auch wenn wir gerade erst angefangen haben – die nächsten Stunden lang bist du uns sicherlich keine Hilfe mehr.« Er hat recht. Aus Mangel an Verbandszeug reiße ich mir einen Ärmel vom Hemd ab und presse ihn auf die Verletzung.

»Ich begleite dich auf dem Weg zurück ins Lager«, bietet Justus an und geht rasch fort, um dem Aufseher des Bauteams Bescheid zu sagen.

»Das geht schon, ich schaffe das alleine«, beschließe ich jedoch, als Justus zurückkehrt.

»Nein, das machst du besser nicht. Wenn die Blutung schlimmer wird und du ohnmächtig wirst, wäre niemand bei dir. Das können wir nicht riskieren!« Besorgnis schwingt in Justus' Stimme mit und ich nehme seine Hilfe schließlich an. Zwar lasse ich es nach außen hin nicht so deutlich werden, doch bin ich ihm insgeheim dankbar. Spätestens als mir nach einigen Hundert Metern tatsächlich die Hitze und der Blutverlust zu schaffen machen, bin ich froh, dass Justus bei mir ist. Ich versuche, nicht an die Wunde zu denken, was mir relativ schwer fällt, da ich ja unablässig den Stofffetzen darauf pressen muss. Wir laufen eilig in Richtung des Lagers und halten nur einmal kurz an, um nach der Wunde zu sehen. Kaum nehme ich das Stück Stoff weg, bildet sich ein frisches Blutgerinnsel an der Stelle, wo das Fleisch besonders tief verletzt wurde. Hastig lege ich den Stoff zurück an seinen Platz, nehme einen großen Schluck Wasser aus Justus' Flasche und laufe dann weiter hinter ihm her.

Im Lager angekommen übergibt er mich Haralds Heilerin Nadije, welche aufgrund ihrer Arztausbildung im Lager die Ansprechpartnerin für Beschwerden jeglicher Art ist. Nachdem Justus mich in guten Händen weiß, mir alles Gute gewünscht hat und sich auf den Rückweg zum Bach gemacht hat, bringt Nadije mich in meine Hütte und bedeutet mir zunächst, mich auf das Bett zu legen. Rasch klaubt sie die nötigsten Sachen zusammen, um mich zu verarzten. Das Reinigen der Wunde tut höllisch weh, auch danach noch brennt der ganze Unterarm. Dann näht sie die Stelle gekonnt und mit wenigen Stichen, doch ich kann kaum hinsehen. Wie konnte Mariah so etwas bloß Tag für Tag tun?

»Ich lege jetzt einen Verband an. Sobald die Wunde einigermaßen verheilt ist, kann ich dir eine Salbe geben, die den Prozess beschleunigt und der Narbenbildung vorbeugt. Aber ich kann nicht garantieren, dass man später einmal nichts mehr davon sieht...«

Ihre Worte hallen in meinen Ohren wider, ich stelle mir vor, wie ich mit einer so riesigen Narbe aussehen würde. Schnell schiebe ich den Gedanken beiseite und als sie die Hütte gerade verlassen will, rufe ich ihr hinterher.

»Nadije!«

An der Tür bleibt sie stehen, blickt sich um und lächelt.

»Danke... du hast das wirklich gut gemacht, danke dafür!«, sage ich. Daraufhin kommt Nadije kurz zurück an mein Bett, küsst mich auf die Stirn und sagt: »Gute Besserung!« Dann verlässt sie die Hütte und bald schon falle ich in einen fiebrigen Schlaf.

Als ich erwache, ist es dunkel in der Hütte. Ich höre tiefe Atemzüge, die von Harald und Justus kommen müssen. Weil ich nicht weiß, wie lange ich geschlafen habe und wie viel Uhr es ist, beschließe ich, zunächst abzuwarten. Was soll ich mit einem derart lädierten Arm auch großartig tun? Während ich im Bett liege, geht mir vieles durch den Kopf. Ich denke an meine leiblichen Eltern und an das, was Leonie über meine Mutter gesagt hat. Dass sie mich liebte und das Beste für mich wollte. Ich denke auch an Mariah, an die Leere, die sie durch ihren Tod in meinem Leben hinterließ. Und ich denke an Alex, der gerade vermutlich schwer krank in einer Klinik liegt und eine Therapie nach der anderen durchstehen muss. Hoffentlich sehe ich ihn noch rechtzeitig! Es gibt so vieles, was ich ihm noch sagen möchte; so viel Dank, den ich ihm schulde, ihm aber nie mitteilte. Er braucht mich jetzt mehr denn je – und ich bin nicht für ihn da. Aber Leonie hat es mir versprochen. Sie wird nicht zulassen, dass ich meinen Vater nicht mehr am Krankenbett besuchen kann. Ich vertraue darauf, dass sie Recht behält und ich bald meine Pflichten als Sohn erfüllen kann.

Allmählich wird es heller in der Hütte und Justus wird wach.

»Na, Michael, wie geht's?«, ruft er mir von seinem Bett aus zu.

»Schon besser... aber sei etwas leiser, Harald schläft noch!«, gebe ich flüsternd zurück.

»Das glaube ich kaum«, antwortet Justus so laut wie zuvor.

»Wieso?«

»Er ist weg. Er hatte es ja gespürt und hatte recht damit. Gestern nach dem Abendessen ist er zur Toilette gegangen – das sagte er jedenfalls. Als er anschließend nicht zurückkehrte, begann ich mir Sorgen zu machen, doch als ich auf Nadije stieß, sagte sie mir, er sei nun gegangen.«

»Was? Aber es hat doch keinen Sturm gegeben! Es geht doch nur jemand, wenn es stürmt!«

Justus schwingt seine Beine aus dem Bett und streckt sich.

»Nein, Michael, so einfach ist das nicht. Nicht immer gibt es ein Unwetter, das hängt irgendwie von der Person ab... Um ehrlich zu sein...-« Justus senkt die Stimme, sieht nervös zur Tür und spricht dann flüsternd weiter: »...um ehrlich zu sein, ich glaube, dass das Unwetter eine Art Bestrafung ist. Wenn ein Besucher hier was angestellt hat oder auf irgendeine Weise negativ auffällt, dann fällt sein Weggang nach seiner Zeit im Lager mit einem Sturm zusammen. Sind es jedoch anständige Leute, so wie Harald, dann sind sie einfach – plopp – weg.«

Mit seinen Händen versucht Justus eine platzende Seifenblase darzustellen. Was er sagt, ergibt Sinn. Harald war lange hier im Lager und hat viel über sein Leben nachgedacht und über die Entscheidungen, die er getroffen hat. Kein Unwetter. Sarah hingegen hatte in der Nacht vor ihrer Abreise Anson ein unmoralisches Angebot unterbreitet – schweres Gewitter. Irgendwie muss es da einen Zusammenhang geben, doch so genau vermag ich es nicht einzuordnen.

»Schade. Ich mochte ihn«, gebe ich zu und übergehe den geflüsterten Teil, für den Fall, dass jemand lauscht. Wenngleich Harald einige seltsame Marotten hat und auch ziemlich nerven kann, so ist er mir doch ein guter Freund und Mitbewohner gewesen. Außerdem tut es mir leid, was seiner Tochter widerfahren ist.

»Ich auch. Zum Glück habe ich noch dich hier in der Hütte«, sagt Justus erfreut und macht sein Bett zurecht.

»Gehst du wieder zum Brückenbau?«, frage ich ihn, um herauszufinden, wie weit das Projekt vorangeschritten ist.

»Ja, genau. Du hast erst mal noch Schonfrist und wirst eventuell wieder in der Küche helfen.«

Enttäuscht senke ich meinen Blick. Die Mitarbeit an der Brücke erscheint mir sinnvoll und wichtig, deshalb würde ich gern daran teilhaben. Außerdem habe ich noch nie etwas handwerklich begonnen und tatsächlich auch beendet. Nun ja, und ich habe eigentlich auch gehofft, dass Leonie einmal vorbei käme und mich in Aktion sähe: Hammer schwingend und eine Brücke bauend. Verdammt! Stattdessen hänge ich mal wieder hier fest.

In der kommenden Woche wird die Brücke über den Bach fertig gestellt. Nach einigen Tagen Ruhe, in denen ich nahezu nichts mache, außer in der Hütte zu liegen oder ab und zu mit jemandem zu reden, freue ich mich, wenigstens meinen Küchendienst wieder antreten zu können. Mein verletzter linker Arm wird weiterhin geschont, aber mit rechts kann ich einige leichte Hilfsarbeiten verrichten. Nadije war noch ein paar Mal bei mir, um nach der Wunde zu sehen und teilte mir mit, sie verheile gut. Auch hat sie sich glücklicherweise nicht entzündet. Nadije leistet wirklich fabelhafte Arbeit. Weil Justus und ich noch keinen neuen Mitbewohner bekommen haben, unternehmen wir umso mehr zu zweit.

Etwa zwei Wochen nach Haralds Abreise soll am Abend ein besonderes Fest stattfinden. »Es ist ein Kilyochin, das Fest der Erleuchtung«, erklärt mir Reni, während wir nebeneinander in der Küche stehen und Gemüse schneiden. Den linken Arm darf ich inzwischen wieder mehr belasten, sodass ich beim Kochen endlich eine Hilfe darstelle.

»Kiloschin?«, frage ich.

»Kil-yo-chin! Ich habe in meiner Zeit im Lager erst drei solcher Feste erlebt. Sie sind immer ziemlich spirituell, du wirst schon sehen...«

Reni behielt recht. Nach dem Abendessen versammeln wir uns auf dem zentralen Platz. Der Sommer scheint sich dem Ende entgegen zu neigen, denn es wird abends zunehmend kühler und der Sonnenuntergang setzt auch bereits ein – früher als üblich. Es gibt also doch Jahreszeiten hier im Lager. Ich wundere mich über meine eigenen Gedanken – wieso sollte es hier auch keine Jahreszeiten geben? – als das Lagerfeuer entfacht wird. Das Holz ist höher aufgeschichtet als gewöhnlich und einige der männlichen Heiler tragen die Baumstämme, die sich als Sitzgelegenheiten kreisförmig angeordnet darum befinden, beiseite. Das Feuer ist heute sehr groß und strahlt eine Wärme aus, die ich bei der rasch eintretenden Dämmerung und der dazugehörigen Kühle als sehr angenehm empfinde. Während ich in die tanzenden, orangeroten Flammen starre und ihrem Knistern lausche, falle ich nahezu in eine Art Trance. Es ist, als würde das Feuer etwas mitteilen wollen. Noch während mir dieser Gedanke kommt, lache ich innerlich über mich selbst und meine Einfältigkeit. Als spräche das Feuer mit mir!

Sobald alle Besucher und Heiler versammelt sind, taucht auch Yolanda auf. Sie ist heute in ein schweres, bis zu den Knöcheln reichendes Gewand gekleidet, das ich an ihr noch nie gesehen habe. Es hat eine schlichte, beige Farbe, doch ist es über und über mit einem Muster bestickt. Eine Kapuze verhüllt ihre Haare und da sie ihr tief ins Gesicht reicht, sieht man davon auch nur wenig. Schlagartig verstummen alle Anwesenden. Yolanda nähert sich dem Feuer, hebt beide Arme – und beginnt zu singen. Ich weiß nicht, was sie singt; die Sprache ist mir unbekannt. Während des Gesangs, in den niemand sonst einstimmt, bewegt sie sich rund herum um das Feuer, sie scheint zu tanzen. Gelegentlich macht sie einen Schritt nach vorn oder hinten oder dreht sich um die eigene Achse.

Die anwesenden Heiler fassen sich bei den Händen und schwenken ihre Oberkörper rhythmisch nach links und rechts. In der Menge versuche ich, Leonie ausfindig zu machen und entdecke sie neben Ludmilla. Ihr langes, braunes Haar liegt weich auf ihren Schultern, einige Strähnen rahmen ihr hübsches Gesicht ein. Die Augen jedoch sind fest geschlossen, sie wirkt konzentriert. Sie hält die Hände von Ludmilla und dem Heiler neben ihr – es ist Lisas Heiler, dessen Namen ich nicht kenne – und geht völlig in der Musik auf. In der um sich greifenden Dunkelheit wird Leonie nur vom Schein des Feuers beleuchtet. Ihr gesamtes Auftreten hat so etwas Mystisches und Ergreifendes, dass ich es kaum in Worte zu fassen vermag. Während der gesamten Zeremonie hält Leonie ihre Augen geschlossen und da wir Besucher – anders als die Heiler – auch die übrigen Lieder nicht mitsingen können, lasse ich mich einfach von der Atmosphäre fesseln und sehe dabei zu, wie sich ihre Lippen bewegen und ihr Körper von links nach rechts, von rechts nach links schunkelt. Ich könnte den ganzen Abend hier stehen und sie beobachten, einfach nur zusehen, was sie tut. Umso erstaunter bin ich, als Yolanda plötzlich in die Hände klatscht und – in unserer Sprache – laut ruft: »Bitte schenkt uns die Antwort, die wir so dringend benötigen!« Dann sinkt Yolanda erschöpft zu Boden und lässt sich von einigen Heilern zurück in ihre Hütte begleiten.

Als Leonie meinen Blick bemerkt, sehe ich rasch zum Feuer und tu so, als hätte ich sie nur zufällig angesehen. Eine Aufbruchstimmung folgt der meditativen Ruhe des Feuertanzes, doch ich möchte noch nicht zurück in die Hütte. Da ich Leonie in der Unruhe nicht mehr finden kann, setze ich mich neben Reni, die auf einem der Baumstämme etwas entfernter vom Feuer Platz genommen hat.

»Was war das denn gerade?«, frage ich sie.

»Das war ein Kilyochin«, antwortet sie grinsend. »Manchmal brauchen die Heiler Hilfe beim Bewältigen ihrer Aufgaben. Wenn auch Yolanda nicht weiter weiß und sie nicht sicher sind, was mit einem Besucher geschehen soll, dann bittet sie mit dem Kilyochin um Unterstützung bei der Entscheidung. Ludmilla sagte mir mal, Yolanda habe in der Nacht nach einem Kilyochin stets einen Traum, der ihr den rechten Weg weist. Am folgenden Tag verlässt immer einer der Besucher das Lager.«

Das sind viele Informationen, die ich erst einmal verdauen muss.

»Ich verstehe nicht ganz, Reni... Was für eine Entscheidung meinst du?«

Reni holt tief Luft und überlegt wohl, wie viel sie mir erzählen soll. Ich gebe ihr die Zeit, die sie braucht, und angele mit meinen Händen einen Ast vom Waldboden, mit dem ich dann feine Striche in die Erde male.

»Dir ist sicher aufgefallen, dass es manchmal stürmt, wenn jemand uns verlässt, und manchmal nicht. Das liegt daran, dass sie an unterschiedliche Orte gehen. Sieh unser Lager als Zwischenstopp. Wenn man sich bemüht, dann wird man belohnt. Wenn nicht...« Der Rest ihrer Antwort schwebt in der Luft.

»Was, wenn nicht?«

»Ich sollte dir nicht so viel erzählen. Das meiste sind ohnehin nur meine Vermutungen-«

»Aber du bist schon so lange hier, du weißt so viel über das Lager!«, entgegne ich.

»Das schon. Aber man sollte vielleicht nicht alles wissen. Die Heiler hätten uns schon mehr erzählt, wenn es uns etwas anginge. Ich will eigentlich nur sagen, dass man das Ganze hier als Chance sehen sollte und nicht als Gefängnis. Es hätte uns gleich viel schlechter treffen können...«

Ich bin mir nicht sicher, ob ich jetzt mehr oder eher weniger als zuvor verstehe, was hier vor sich geht. Was Reni sagt, scheint zu stimmen. Seit meinem gescheiterten Fluchtversuch fühle ich mich dem Lager zu Kooperation verpflichtet und dadurch ist meine Zeit hier viel angenehmer geworden. Renis Vergleich mit einem Zwischenstopp passt tatsächlich auch ganz gut. Obwohl ich mich hier inzwischen wohl fühle und Freunde gefunden habe, weiß ich, dass mein Weg eines Tages weiter führen wird, wohin auch immer. Seltsamerweise stört mich diese Ungewissheit nicht, sie fühlt sich eher befreiend an. Es ist alles möglich, nichts vorherbestimmt. Mein Leben liegt in meiner Hand und ist nicht in den Tiefen von Klischees oder Rollenbildern verankert. Endlich kann ich einfach so sein, wie ich bin. Diese Erkenntnis scheint schon seit einiger Zeit unbewusst in mir zu sein und doch empfinde ich sie als erhellend und neu. Ich...-

»Ist das Leonie?«, reißt mich Reni aus meinen Gedanken und bricht das Schweigen. Rasch hebe ich meinen Kopf, sehe umher.

Nichts. Die meisten Lagerbewohner haben sich allmählich in alle Himmelsrichtungen zerstreut oder sind bereits zum Schlafen in ihre Hütten gegangen.

»Nicht hier oben... da!«, sagt Reni und zeigt mit dem Finger auf den Boden vor uns. Tatsächlich. Die Zeichnung, die ich mit meinem Stock in die Erde vor mir geritzt habe, ähnelt ihr wirklich ein wenig! Wie kann das sein?

»Ähm, ich glaube schon... Ich weiß auch nicht, wieso ich sie gemalt habe.«

»Weil du es wolltest«, sagt Reni bloß, tätschelt mir die Schulter wie bei einem Kleinkind und lässt mich dann allein zurück. Ich kann gar nicht so gut malen, wie ist das möglich?

Weil ich es wollte.

An diesem Abend kann ich lange nicht einschlafen. Immer wieder kreisen meine Gedanken um das Lager, um Leonie... und um Lisa. Nicht die Lisa aus dem Lager, sondern die Lisa, die ich vor langem einmal kannte. Ich erinnere mich an unsere gemeinsame Zeit und daran, wie sie geendet hat. Was ich ihr angetan habe. Damals war es mir vollkommen egal, doch heute schäme ich mich dafür. Wie konnte ich mich bloß so rücksichtslos verhalten? Und vor allem: was hatte Lisa nur an mir gefunden? Ich muss ein Ekel gewesen sein. Hoffentlich sieht Leonie mich nicht so. Ich spüre, wie sich allmählich ein Kloß in meinem Hals bildet. Ich muss mich bei Lisa entschuldigen, das ist das Mindeste, was in meiner Macht steht. Sobald ich sie wiedersehen kann, werde ich das tun. Auch wenn sie mir wohl nicht verzeihen wird...

Während ich langsam einschlafe, wird mein Körper schwerer und schwerer, alles tut weh. Meine Armverletzung pocht. Um mich herum wird es immer dunkler und kälter. Aus der Ferne höre ich Stimmen, aber ich sehe keine Gesichter dazu.

»Er wird es schaffen!«

»Das ist fast unmöglich!«

»Wir müssen es versuchen!«

»Sieh ihn dir doch an! Michael! Michael, hören Sie mich? Hören Sie mich?«

Doch ich höre nichts mehr und falle in einen tiefen Schlaf.

Es hat einen Mann aus dem Team Ernte getroffen, der am nächsten Tag bereits in der Frühe abgereist ist. Reni erzählt es mir, während wir das Frühstück zubereiten. Ich habe ihn nicht gekannt, bin jedoch trotzdem beruhigt, dass er einfach so – plopp – verschwand, so wie Harald. Einen Sturm gibt es auch diesmal nicht. Beim Frühstück leistet uns Simon Gesellschaft; der Neue, der erst vor kurzem in das Lager gekommen ist.

»Was soll das Ganze hier eigentlich?«, fragt er gerade heraus, anstatt uns zu begrüßen. Er stellt sein Tablett neben meinem ab und setzt sich zu uns.

»Wie meinst du das?«, entgegnet Justus.

»Na, erst dreh ich da dieses große Ding – 50 Kilo reiner Stoff, wenn du verstehst, was ich meine, und irgendwie hat der Dreckskerl dann seine Knarre gezogen... Was dann passiert ist, kann ich nicht sagen, aber auf einmal wache ich auf dieser bescheuerten Wiese hier auf und werde von den Psychos hier gefangen gehalten!«

Ich grinse. Ich habe mich ähnlich gefühlt, kurz nach meiner Ankunft im Lager.

»Was für ein Ding meinst du? Einen Handel?«, fragt Justus.

»Ja, genau... einen Handel, nennen wir es so... Ich war auf dem Höhepunkt meiner Karriere, die Kids haben mir das Zeug von den Fingern geleckt und hätten alles bezahlt – und dann macht mir so ein Verräter 'nen Strich durch die Rechnung!«

Ich ahne, in welche Geschäfte Simon verstrickt ist, gehe aber nicht weiter darauf ein. Justus hingegen erklärt ihm, dass auch wir uns urplötzlich auf der Zauberwiese wiederfanden, ohne zu wissen, wie es dazu kam.

»Ich muss verdammt nochmal zurück nach Frankfurt, sonst übernimmt jemand meine Gebiete! Ich meine, was wollen die hier mit mir? Lösegeld scheinen die nicht zu fordern, also warum lassen die mich nicht gehen?«

»Wir wissen auch nicht alles. Eins kann ich dir aber sagen: versuch nicht, zu fliehen. Wir haben es beide schon versucht«, sagt Justus mit einem Seitenblick auf mich »...und es hat nicht geklappt. Es ist wie verhext, du musst es einfach hinnehmen.«

»Verhext? Ich dachte, ihr wärt korrekte Leute, Mann, so seht ihr jedenfalls aus! Stattdessen habt ihr euch einlullen lassen von den ganzen Bekloppten hier!«

»Simon! Wir sollten jetzt gehen.« Manaba steht im Gang neben unserem Tisch, ihr langes, schwarzes Haar glatt nach hinten gekämmt und mit ernstem Gesichtsausdruck. »Du hattest genug Zeit, dich einzugewöhnen, deine Heilstunden beginnen jetzt.«

»Heilstunden!«, schnaubt Simon abfällig, schiebt sich jedoch einen letzten Bissen in den Mund und leistet dann den Anweisungen seiner Heilerin folge.

10. Kapitel

Anders als Simon genieße ich die Zeit, die ich mit meiner Heilerin verbringen darf. Während der Herbst im Lager Einzug hält und die Blätter von den Bäumen sinken, finden wir immer neue Plätze für die Heilstunden. Geheilt werden muss meiner Meinung nach aber nichts mehr, es sind eher freundschaftliche Treffen. Was mir jedoch auch nicht so gut passt, denn ich würde unsere Freundschaft gern auf eine andere Ebene stellen. Leonie sieht in mir offensichtlich einen guten Kumpel oder Bruder, der für sie da ist wie sie für ihn. Ich hingegen sehe eine wunderhübsche Frau, die so viel Liebe und Kraft zu geben hat. Wäre sie irgendeine beliebige Frau, die es nur herumzukriegen gilt, hätte ich schon längst in meine Trickkiste gegriffen, wenngleich diese ein bisschen eingerostet ist. Leonie aber ist so viel mehr wert und verdient es nicht, mit einer Masche um den Finger gewickelt zu werden. Außerdem will ich das nicht riskieren; was, wenn sie mich zurückweist? An einem sonnigen Herbsttag führt sie mich einige Zeit lang vom Lager weg.

»Leonie, was hast du vor? Wir haben heute keine Heilstunde!«, sage ich und versuche, ihr das Geheimnis zu entlocken. Lächelnd zuckt sie mit den Schultern und läuft weiter, bis wir auf eine mir bekannte Lichtung stoßen. Die meisten Bäume haben ihre Kleider bereits verloren, auf dem Boden hat sich eine dicke, knisternde Schicht gebildet. Mitten auf der Kreuzung und dem Laubteppich befindet sich eine ausgebreitete Picknickdecke, auf der Reni, Anson, Ludmilla und Niels, Justus und seine Heilerin Josefine sitzen. Die Sonne blendet, deshalb blinzeln sie und werfen mit ihren Händen einen Schatten auf ihre Augen, um uns besser sehen zu können.

»Tataaa!«, ruft Leonie zufrieden.

Auf der Decke erkenne ich Getränke – und Kuchen. Ich habe ewig schon keinen Kuchen mehr gegessen, im Lager gibt es den eigentlich nicht. Plötzlich beginnen alle zu singen. Ich kenne das Lied, es ist-

»Happy Birthday?«

»Ja, alles Gute zum Geburtstag!«, gratuliert mir Leonie, nimmt mich in den Arm und drückt mir einen Kuss auf die Wange. Während ich ihr so nah bin, sauge ich ihren Duft in mich hinein – wenn ich es nicht besser wüsste, würde ich vermuten, sie hätte ihr Haar mit Kokos-Shampoo gewaschen. Oder besitzen die Heiler womöglich richtiges Shampoo?

»Alles Gute!«, fallen nun auch die anderen ein. Justus schüttelt mir die Hand und schlägt kurz auf meine Schulter, Reni drückt mich wie eine Mutter ihr Kind.

»Ist heute mein Geburtstag?«, frage ich überflüssigerweise.

»Ja, sicher! Was denkst du denn?«, antwortet Leonie lachend.

»Es ist Anfang Oktober, siehst du das nicht?«

Dass Oktober sein könnte, ist schon möglich. Trotzdem hätte ich nicht gedacht, dass hier jemand das genaue Tagesdatum kennt und noch dazu weiß, wann ich Geburtstag habe. Aber das Lager ist ja immer für eine Überraschung gut. Ich setze mich also zu meinen Freunden auf die große Picknickdecke und lasse mir den Schokoladenkuchen, den Leonie selbst gebacken hat, schmecken. Es kommt mir fast so vor, als wäre dies eine Geburtstagsfeier mit einer Familie. Ausgelassen scherzen und lachen wir und feiern einfach den Tag. Ausnahmsweise wurden wir alle heute von der Arbeit freigestellt, sodass wir den Rest des Tages auch zusammen verbringen, zum See gehen, gemeinsam angeln und am Abend auf dem zentralen Platz tanzen. Einige Lagerbewohner, die Gitarre spielen oder trommeln können, machen an manchen Abenden für alle Anwesenden Musik. Auch heute spielen sie erheiternde Klänge, zu denen ich mich Arm in Arm mit Leonie bewege. Die Töne durchdringen meinen Körper, lassen mich unruhig zappeln. Bei einem schnellen, lateinamerikanischen Lied wirbele ich Leonie herum, ziehe sie an der Hüfte zu mir zurück und lasse sie in meine Arme sinken. Zum ersten Mal in meinem Leben tanze ich nicht, um jemanden zu beeindrucken, sondern aus purer Freude daran. Als das Lied endet und ich sie ein letztes Mal zu mir heranziehe, sind ihre Lippen ganz nah an den meinen und sie atmet erschöpft. Das Knistern zwischen uns ist unverkennbar. Jetzt oder nie, denke ich und will sie gerade küssen, da wendet sie sich von mir ab und lächelt verlegen.

Als ich später auf meiner Pritsche liege, lasse ich den Tag Revue passieren. Leonie ist so gut zu mir, womit habe ich sie nur verdient? Es war ein schöner Geburtstag, wohl der schönste seit langem. Dennoch lässt mich ihre Reaktion beim Tanzen nicht los. Wieso hat sie ihren Kopf weg gedreht? Ihr Verhalten ist so zweideutig. Einerseits mag sie mich ganz sicher, andererseits macht sie immer wieder in letzter Sekunde einen Rückzieher. Diese Abfuhr gibt dem sonst so wunderbaren Tag einen kleinen Dämpfer. Leonies Augen haben eine andere Sprache gesprochen als ihre Taten. Sie strahlten vor Freude und ich könnte schwören, dass sie genauso empfand wie ich. Warum also verbirgt sie es vor mir? Ohne eine Lösung finden zu können, schlafe ich nach langem Grübeln schließlich ein.

In den folgenden Wochen haben wir alle viel zu tun, sodass ich kaum Zeit habe, um inne zu halten. Der Winter naht und wir müssen alle Vorbereitungen treffen, um ihn und die ertraglose Phase zu überstehen. Was noch geerntet werden kann, wird in der Vorratskammer eingelagert. In der Küche sortieren wir aus, was frisch ist und was wir später noch zubereiten können. Das Team Bauen repariert undichte Stellen an den Hütten, die in der kalten Jahreszeit Probleme bereiten könnten. Alle sind geschäftig, es herrscht ein emsiges Treiben. Die Heilstunden müssen teilweise ausfallen, damit wir alles rechtzeitig erledigt haben. Leonie habe ich schon länger nicht gesehen, nicht einmal beim Essen. Es ist, als würde sie mir aus dem Weg gehen nach unserer letzten Begegnung. Unsicher, was ich davon halten soll, stürze ich mich umso mehr in die Arbeit, um nicht zu viel darüber nachzudenken. Die Wochen vergehen und ehe ich mich versehe, kommt bereits der erste Frost. Zum Glück hat das Bauteam gute Arbeit geleistet, die Kälte bleibt weitgehend draußen. Die Lagerbewohner sammeln sich zunehmend in der großen Hütte, wo ein Kaminfeuer gemacht wird, das die Gemeinschaft vom Wetter ablenkt. Nach meinem Spüldienst in der Küche setzen auch Justus und ich uns heute zu Simon und ein paar anderen an den Tisch, als die Tür geöffnet wird und alle verstummen.

Eine Frau betritt den Raum, sie ist etwa in den Vierzigern und hat langes, rotbraunes Haar, das allmählich ergraut. Ihre buschigen Augenbrauen geben ihr ein wirres Auftreten und die großen, undurchschaubaren Augen flößen mir Angst ein. Das Gesicht hat viele Falten, womöglich gar mehr als Yolandas. Adahy, vermutlich der ihr zugeteilte Heiler, geht voran und bedeutet ihr zu folgen, doch die Frau bleibt wie angewurzelt im Eingang stehen.

»Verdammt seid ihr, ihr seid alle verdammt!«, ruft sie und zeigt mit dem Finger auf alle Anwesenden. »Ihr werdet schon noch sehen, was ihr davon habt, glaubt es mir...« Sie runzelt ihre Stirn, was nur zu noch mehr Falten führt. »Keine Minute bleibe ich länger bei diesem Pack!«, sagt die Frau dann, dreht sich auf dem Absatz um und wirft die Tür hinter sich zu. Adahy, sichtlich verwundert, kehrt von der Essensausgabe zurück zur Tür, um der Frau hinaus zu folgen. Als die Tür hinter ihm zufällt, blicken Justus und ich uns verdutzt an.

»Was war das denn gerade?«, fragt er mich.

»Na, wenn ich das wüsste. Auf jeden Fall ist sie neu hier, ich habe sie jedenfalls noch nie gesehen.«

Justus nickt zustimmend. Nach einer Stunde, in der wir uns mit Simon über seine Heilstunden unterhalten haben – inzwischen hat er sich recht gut mit der ganzen Situation abgefunden – verlassen Justus und ich die Gemeinschaftshütte und laufen über den großen

Platz zu unserem Heim. Der Boden unter unseren Füßen ist nicht nur kalt, sondern auch viel härter als zuvor. Die gefallenen Blätter knistern laut bei jedem Schritt. Wenn wir ausatmen, sehen wir, wie eine kleine Wolke unseren Mund oder unsere Nase verlässt und sich dann allmählich auflöst. Aus der Ferne hören wir Stimmen. Sie kommen aus einer Hütte, etwas weiter weg von uns auf einem anderen Pfad, doch erkennen wir gleich, dass es sich um Yolanda und die Neue handelt. Friedlich plaudern tun sie allerdings nicht, es klingt eher nach einem Streit. Immer wieder starren Justus und ich in die Richtung, aus welcher der Lärm kommt. Dann geht eine Türe auf, die Frau stürmt hinaus und sieht sich um, dann erblickt sie uns. Ertappt sehen Justus und ich schnell weg, doch können wir den Blick der Frau auf unseren Körpern spüren, als würde er sich durch unsere vielen Kleidungsschichten bis zu den Knochen durchbohren. Als wir erneut hinsehen, ist sie nicht mehr da.

Es stellt sich heraus, dass die neue Frau Hanna heißt und wirklich ein Problem mit Yolanda hat. Sie ist der Auffassung, dass sie und nicht Yolanda das Recht habe, hier zu bestimmen. Schließlich habe sie uns alle in die Erlösung geführt, da würde ihr das ja wohl zustehen. All das berichtet mir Reni am nächsten Morgen beim Küchendienst. Es ist schon praktisch, dass sie so aufmerksam und gesprächig zugleich ist. Außerdem versteht sie sich ganz gut mit Adahy, dem Heiler von Hanna. Mangels anderer Kenntnisse wurde Hanna unserem Küchenteam zugeteilt, doch warten wir gerade vergeblich auf sie.

Routiniert verteile ich die Lebensmittel auf dem Tablett, während Reni mir erzählt, was sie so alles über unsere neue Lagerbewohnerin aufgeschnappt hat. Diese erweist uns dann doch noch höchstpersönlich die Ehre, legt sich widerwillig die Schürze an, verschränkt die Arme vor der Brust und sieht uns dann zunächst einmal bei der Arbeit zu.

»Das ist unter meiner Würde«, sagt sie schlicht. Alle Anwesenden führen ihre Gespräche unbeirrt fort oder schweigen. »Unter meiner Würde!«, ruft Hanna dann lauter, ihre Augen funkelnd auf die arbeitende Menge gerichtet. Manaba, die gerade Oberaufsicht hat, läuft durch die Küche zu Hanna.

»Hier gibt es nichts zu diskutieren. Das ist deine Aufgabe und die erledigst du«, sagt sie ruhig, aber bestimmt.

»Und wenn nicht?«, fragt Hanna angriffslustig.

»Das werde ich dir bestimmt nicht verraten. Find es doch selbst heraus!« Damit macht sie kehrt und überlässt Hanna sich selbst. Diese rollt mit den Augen und schnaubt verächtlich.

»Ich will sofort mit dieser Yolo-dingsbums da reden! Sofort!« Mit diesen Worten verschränkt sie ihre Arme noch fester und hebt ihren Kopf leicht an. Manaba jedoch ignoriert sie und lobt stattdessen einen anderen Neuling für seine Arbeit. Ich will dieser Hanna nicht zu nahe kommen und freue mich, dass Reni gleich neben mir steht. Da unser bisheriges Gesprächsthema allerdings den Raum betreten hat und diesen vorerst nicht wieder verlassen wird, setzen wir unsere Arbeit schweigsam fort.

Ich beschließe letztendlich, der neuen Bewohnerin eine Chance zu geben. Die erste Zeit hier war auch ich unausstehlich und daher ist es gut möglich, dass sie sich ebenfalls bald anpasst. Wie sich herausstellt, soll ich eines Besseren belehrt werden. Wenige Tage darauf – es ist bereits deutlich kühler geworden – gibt es den ersten großen Aufruhr im Lager seit Sarah uns verlassen hat.

»Oh mein Gott, oh mein Gott«, ruft Ludmilla bestürzt und sinkt auf den kalten Boden, die Hände vor ihr Gesicht gepresst und die Augen weit aufgerissen.

»Hast du es gesehen?«, fragt Reni sie, den kleinen Niels in ihren Armen haltend.

»Was gesehen?«, rufen andere Stimmen dazwischen.

»Ist es wahr?«, fragt Simon.

Ich habe heute keinen Frühstücksdienst, daher habe ich bis gerade eben noch auf meiner Pritsche gedöst. Geweckt durch die lauten Rufe beschloss ich dann, dem Trubel zu folgen. Sicher ist etwas passiert. Auf dem zentralen Platz hat sich bereits eine Menschenmenge versammelt. Anson hält Hanna fest, ihren Hals von seinem Ellbogen umklammert. Hannas Gesicht ist voll roter Flecken, ebenso ihre Hände und ihre Kleidung. Ist es Blut?

»Was ist los?«, raune ich Justus zu, der bereits vor mir auf den Beinen war.

»Ich glaub, sie hat Yolanda angegriffen«, antwortet er mir flüsternd.

»Was? Das gibt's doch nicht!«

»Doch. Anson muss Hanna gerade aus ihrer Hütte geholt haben, wo sie über ihr Bett gebeugt war. Yolanda liegt wohl noch darin, blutüberströmt. Hanna muss sie an der Schulter erwischt haben.«

»An der Schulter?«, frage ich verwirrt.

»Sie wollte sie wohl umbringen, doch ist Ludmilla ihr seltsames Verhalten aufgefallen. Sie ist ihr gefolgt und stürzte sich gerade noch rechtzeitig auf Hanna.«

Ich kann kaum glauben, was Justus da erzählt. Yolanda – verletzt?

»Wo ist sie jetzt? Wie geht es ihr?«

»Nadije versorgt sie. Wie es um sie steht, weiß ich aber auch nicht.« Ich nicke kurz und blicke dann zurück zu Anson, der Hanna immer noch umklammert.

»Ihr versteht das nicht... Ich bin die rechtmäßige Anführerin! Ich führe euch zur Erleuchtung! Schließt euch mir an und ihr werdet es gut haben!«, ruft sie immer wieder verzweifelt. Zwischendurch stöhnt und keucht sie, versucht sich vergeblich aus Ansons Griff zu befreien. Die Umstehenden schlagen bestürzt die Hände vor den Mund, als sie erfahren, was passiert ist. Niels, der bisher recht ruhig in Renis Armen lag, beginnt zu schreien und zu weinen. Anson bringt Hanna schließlich fort von der Menge; Ludmilla folgt ihm, zittert jedoch und fällt bei den ersten Schritten fast zu Boden.

»Was hat er wohl mit ihr vor?«, sage ich zu mir selbst. Wenn Hanna Yolanda tatsächlich umbringen wollte, ist sie eine Gefahr für uns alle. Wir sollten besser auf uns Acht geben. Ich will Anson gerade hinterher laufen, da hält mich Justus am Arm zurück.

»Nicht. Lass das einen Heiler klären. Wir sollten besser mal nach Yolanda sehen.« Etwas widerwillig mache ich mich mit ihm auf den Weg in die andere Richtung, muss allerdings zugeben, dass dies gerade Priorität hat. Viele Lagerbewohner tun es uns gleich und sammeln sich nun vor Yolandas Bleibe, daher schickt uns Adahy, der die Wache dort übernommen hat, fort.

»Sie braucht jetzt vor allem Ruhe. Ihr werdet sie sprechen können, sobald sie sich besser fühlt.« Auch wenn wir ihre Hütte nicht betreten dürfen, ergibt sich aus den vielen Blutspuren am Boden und an der Außenwand ein deutliches Bild für uns. Yolanda muss es wirklich schlecht gehen, wenn so viel Blut seinen Weg nach draußen gefunden hat. Geschockt begeben wir uns wieder zum zentralen Platz, wohin Anson mittlerweile zurückgekehrt ist – allerdings ohne Hanna.

»Bitte nehmt euch alle rasch einige Vorräte aus der Küche und begebt euch dann zu euren Schlafplätzen. Es wird einen Schneesturm geben, der uns die nächsten Tage außer Gefecht setzen wird!« Auf Ansons Befehl gibt es einiges Gemurmel, doch leisten die meisten Bewohner ihm sofort folge. Auch Justus und ich gehen in die Küche, um uns Lebensmittel mitzunehmen.

»Meinst du wirklich, es gibt einen Schneesturm? Es hat doch noch gar nicht geschneit bis jetzt«, frage ich Justus.

»Bestimmt, wenn Anson das sagt. Außerdem glaube ich, dass Hanna sehr bald schon wieder abreisen wird und das heißt in diesem Falle: ein Unwetter naht.« Er hat recht. Das ist die logische Konsequenz aus ihrem Handeln. Nachdem wir uns einige Brote und Konserven genommen und diese in einem Beutel verstaut haben, laufen wir zurück zu unserer Hütte. Tatsächlich begegnen uns bereits auf dem Weg dorthin die ersten Schneeflocken.

Obwohl das Team Bauen sich bemüht hatte, uns auf den Winter vorzubereiten: unsere Hütten sind wirklich nicht das, was man bei derartigen Temperaturen gern bewohnt. Justus und ich haben Haralds ehemalige Pritsche hochkant vor die Tür gestellt, um den schmalen Spalt, der sich dort bildet, abzuschirmen und so die Kälte außerhalb unseres Heims zu lassen. Außerdem haben wir Haralds Decke mit einem Messer zweigeteilt und uns – wenngleich etwas ungeschickt – jeweils einen Poncho erstellt. Zumindest wärmt uns dieser ein wenig, doch wickeln wir uns zudem in unsere eigenen Decken ein. Zwischendurch beschäftigen wir uns mit Fitnessübungen: Liegestütz, Kniebeugen und Dehnungen. Das hat den Vorteil, dass wir nicht nur Unterhaltung haben, sondern auch etwas wärmer werden. Die Heiler haben vorhin noch große, mit Kerzen bestückte Behälter verteilt, die etwas Licht und Behaglichkeit spenden in unserer sonst so trostlosen, dunklen Hütte. Gerade sitzen wir uns gegenüber auf den Pritschen, das Glas mit der Kerze gleich vor uns auf dem Beistelltisch und unsere Hände nahe daran. Es hat bereits angefangen zu schneien, allerdings halten sich die Wolken wohl noch zurück. Eine feine weiße Decke hat sich auf unser Lager gelegt, aber von einem Schneesturm kann noch nicht die Rede sein.

»Ich werde übrigens das Team wechseln«, erzählt mir Justus.

»Wechseln? Wie meinst du das?«

»Nun, ich habe vor ein paar Tagen mit Yolanda gesprochen, bevor das ganze Chaos hier angefangen hat. Ich fühle mich nicht mehr wohl auf der Jagd und was soll ich sagen – ich vermisse Harald ehrlich gesagt auch etwas.«

Ich schweige. Sicher hat dieser Wechsel auch etwas mit Justus' Vergangenheit zu tun, ich habe schließlich den Blick in seinen Augen gesehen, als er mit seinem Bogen im Wald stand. Vielleicht ist er nicht dazu in der Lage, seinen Jagdtrieb auszuschalten und befürchtet, Schlimmeres anzurichten?

»Es erinnert mich zu sehr an damals«, sagt er und es kommt mir vor, als habe er meine Gedanken gelesen. Justus rückt seinen Poncho und die Decke etwas zurecht, dann spricht er weiter.

»Ich wollte nie kämpfen, wollte nie Waffen auf andere Menschen richten. Irgendwie ist es dann aber doch passiert und... es verändert dich. Du denkst, du kommst damit klar, aber so ist es nicht. So kann es nicht sein, denn wären wir dann noch Menschen? Egal, wen du tötest – ob Freund oder Feind, du reißt ihn immer aus einem großen Ganzen. Er hatte eine Familie; Freunde. Eltern, die seine Pflege brauchten. Vielleicht ein Kind, das in ihm sein großes Vorbild sah. Und wenn es nur seine Nachbarn waren, mit denen er sich so gut verstanden hat: bei irgendwem wird es immer eine Wunde hinterlassen. Können wir uns also anmaßen, darüber zu bestimmen?«

Justus, den ich bislang als taffen und selbstsicheren Mann erlebt habe, offenbart sich mir gerade als gebrochener Mensch. Er senkt den Kopf, stützt seine Stirn in die Hände und beginnt leise zu weinen. Ich weiß nicht so recht, ob er mein Mitleid will oder lieber allein sein möchte, doch da letzteres gerade kaum möglich ist, wickele ich mir die Decke um den Körper und wechsele die Pritsche. Als ich mich neben Justus setze, sinken wir beide tief hinab. Ich lege meinen Arm um seine Schulter und er lässt mich gewähren.

»Justus, du bist kein schlechter Mensch. Gerade die Tatsache, dass du dir Gedanken darüber machst, macht dich zu einem umso besseren! Es ist okay, jetzt ist es vorbei. Du wirst nie mehr jagen müssen.« Justus schließt die Augen und weint vor sich hin.

»Du hast ja recht«, sagt er dann und schnieft laut. »Aber ich sehe sie vor mir, jede Nacht.«

Ich weiß, dass er die Wahrheit sagt, denn ich habe schon öfter nachts festgestellt, dass Justus einen unruhigen Schlaf hat. Ständig wälzt er sich auf seiner Pritsche herum und murmelt manchmal ein paar Worte vor sich hin. Am häufigsten sagt er »nein!« und ich kann mir den Zusammenhang jetzt denken. Der Wind schlägt gegen unsere Hütte und bahnt sich zischend seinen Weg durch die Ritzen am Fenster. Justus sammelt sich wieder und lacht unter Tränen.

»Danke, Mann«, sagt er dann zu mir. »Ich krieg das schon irgendwie hin. Ich wollte nur nicht mehr auf die Jagd gehen«, sagt er und zwingt sich zu einem Lächeln. »Ich bin leider zu schlecht für die Küche, deshalb werde ich beim Bau mithelfen. Ich fand das Brückenprojekt ganz interessant und Yolanda sagte, dort könnte ich wohl unterkommen.«

Ich merke, dass Justus es damit für heute gut sein lassen will und antworte lieber nichts. Stattdessen sehe ich ihn bloß aufmunternd an und schlage vor, gleich schlafen zu gehen. Sicherheitshalber blase ich die Kerze aus und die Hütte wird wieder in Stille und tiefe Finsternis gehüllt, nur durchbrochen von einem kleinen hellen Quadrat auf dem Boden, das die Helligkeit des glänzend weißen Schnees ein wenig in unser Zuhause hineinlässt.

In dieser Nacht schlafe auch ich nicht gut. Ich träume von meinem Vater, von unseren letzten Begegnungen und Gesprächen. Dann auf einmal verschwimmt alles vor meinen Augen, Alex dreht sich um und verschwindet in der Dunkelheit, ich kann ihn nicht mehr finden. Ich versuche, ihm zu folgen, doch werden meine Beine immer schwerer, bis ich schließlich immer tiefer in den Boden sinke. Dann höre ich viele Stimmen, sie sind mir unbekannt. Sie klingen hektisch, rufen Namen, die ich nicht zuordnen kann. Immer wieder rufen sie dasselbe, aber es ist, als hätte ich Ohrstöpsel eingesetzt: ich höre alles durch einen dicken Wattebausch und kann kaum etwas verstehen. Und immer wieder ist da dieses Summen, es scheint bis in alle Ewigkeit in meinem Kopf zu bleiben. Als ich erwache, verschwindet es schlagartig.

Es ist noch dunkel in unserer Wohnstube und von Justus geht ein monotones Schnarchen aus, er hat endlich Schlaf gefunden. Meine Stirn, Ohren und Nasenspitze sind kalt und ich setze mich kurz auf, um neben meiner Pritsche nach einer Mütze zu suchen. Als ich sie ertaste, setze ich sie mir rasch auf und bedecke Stirn und Ohren. Zumindest macht es das Ganze ein wenig erträglicher. Ich hätte gestern Abend schon daran denken sollen, mir die Mütze aufzuziehen. Obwohl es Nacht ist und man Stille erwarten könnte, herrscht erstaunlicher Lärm. Der Wind peitscht stärker gegen unsere Hütte als zuvor und bringt dem Geräusch nach zu urteilen wohl auch Hagel mit. Ich lege mich wieder hin und versuche, erneut einzuschlafen. Vergeblich. Mindestens eine Stunde wälze ich mich hin und her, habe kurze Träume von Charly, Lisas Hund, der neben mir steht, als ich im Boden versinke – und er lacht. Ich habe mir noch nie vorgestellt, wie ein Hund wohl lachen würde, doch in meinem Traum tut er es. Nachdem ich endlich wieder eingenickt bin, erwache ich am nächsten Morgen von einem lauten Niesen. Ich öffne meine Augen und sehe Justus auf seinem Feldbett sitzen.

»Tut mir leid, ich konnte das nicht unterdrücken«, sagt er sichtlich zerknirscht.

»Schon gut«, antworte ich und setze mich ebenfalls auf. Justus zündet gerade wieder die Kerze an.

»Heute Nacht kam so einiges vom Himmel herab«, sagt er dann. »Ich habe eben vor die Tür geschaut: der Schnee liegt bestimmt vierzig Zentimeter hoch und darauf liegen überall Hagelkörner. Zum Glück waren wir in der Hütte geschützt!«

Meine Vermutung aus der Nacht bestätigt sich also. Dass es aber so schlimm dort draußen wäre, hätte ich nicht gedacht. Da immer noch große Flocken fallen und wir keine anderen Pläne haben, beschließen Justus und ich, Frühstück zu machen. Das heißt in diesem

Fall, dass wir Wasser auf einem kleinen Gaskocher erhitzen und dann aus unseren Vorräten eine warme Suppe zubereiten. Hungrig verschlingen wir sie, sobald sie fertig ist. Die Suppe ist noch ziemlich heiß und ich verbrenne mir etwas den Gaumen, aber das ist es mir wert.

Die Tage vergehen und es ist keine Besserung in Sicht. Es hört einfach nicht auf zu schneien und so verharren wir die meiste Zeit in unserer Hütte. Um uns bei Laune zu halten, unterhalten wir uns sehr viel. Justus erzählt mir von seiner Freundin, die er sehr vermisst und die er hoffentlich bald wieder sehen kann. Ich halte mich zunächst noch etwas zurück und höre ihm lieber zu, doch da wir so viel Zeit miteinander verbringen, beginne auch ich ihm irgendwann von meinem Leben zu berichten. Als ich ihm mitteile, was mit meinen Eltern passiert ist, wundere ich mich über mich selbst. Bislang habe ich das nur wenigen Menschen erzählt und schon gar nicht einfach so, ohne einen Hintergedanken. Das ist eine persönliche Sache und geht niemanden etwas an. In diesem Moment aber glaube ich, dass es richtig ist, Justus einzuweihen.

Er scheint das zu bemerken und erzählt mir ein paar Dinge von sich, die er wohl auch lieber für sich behalten würde. Wie es im Krieg wirklich war. Dass er auch ein Kind umgebracht hatte – einen kleinen Jungen, einmal. Es war ein Befehl gewesen. Er hatte eine Bombe bei sich getragen. Justus erzählt mir, wie manche seiner Kameraden schon während des Einsatzes den Verstand verloren haben und zurück in die Heimat geschickt wurden. Wie er dageblieben war. Wir reden ziemlich viel und ich finde die Gespräche sehr angenehm. Justus ist ein guter Freund, einen besseren Mitbewohner hätte ich mir hier kaum wünschen können. Wir machen das Beste aus unserer Situation. Und doch atme ich erleichtert aus und kann ein Lächeln auf meinem Gesicht nicht verbergen, als Justus nach einigen

Tage – ich habe aufgehört zu zählen – aus unserem Fenster schaut und sagt: »Es hat aufgehört zu schneien.«

11. Kapitel

Nach dem Schnee ist vor dem Schnee. Bevor wir wieder zur Tagesordnung übergehen können, müssen zunächst die Folgen des Sturms beseitigt werden. Die ersten Männer, die sich aus ihren Hütten kämpfen können, schnappen sich eine Schaufel und beginnen nach und nach die eingeschneiten Heime frei zu schippen. Sobald die ersten Frauen aus ihren Iglus befreit sind, machen sie sich auf den Weg in die Küche, um für alle Lagerbewohner ein Mahl zuzubereiten. An diesem Tag klart der Himmel kaum auf, doch die trüben, düsteren Lichtverhältnisse schlagen uns nicht auf die Gemüter. Wir sind froh, endlich unsere Käfige verlassen zu können und auch wenn es bald schon wieder dunkel wird, freuen wir uns auf die nächsten Tage – und vor allem auf das heutige gemeinsame Abendessen in der großen Hütte. Nachdem einige Wege geräumt wurden und auch die Hütten alle wieder problemlos betreten und verlassen werden können, machen sich auch wir Männer auf in die große Hütte und hinterlassen hohe Schneeberge am Rande der Pfade. Die fleißigen Köchinnen haben einen köstlich duftenden Eintopf zubereitet und hungrig greifen alle zu. Es ist ein gemütlicher Abend in geselliger Runde. Heute wird kaum jemand so schnell wieder in seine Hütte zurück wollen. Zur Feier des Tages kramt jemand von irgendwoher einen Kasten Bier hervor – besser könnte es kaum sein.

Ich nehme gerade einen kräftigen Schluck aus meiner Flasche, als ich Leonie am anderen Ende der Hütte stehen sehe. Sie muss gerade erst gekommen sein, sonst wäre sie mir bereits aufgefallen. Ich stelle das Bier ab, stoße Justus, der neben mir sitzt, kurz mit dem Ellbogen an und nicke in ihre Richtung.

»Ich bin mal kurz weg«, sage ich und will gerade aufstehen, da sehe ich, dass sie mich ebenfalls entdeckt hat. Ihr Blick wandert von meinem Gesicht hinab zum Tisch, auf dem unsere Flaschen stehen. Dann schüttelt sie kaum merklich den Kopf und hebt die Hand zum

Gruß, dreht sich dann aber um und ist schon wieder zur Türe hinaus, noch bevor ich etwas sagen kann. Verwundert setze ich mich zurück an den Tisch.

Ich kann verstehen, dass Leonie bei alldem nicht dabei sein will. Zu sehr muss der Alkohol sie an die Zeit nach dem Tod ihres Bruders erinnern. Ich hätte es gleich bemerken müssen, doch erst als ich in meiner Hütte liege und an die Decke starre, fällt es mir auf. Ich beschließe, mich morgen umso besser um Leonie zu kümmern und freue mich auf den kommenden Tag.

Als ich aufwache, sehe ich, dass Justus' Pritsche bereits leer ist. Er muss zeitig aufgestanden sein, um vor dem Frühstück noch etwas zu erledigen. Vielleicht bespricht er mit Yolanda seinen Wechsel in das Team Bauen. Ich mache mich rasch zurecht und gehe dann in die Küche, um meinen Frühstücksdienst anzutreten. Reni ist bereits an ihrem Platz, als ich mir eine Schürze überwerfe und mich zu ihr geselle. Ein fröhliches Geplauder schlägt mir heute von unserem Team entgegen, nahezu jeder unterhält sich mit seinen Arbeitskollegen. Reni umarmt mich kurz zur Begrüßung.

»Michael, schön dich zu sehen!«, sagt sie dabei. Sie lächelt mich an und fährt dann mit ihrer Arbeit fort. »Es war alles so eintönig die letzten Tage, ich bin so froh, dass das nun ein Ende hat!«

Ich nicke zustimmend. »Von mir aus kann der Frühling jetzt schon kommen – ich habe genug vom Winter!«

Reni kichert.

»Winter? Wenn du das schon so nennst, dann hast du hier noch keinen richtigen erlebt. Es kann weitaus schlimmer werden, da haben wir dieses Mal noch Glück gehabt!«

Wenn Reni damit recht hat, bin ich erleichtert, dass wir so glimpflich davon gekommen sind. Wir unterhalten uns ein wenig und sie berichtet mir, dass sie die vergangenen Tage mit Ludmilla und Anson vor allem mit Gesellschaftsspielen verbracht hat. Nach und nach trudeln die ersten Lagerbewohner zum Frühstück ein und erst als Reni mich auffordert, mir einen Platz zu suchen und zu essen, lege ich die Schürze beiseite und suche den Raum nach Justus ab. Er scheint noch nicht hier zu sein, daher setze ich mich zu Simon an den Tisch. Er hat sich zwar inzwischen mit dem Campleben abgefunden und kommt mit den meisten Bewohnern ganz gut zurecht, trotzdem hat er noch nicht so richtig Anschluss gefunden, was wohl auch daran liegt, dass er eine Einzelhütte bewohnt. Sein ehemaliger Hüttengenosse ist kurz nach Simons Ankunft abgereist.

»Hey«, sage ich, stelle mein Tablett auf dem Tisch ab und setze mich Simon gegenüber.

»Hi, Michael«, antwortet er. »Wo ist Justus?«

»Das wüsste ich auch gern. Ich dachte, vielleicht hast du ihn ja gesehen...«

»Nein, leider nicht«, antwortet Simon. »War er denn nicht in eurer Hütte?«

»Nein, heute Morgen war er schon weg. Ah, da ist Josefine, seine Heilerin. Vielleicht hatten sie vor dem Frühstück eine Heilstunde?«, überlege ich, glaube aber selbst kaum daran. Wenn sie eine gemeinsame Stunde gehabt hätten, würde Justus jetzt mit ihr den Raum betreten. Schweigend nehmen Simon und ich unsere Mahlzeit zu uns. Ich beobachte die anderen Menschen um uns herum und freue mich über die gute Laune, die sie ausstrahlen. Heute geht alles wieder los und darüber freut sich jeder. Jeder außer Justus. Normalerweise würde Justus die Gespräche am Tisch in Gang halten, aber ohne ihn weiß ich kaum etwas mit Simon anzufangen. Sobald ich meine Brote herunter geschlungen habe, nicke ich ihm zu, bringe mein Tablett zurück und steuere dann Josefines Tisch an. Sie sieht mich bereits kommen.

»Oh, Michael, es tut mir so leid!«, sagt sie sichtlich verlegen.

»Was tut dir leid?«, frage ich verwirrt.

»Justus – ich hätte euch vorbereiten sollen.«

»Auf was denn vorbereiten?«, frage ich und glaube bereits die Antwort zu kennen.

»Er ist heute Morgen gegangen, ganz in der Frühe. Ich weiß, ihr wart gute Freunde und-«

»Ist okay«, unterbreche ich sie, zwinge mich zu einem Lächeln und verlasse die Hütte in Richtung meines Pfades. Natürlich, wieso habe ich nicht gleich daran gedacht? Jeder geht irgendwann und viele verlassen uns so unbemerkt wie sie gekommen waren. So auch Justus. Ob er wie Harald etwas gespürt hatte und es nur nicht sagen wollte? Oder war er selbst davon überrascht worden? Wo wird Justus jetzt wohl sein? Ich möchte nicht in meine Hütte zurück, aber auch nicht wieder zum Frühstück. Unschlüssig über meinen weiteren Weg laufe ich einfach weiter auf dem Pfad in den Wald hinein. Wie ein weiches Polster bedeckt der Schnee sanft den Boden und die sonst so kahlen Bäume; nichts ist mehr zu erkennen von der brutalen Härte, mit der er zuvor auf uns hinabgefallen war und mit welcher er uns in unseren Hütten zu vergraben suchte.

Ziellos trete ich gegen die weiße Masse, sodass sie aufwirbelt und einige Zentimeter durch die Luft fliegt. Immer und immer wieder schlage ich mit der Fußspitze auf den Boden und zertrete mehr und mehr Schnee. Dann hocke ich mich hin, kratze ihn mit meinen Fingern etwas zusammen und forme einen Ball daraus, den ich dann mit voller Wucht gegen einen Baum werfe. Er zerfällt beim Aufprall sofort in viele kleine Teile und rieselt hinab. Ich gehe etwas weiter in den Wald hinein. Gelegentlich tropft ein Schneegemisch von den Ästen herab; es landet auf meinem Gesicht und den Haaren, sodass ich bald gänzlich nass und durchgefroren bin. Irgendwann höre ich auf zu laufen, sinke an einem Baum herab und lehne mich daran an. Meine Finger sind ganz rot, ich spüre sie kaum noch. Ich forme sie zu einer Faust und ziehe meine Jacke etwas darüber. Wie lange ich so da sitze, weiß ich nicht, doch irgendwann reißt mich ein Knirschen jäh aus meinen Gedanken. Als ich nach oben blicke, erkenne ich eine Frau, die sich mir nähert. Sie trägt einen hellgrauen Mantel, den sie mit einem elegant zu einer Schleife geformten schwarzen Tuch am Körper fixiert hat. Ihr braunes Haar ist ebenfalls durchnässt von dem Schnee, der hier und da von den Ästen fällt.

»Hi, Michael!«, sagt sie und lehnt sich neben mir an den Baum.

»Hey, Leonie«, antworte ich kurz.

»Wie geht es deinem Arm?«, fragt sie und ich bin etwas überrascht von dieser Frage.

»Ganz gut, schätze ich... Ich denke kaum noch dran. Ich glaube, es ist schon sehr gut verheilt.« Das stimmt. Tatsächlich habe ich meine Verletzung vom Brückenbau schon fast vergessen.

»Wie geht es denn eigentlich Yolanda mit ihrer Schulter?«

»Es wird besser. Trotzdem hat Hanna sie ganz schön erwischt damals. Noch muss Yolanda sich ausruhen und schonen. Aber sie ist eine taffe Frau, sie steht das durch.«

Ich nicke und freue mich, dass es ihr gut geht, kann allerdings meine Gedanken gerade nicht darauf konzentrieren.

»Ich weiß, was du denkst...«, sagt Leonie und legt ihre Hand auf mein Knie. Vor Kälte schon leicht bläulich zittern ihre schmalen Finger und ich nehme ihre Hände in meine, um sie zu wärmen. Ich will nicht darüber reden. Jetzt nicht. Leonie kann wohl wieder mal meine Gedanken lesen und lehnt einfach ihren Kopf an meine Schulter und so sitzen wir dann da an diesem Baum, lassen uns vom Schnee berieseln und lauschen der Stille des winterlichen Waldes, nur durchbrochen von einigen mutigen Tieren, die sich aus ihren Verstecken herauswagen, um nach den letzten Tagen der Unruhe einmal ganz sorglos nach Nahrung zu suchen.

Leonie hat mir vorgeschlagen, bei Simon in der Hütte einzuziehen, weil wir jetzt beide keine Mitbewohner mehr haben. Zwar habe ich kurz darüber nachgedacht, bin aber zu dem Schluss gekommen, dass ich meine Hütte jetzt erst einmal alleine weiter bewohnen werde. Ich kann meine Gefühle kaum zuordnen, doch fühlt es sich irgendwie falsch an, zu diesem Zeitpunkt den Schlafplatz zu wechseln. Vielleicht warte ich vorerst ab. Womöglich findet sich ja bald ein neuer Lagerbewohner, der mir Gesellschaft leisten wird. Nach dem Abendessen ist es wieder kälter geworden und es hat erneut angefangen zu schneien. Nur sind es jetzt kleine Flocken, die sanft herabrieseln und keine Gefahr für uns darstellen. Vom Fenster meiner Hütte aus wirkt es, als wäre ich im Skiurlaub und ich sehne mich schmerzlich nach einem Kamin, der im Innern meines Häuschens knistert und eine wohlige Wärme herbeizaubert. Als ich mich umdrehe, blicken mich jedoch nur gähnende Leere und Dunkelheit an in einer Hütte, die einmal mit Leben gefüllt war.

An diesem Tag ist mit mir nicht viel anzufangen. Gegen Nachmittag bekomme ich starke Kopfschmerzen, sodass mich Reni in meine Hütte schickt. Zwar will ich nicht schon wieder ein Gefangener meiner eigenen vier Wände sein, doch muss ich einsehen, dass sie recht hat, liege nun auf meiner Pritsche und starre die Decke an. Ich fühle mich auch etwas fiebrig und gleite zwischendurch über in eine Art Tagtraum. Ich höre Autos hupen, laute Schreie, das Geheul von Sirenen. Und immer wieder Stimmen. Ich erkenne besonders eine Stimme, ich habe sie schon öfter gehört. In meinen Träumen. Immer wieder ruft sie meinen Namen; fragt, ob ich sie höre. Ich will ihr antworten; fragen, wer sie ist – doch wenn ich meinen Mund öffne, kommt kein Ton heraus. Als ich aus dem Traum erwache, ist es dunkler in der Hütte, es muss bereits Abend sein. Sicher habe ich schon einige Stunden hier geschlafen. Vermutlich ist es das Beste, wenn ich mir mal ein paar Minuten die Beine vertrete. Als ich gerade die Bettdecke zurückschlagen will, erblicke ich in der Ecke, gleich neben der Tür, eine Person. Da es hier drin so dunkel ist, kann ich nur Schemen erkennen. Es muss ein Mann sein, relativ groß, doch ist sein Rücken etwas krumm, seine Haltung gebückt.

»Bleib hier, Michael«, sagt er und ich glaube, seine Stimme wieder zu erkennen. Als er aus dem Schatten tritt und das Rot der untergehenden Wintersonne auf ihn fällt, bestätigt sich meine Vorahnung. Er sieht anders aus als beim letzten Mal. Seine Augen schauen müde drein. Er trägt ein Krankenhaus-Laibchen. Ich kann es kaum glauben, doch dieser Mann ist tatsächlich Alex.

»Dad! Wie kommst du hierher? Und was hast du da an?« Ich kann meine Gedanken nicht so schnell sortieren, wie ich sie aussprechen will.

»Das spielt jetzt keine Rolle, mein Sohn. Ich will dir nur sagen, dass ich auf dich warte. Nimm dir alle Zeit, die du brauchst. Wenn du so weit bist, werde ich für dich da sein.« Alex setzt ein schiefes Grinsen auf und während ich ihn so ansehe, merke ich, dass er alt aussieht. Viel älter als er eigentlich ist.

»Du bist doch da! Willst du wieder gehen? Bleib hier, wir müssen reden! Leonie, sie hat mir gesagt… sie hat gesagt, du bist krank und ich-«

»Michael, wir werden uns bald sehen!«, sagt Alex, nähert sich der Pritsche und legt mir einen Finger auf die Lippen, dreht sich um und geht zurück zur Tür. Ich will etwas erwidern, da verlässt er bereits die Hütte. Rasch schlage ich die Decke beiseite und laufe ihm nach. Als ich vor meiner Hütte nach links und rechts blicke, sind die Pfade weit und breit menschenleer. Mein Vater ist nicht mehr hier.

Nach meiner merkwürdigen Begegnung bin ich am gestrigen Abend wieder zu Bett gegangen. Die Kopfschmerzen waren zwar immer noch da, doch hielt mich eher das seltsame Zusammentreffen mit Alex davon ab, erholsamen Schlaf zu finden. Stattdessen folgte ein Fiebertraum dem anderen, ich träumte wieder von der Frauenstimme und immer wieder kam mein Vater dazu, nur um sich mit jedem Treffen noch weiter von mir zu entfernen. Als ich am nächsten Morgen erwache, habe ich Schweißperlen auf meiner Stirn.

Die nächsten zwei Tage verbringe ich gezwungenermaßen wieder auf meinem Feldbett. Leonie besucht mich regelmäßig und bringt mir fiebersenkende Medikamente mit. Trotzdem habe ich noch oft Träume wie in der ersten Nacht. Leonies Nähe tut mir gut. Sie sorgt sich so liebevoll um mich, dass ich mir fast schon wünsche, noch länger krank zu sein. Am dritten Morgen fühle ich mich besser und stehe zeitig auf, um meinen Frühstücksdienst anzutreten. Als ich jedoch die Küche betrete, lässt mich Reni nicht einmal die Schürze anlegen.

»Keine Widerrede, Junge. Heute hast du noch einmal frei. Setz dich doch schon mal in den Speisesaal und unterhalte dich mit den anderen.« Da ich weiß, dass ich eine Diskussion mit Reni nur verlieren kann, beuge ich mich ihren Anweisungen und werfe einen Blick auf die ersten hungrigen Lagerbewohner. Glücklicherweise erspähe ich Leonie, die gerade hereinkommt, und freue mich, dass sie mich so davon abhält, ein weiteres von peinlicher Stille durchdrungenes Frühstück mit Simon ertragen zu müssen. Leonie und ich setzen uns zusammen an einen Tisch nahe der Tablettausgabe.

»Schön, dass es dir wieder besser geht!«, sagt sie und streicht sich mit ihrer Hand das braune Haar glatt. Ihre Naturlocken lassen sich jedoch nicht so leicht unterkriegen und so springen sie sogleich wieder in ihre ursprüngliche Form zurück. Als sie lächelt, bin ich sprachlos. Ich habe durch das Fieber schon fast vergessen, wie wunderschön sie aussieht, wenn sie ihre Lippen zu solch einem Lächeln formt.

»Du... du bist so schön heute«, stammele ich und sie kichert.

»Also – nicht nur heute natürlich, sondern immer. Aber heute... heute ganz besonders.« Ich weiß nicht, wieso ich das sage, aber es kommt einfach aus mir heraus. Ich habe wohl zu viel Medikamente in den letzten Tagen eingenommen und bin noch etwas benebelt.

»Danke, Michael. Du siehst auch viel besser aus als gestern«, antwortet sie lachend. »Wenn du fit genug bist, habe ich auch schon eine Idee, was wir heute machen können.«

Ich nicke zustimmend. Nach dem Frühstück machen wir uns bereits auf den Weg. Gestern hat es noch etwas geschneit, doch jetzt ist der Himmel klar. Weil es aber ziemlich kalt ist, hat die Landschaft ihren winterlichen Glanz noch nicht verloren. Leonie und ich marschieren etwa eine halbe Stunde durch den Wald und als ich sie gerade fragen will, wohin wir gehen, glaube ich, den Weg zu erkennen. Wir nehmen andere Pfade als üblich und doch war ich schon einmal hier.

»Kannst du Schlittschuh laufen?«, fragt Leonie mich herausfordernd und weist auf den See, auf welchem wir einmal mit dem Ruderboot hinausgefahren sind. Jetzt ist er vereist, das hölzerne Boot liegt nun zwischen den Bäumen, weit weg vom Ufer. Es ist ein einziger roter Fleck in einer sonst weißen Umgebung. Ich atme tief durch. Schlittschuh? Darauf bin ich bestimmt vor gut zehn Jahren das letzte Mal gefahren. Ich setze gerade zur Antwort an, da unterbricht mich Leonie.

»Keine Sorge, ich zeig's dir«, sagt sie und befördert kichernd zwei Paar Schlittschuhe aus ihrem Umhängebeutel. Die ganze Zeit über habe ich mich schon gefragt, was sie wohl darin versteckt. Das Paar, das sie mir hinhält, sieht bereits ziemlich abgenutzt aus. Außerdem scheint es nicht so ganz meine Größe zu sein. Dennoch versuche ich, meine Füße hinein zu zwängen. Während ich noch mit dem zweiten Schuh hadere, ist Leonie bereits in ihre ebenfalls etwas lädierten, rosafarbenen Schuhe geschlüpft und sieht mir lachend bei meinen hoffnungslosen Versuchen zu. Endlich haben meine Füße ihren Platz gefunden, doch sind die Schuhe mir tatsächlich etwas zu klein.

»Geht es?«, fragt Leonie und ich nicke gequält.

»Es wird reichen. Wozu braucht man schon Zehen?«

»Na, dann gibt's jetzt kein Zurück mehr. Auf geht's!«, ruft sie und setzt ihre Füße auf das Eis, nur um dann mit einigen kräftigen Zügen davon zu gleiten und wenige Meter entfernt eine Pirouette zu drehen. Mit ihrer zarten Figur und ihrer rosa Mütze, die die braunen Locken etwas bedeckt, sieht sie nun aus wie eine Eisprinzessin. Die weißen Plüschhandschuhe tun ihr Übriges.

»Erwarte nicht zu viel«, warne ich sie und setze vorsichtig den rechten Fuß auf den gefrorenen See. Etwas Respekt habe ich ja schon vor der ganzen Sache, aber ich will mich vor Leonie auch nicht blamieren. Glücklicherweise sind wir die einzigen hier. Als Leonie wieder eine Pirouette dreht und dadurch abgelenkt ist, setze ich rasch den zweiten Fuß auf die Fläche und versuche zunächst mein Gleichgewicht zu halten. Dann bewege ich mich – mehr mit Schritten als mit gleitenden Zügen – auf Leonie zu. Ganz langsam, erst rechts, dann links. Wieder rechts, links. Leonie kann ihre Freude kaum verbergen.

»Das sieht urkomisch aus, Michael! Du müsstest dich mal sehen! Als hättest du die Hosen voll!«

»Ich? Hosen voll? Also bitte. Ich bin keine Primaballerina, aber willst du das etwa?« Ich ziehe eine beleidigte Grimasse und sofort kommt Leonie auf mich zu.

»Nein, natürlich nicht. Aber ein Gorilla musst du vielleicht auch nicht unbedingt sein.« Tröstend streicht sie mir über die Wange.

»Komm, ich helfe dir«, schlägt sie dann vor und zieht mich weiter in meinem Tempo über den See. Einmal verliere ich fast die Balance und kippe nach hinten, doch sie hält mich fest an den Händen und zieht mich zurück. Es ist pures Glück, dass ich sie mit meinem Gewicht nicht mit nach unten ziehe. Nachdem wir etwa zehn Minuten so daher getapst sind, gebe ich es auf und sinke auf den Boden.

»Ich kapituliere! Du hast gewonnen! Ich halte es keine Minute länger auf diesen Dingern aus!« Die Beine von mir gestreckt sitze ich nun auf der Mitte des gefrorenen Sees und sehe mich um. Eine

Idylle wie aus dem Bilderbuch umgibt uns. Hohe Tannen mit zugeschneiten Zweigen und ein klarer blauer Himmel mit strahlender Sonne, die die vielen Eiskristalle am Ufer und auch hier auf dem See zum Glitzern bringt. Frische liegt in der Luft. Es ist so ruhig hier, man hört nicht einmal ein Tier vorbeihuschen. Keine Menschenseele weit und breit, es kommt mir vor, als wären Leonie und ich die letzten zwei Menschen auf dieser Welt. In Gedanken versunken sehe ich ihr zu, wie sie weitere Runden auf dem See dreht und geschickt kleine Kurven fährt, manche Strecken auf einem Bein zurücklegt und ganz und gar in ihrem Tanz aufgeht. Sie sieht so zufrieden aus. Mit sich selbst im Reinen. Ich wünschte, ich würde so empfinden wie sie. Dann blicke ich auf das Ufer, wo der Schnee so unschuldig und sanft da liegt. Er ist noch nicht lang hier auf dieser Welt und wird sie bald genauso schnell verlassen wie er hergekommen ist. Wenn das Tauwetter erst einmal richtig eingesetzt hat... -

Plötzlich hält mir jemand die Augen zu. Das habe ich nicht kommen sehen. Ich bekomme Panik, muss unwillkürlich an meine seltsame Traumbegegnung mit meinem Vater denken. Ist er wieder hier? Wo ist Leonie? Ich habe sie zuletzt nicht mehr in meinem Blickfeld gehabt. Meine Gedanken überschlagen sich, da lässt die Hand von mir ab und Leonie setzt sich lachend neben mich.

»Hey, Träumer, alles klar bei dir? Wollen wir wieder zurück? Du scheinst nicht so viel Spaß zu haben.«

»Es macht mir mehr Spaß, dir zuzusehen«, muss ich Leonie gestehen. Wie weggeblasen sind meine Sorgen, als ich in ihre funkelnden, haselnussbraunen Augen sehe.

»Schon okay, Charmeur. Komm, wir machen uns wieder auf den Weg. Du musst es nur noch auf den Schlittschuhen zum Ufer schaffen!«

»Das glaubst auch nur du!«, antworte ich lachend und krabbele auf allen Vieren zurück. Leonie kann sich vor Lachen kaum halten, folgt mir dann allerdings mit eleganten Bewegungen.

»Sowas hab ich ja noch nie gesehen! Ein Mann auf Schlittschuhen, der wie ein Baby über einen See krabbelt!«

»Schön, dass ich Sie amüsiere, Mylady!«, gebe ich zurück und reiße mir erleichtert die Schuhe von den Füßen, als ich wieder auf festem Grund stehe. Sie waren mir wirklich zu klein und ich bemerke trotz der kurzen Zeit, die ich sie trug, bereits einige Druckstellen. Etwas länger und daraus wären womöglich Blasen geworden. Auch Leonie schlüpft wieder in ihre Stiefel und so machen wir uns wieder auf den Weg ins Camp. Ich trage die Schuhe – sie hätte schon auf dem Hinweg etwas sagen sollen! – und halte mit der anderen Hand die ihre fest umschlossen, bis wir uns dem Lager nähern. Ein Blick in ihre Augen verrät mir, dass es nicht nur für mich ein sehr schöner Tag war. Und das liegt eindeutig nicht an meinen gescheiterten Fahrversuchen auf Schlittschuhen.

12. Kapitel

In den nächsten Wochen taut es wieder und der Frühling hält allmählich Einzug in unser Lager. Die ersten Blumen sprießen aus dem Boden, die Sonne bleibt uns von Tag zu Tag länger erhalten und bald schon liegen die Temperaturen über zehn Grad. Die merkwürdigen Träume suchen mich nur noch selten heim – dafür aber umso intensiver – und der Alltag hat uns wieder. Einige Monate nach unserem Ausflug zum Waldsee bittet mich Leonie, sie zur der Weide zu begleiten. Das Team Tiere hat heute ein Schwein geschlachtet und da Ferdinand, der einzige Mann im Team, vor einigen Tagen das Camp verlassen hat – dieses Mal gab es keinen Sturm – brauchen sie jemanden, der heute die schwere Schubkarre mit den Lebensmitteln und dem Tier ins Lager bringt. Ich fühle mich geschmeichelt, dass Leonie mich dafür ausgewählt hat und hoffe, dass meine Muskeln seit meiner Ankunft hier nicht nachgelassen haben.

Nach dem Mittagessen machen wir zwei uns also auf den Weg, um das Schlachtvieh rechtzeitig für die Vorbereitung des Abendessens in die Küche zu bringen. Während wir durch den Wald in Richtung des Baches laufen, bemerke ich erfreut, dass die Bäume schon ihre ersten Blätter tragen. Ich atme tief ein und frische Luft durchströmt meine Lungen. Auch die Vögel scheinen glücklich darüber zu sein, dass der Winter uns so langsam den Rücken kehrt. Ihr fröhlicher Gesang ist regelrecht ansteckend. Auch wenn es wohl bloß zwölf oder dreizehn Grad sind, zeigt sich die Sonne heute von ihrer besten Seite und ich genieße die ersten warmen Strahlen auf meinem Gesicht. Leonie und ich reden nicht viel auf dem Weg, doch es ist ein angenehmes Schweigen. Während sie so vor mir herläuft, denke ich an unseren ersten Spaziergang zum Bach und wie wunderschön ich sie damals schon fand. Gut, dieses Urteil beruhte zu jener Zeit eher auf Äußerlichkeiten und erotischer Anziehungskraft – heute jedoch sehe ich in ihr auch ihren schönen Charakter und starkes Wesen. Gerade diese Mischung aus zerbrechlicher Hülle und tapferem Innern ist so kennzeichnend für sie. Nie hätte ich damals gedacht, dass ich Leonie aufrichtige Gefühle und Bewunderung zukommen lassen würde. In Gedanken versunken folge ich ihr weiter durch den Wald, bis wir an den Bach gelangen. Da erst fällt mir auf, dass ich die fertige Brücke noch gar nicht gesehen habe.

»Na, was sagst du?«, fragt Leonie mich mit einem Grinsen.

»Alle Achtung – da haben die Jungs tolle Arbeit geleistet!«, muss ich gestehen. Der Übergang sieht wirklich super aus. Zugegeben: es ist immer noch bloß eine Holzbrücke, aber sie wirkt auf mich ziemlich stabil. Offensichtlich hat sie jemand auch noch bemalt, denn das Geländer und einzelne kleine Pfähle stechen durch ihre bunten Farben hervor. Manche Stellen weisen sogar ein aufwendiges Muster auf. Leonie folgt meinem Blick.

»Ein paar Frauen vom Team Ernte und Team Tiere haben sich der Dekoration angenommen. Es ist doch recht hübsch geworden, findest du nicht?«

»Ja, doch, auf jeden Fall! Schade nur, dass ich nicht mithelfen konnte. Ich wollte gern einen wichtigen Beitrag leisten und-«

»Michael! Du hast mitgeholfen und du warst sicher der einzige, der einen hohen Preis für seine Hilfsbereitschaft zahlen musste. Zeig mal deinen Arm«, fordert Leonie mich dann auf. Sie greift sogleich nach meinem linken Arm und schiebt das Hemd nach oben. Ich selbst habe zumeist vermieden, mir die Narbe näher anzusehen. Nachdem Nadije die Fäden gezogen hatte, habe ich noch einige Male eine Salbe darauf gerieben, dann aber habe ich den Arm mit Missachtung gestraft. Jetzt, im hellen Tageslicht, erkenne ich die Stelle klar und deutlich. Am Handrücken, wo es noch eher eine Schürfwunde gewesen war, ist nur ein kleiner Kratzer zu sehen. Sicher wird die Narbe dort in einigen Monaten kaum noch ausfindig zu machen sein. Zum Ellbogen hin jedoch, wo die Wunde tiefer war, sind die Spuren der Verletzung noch deutlich zu erkennen. Auch ist noch gut sichtbar, wie Nadije genäht hat. Ich mache ihr keinen Vorwurf, sie hat sich größte Mühe gegeben. Und doch wird mein Körper nun für immer mit einem solchen Makel befleckt sein. Mit meiner rechten Hand schiebe ich Leonies beiseite und ziehe den Hemdärmel wieder nach unten.

»Du musst dich nicht schämen. Narben erzählen Geschichten, Michael, und sie machen aus, wer wir sind. Außerdem wird dich diese Narbe vielleicht auch an mich erinnern und so wirst du mich hoffentlich niemals vergessen...«

Ich verstehe nicht ganz, was Leonie mir damit sagen will.

»Wie meinst du das? Vergessen? Wieso sollte ich dich vergessen?«

»Schon gut... lass uns rüber gehen, das Schwein wartet auf uns«, sagt sie dann und setzt ein schiefes Lächeln auf. Vergessen? Leonie werde ich niemals vergessen können, so viel steht fest.

Die kommenden Tage und Wochen mache ich mich öfter auf den Weg zu den Feldern und den Ställen. Die Teams haben noch immer keinen Ersatz für den abgereisten Ferdinand gefunden und so hole ich gelegentlich die Waren ab. Glücklicherweise beschränkt sich die Ernte bislang auf einige Salate, Radieschen und Rhabarber, sodass nicht allzu viel transportiert werden muss. Der Großteil unserer Lebensmittellieferungen besteht momentan aus frischen Produkten, die die Tiere hergeben: Eier, Milch und manchmal eben auch Schlachtvieh.

Heute ist ein überraschend warmer Frühlingstag. Ich komme gerade zurück von den Ställen und habe die Brücke überquert, als ich im Augenwinkel etwas Merkwürdiges entdecke. Inmitten eines grünen Busches nahe eines Baums sticht ein auffälliger, rosafarbener Fleck hervor. Eine Pause kommt mir gerade gelegen, daher stelle ich die Schubkarre am Ufer ab, wische mir mit dem Handrücken kurz den Schweiß von der Stirn und laufe dann in die Richtung, wo ich den Fleck entdeckt habe. Auch heute gibt es strahlenden Sonnenschein, keine Wolke steht am Himmel. Ich muss meine Augen zusammenkneifen und blinzeln. In der Hocke erkenne ich dann, dass dort ein ganzer Kaninchenwurf liegt – winzig kleine Babys, noch ganz nackt und ohne Fell. Fast sehen sie aus wie kleine Mäuse, nur ohne den Schwanz. Als ich näher komme, sehe ich, dass sich die Jungen in einer Art Nest befinden. Sie rühren sich jedoch kein bisschen. Sie sind tot. Die Mutter ist weit und breit nicht zu sehen. Ich stehe wieder auf und laufe einige Meter durch das Dickicht. Meine Befürchtung bestätigt sich, denn da liegt sie – die Kaninchenmutter. Ihr blutiges Fell und ihre unnatürliche Position zeugen davon, dass sie das Opfer eines anderen Tieres geworden ist. Instinktiv greife ich nach dem leblosen Körper und trage ihn hinüber zu den Babys. Die Küche kann sicher noch etwas auf ihre Lebensmittel warten. Ich suche eine geeignete Stelle in der Nähe des Busches aus, dann beginne ich zu graben. Erde setzt sich unter meinen Fingernägeln fest und ich schneide mich unglücklich an einer Wurzel, sodass mein Finger etwas blutet. Mit bloßen Händen ein Loch zu buddeln erweist sich als schwieriger, als ich dachte, doch ist es nach einiger Zeit tief genug. Ich gehe ein paar Schritte in Richtung Bach, um mir die Hände zu waschen.

Als ich gerade wieder zu den Kaninchen zurückkehren will, gesellt sich ein Rotkehlchen zu mir. Mit seinen dünnen Beinchen und seinem rundlichen Körper ist es eine solch niedliche Gestalt, dass ich unwillkürlich lächeln muss. Doch ich habe eine Aufgabe zu beenden und so gehe ich wieder zum Busch und lege die Kaninchenmutter behutsam in ihr Grab. Das Rotkehlchen folgt mir, wartet in sicherem Abstand neben dem Baum und beginnt dann zu singen. Die gesamte Szenerie erscheint mir so unwirklich und ergreifend zugleich. Ich schlucke, dann nehme ich das erste tote Kaninchenbaby und lege es zu seiner Mutter. Als ich nach dem nächsten greife, bemerke ich ein kurzes Zucken bei dem Jungen in der Mitte. Es lebt noch! Es lebt! Ich beobachte die Tiere noch einige Zeit, doch ich muss feststellen, dass die anderen tatsächlich tot sind. Die außen liegenden Kaninchenbabys müssen das mittlere durch ihre Wärme geschützt und ihm damit eine Überlebenschance gegeben haben. Schnell ziehe ich das T-Shirt unter meinem Hemd aus und bette das überlebende Baby darein. Dann begrabe ich schnell die anderen Tiere, pflücke ein paar Gänseblümchen und lege diese auf die frisch aufgehäufte Erde. Es ist Zeit aufzubrechen. Das Rotkehlchen ist bereits verschwunden und auch ich mache mich eilig auf den Weg, nachdem ich mein T-Shirt mit dem Jungen vorsichtig auf der Schubkarre platziert habe.

Das Kaninchen hat Glück im Unglück. Und Leonie wird jetzt endlich eines bekommen. Auf dem Weg zurück ins Lager laufe ich zwar schnell, aber mit Bedacht. Das Kaninchen soll keinen Schaden erleiden. In regelmäßigen Abständen halte ich an, um mich zu vergewissern, dass es noch lebt. Vermutlich braucht es auch dringend Milch – wer weiß, wie lang die Mutter schon fort gewesen ist. Nadije wird bei ihrer medizinischen Ausrüstung sicher eine Pipette haben, um das kleine Mäulchen zu füttern. Der Rückweg kommt mir viel länger vor als der Hinweg. Lagen hier vorhin auch schon so viele Steine und Äste herum? Als ich endlich den zentralen Platz erreiche, lasse ich die Karre vor der Küche stehen, nehme das Knäuel aus Neugeborenem und T-Shirt in meine Arme und laufe zu Leonies Hütte.

Leonie zögert keine Sekunde und läuft los, um Nadije zu holen. Diese ist zwar gerade bei einer Heilstunde am See, jedoch unterbricht sie das Treffen und läuft eilig zu ihrer Hütte, in der ich bereits einen provisorischen Untersuchungstisch bereitgestellt habe und derweil ihre Arbeitsutensilien nach einer Pipette durchsuche. Es sind vielleicht gerade einmal zehn Minuten vergangen, da treffen Nadije und Leonie bereits wieder ein.

»Wo hast du es gefunden?«, fragt Nadije mich kurz und beginnt, den kleinen Körper zu untersuchen.

»In der Nähe des Bachs. Es war das einzige aus dem Wurf, das noch lebte. Die Mutter war tot.«

»Es ist ziemlich unterkühlt. Gut, dass du es in dein Shirt gewickelt hast...« Zerstreut wühlt Nadije in einem Kästchen mit Pinzetten und sonstigem Zubehör. Tatsächlich fördert sie eine winzige Pipette zutage. Vorhin bat ich Reni darum, etwas Milch in der Küche abzukochen und als diese zurückgekehrt und die Milch abgekühlt ist, füllt Nadije die Pipette schnellt damit auf, um sie in das Maul des Babys zu spritzen. Da kommt Bewegung in das Kleine; zunächst will es sich wehren, dann jedoch beginnt es gierig zu schlucken und Nadije muss die Pipette erneut auffüllen. »Wenn die anderen bereits gestorben sind, muss die Mutter schon etwas länger fort gewesen sein. Dafür spricht auch der Hunger des kleinen Kerlchens...«

»Wird es wieder gesund?«, fragt Leonie sie.

»Ich schätze schon. Das Kleine ist wirklich ein Glückspilz. Wenn wir es etwas aufpäppeln, dann können wir es sicher wieder in die Natur entlassen, sobald es stark genug ist.«

Leonie grinst. »Ich glaube nicht. Ich denke, dieses Mal wird Yolanda eine Ausnahme machen – ich werde das Baby behalten!«

Nadije lächelt. »Na dann...«, sagt sie, »bleibt nur noch eines zu sagen: Michael, schnapp dir Hammer und Holzbretter und bau einen großen Stall!«

Allzu lang brauche ich nicht für die mir aufgetragene Aufgabe. Den Rest des Tages beginne ich mit dem Grundgerüst des Kaninchenstalls, das ich aus übrig gebliebenen Brettern vom Brückenbau erstelle. Mit etwas Maschendraht verkleide ich die Seiten. Als es Abend wird und sich die Luft rasch abkühlt, fehlt nur noch das Dach des kleinen Häuschens. Leonie kommt zu mir und schlingt ihre Jacke fest um ihre Taille, sie fröstelt.

»Danke, Michael«, sagt sie. »Du weißt, wie sehr ich mir ein Kaninchen gewünscht habe und du hast so klug gehandelt. Ohne dich würde das Kleine jetzt nicht mehr leben!«

»Das war das Einzige, was ich tun konnte. Leider bin ich mit dem Stall noch nicht ganz fertig...« Ich deute mit einem Kopfnicken in Richtung des kleinen Zuhauses neben Leonies Hütte.

»Das macht nichts. Ich habe eine große Kiste aus der Küche bekommen, als provisorische Unterkunft. Das sollte erst einmal reichen.« Mit einem Lächeln auf den Lippen kommt sie etwas näher zu mir, ich kann den Duft ihrer Haare einatmen. Ich hole tief Luft und hebe dann meine Hand, um ihr eine Strähne aus dem Gesicht zu streichen.

»Leonie, ich-«

»Wir sollten zum Abendessen gehen. Es ist schon später als es aussieht, die Sonne ist zu dieser Jahreszeit bereits trügerisch...«

Der Moment ist vorbei. Leonie dreht sich um, läuft einige Meter und sieht sich dann nach mir um. »Kommst du?«, ruft sie und ich nicke widerwillig. Lange werde ich dieses Spiel nicht mehr mitspielen können.

Es ist ein wunderschöner Frühsommerabend und ich bin auf dem Weg zu Leonies Hütte. Heute habe ich keinen Küchendienst mehr und daher etwas Besonderes für uns geplant. Ich möchte mit ihr zusammen zum See laufen, mit dem Boot hinausfahren und die Stille genießen. Das wäre die optimale Stimmung, in der ich mit ihr endlich reden kann. Glaube ich jedenfalls. Ich kann mich nämlich nicht daran erinnern, schon einmal ein solches Date geplant zu haben. Üblicherweise verfolgte ich immer ziemlich kurzfristige Ziele und da ist es nicht wichtig, die richtigen Worte zu finden, da zählten die Taten mehr. Heute aber soll alles perfekt sein. Ich war vorhin bereits am See, um frisch gepflückte Blumen in dem alten Holzboot zu verteilen und ich habe dort auch ein kleines Picknick vorbereitet.

Reni hat mir heute Vormittag dabei geholfen, Käsespieße zu machen und Obst in einem Korb zu drapieren. Um den Henkel des Korbes habe ich dann eine Girlande aus Efeu gehangen. Die gesamte Szenerie wartet bloß darauf, Leonie zu verzaubern.

»Na ihr zwei!«, rufe ich, als ich mich ihrer Hütte nähere. Sie steht vor dem Kaninchenstall und hat das Kleine auf ihrem Arm.

»Michael, hi!« Sie dreht sich um und mir stockt der Atem. Sie ist so wunderschön – und trägt heute das Kleid, das sie bei unserer ersten Begegnung bereits angezogen hatte. Auch heute trägt sie es mit solcher Anmut, dass ich für einen Augenblick alles um mich herum vergesse. Wie damals schon erkenne ich die kleinen Sommersprossen auf ihren Schultern und als sie mich anblickt mit ihren großen braunen Augen, muss ich kurz schlucken.

»Ich, äh-«

»Sag doch Mica einmal hallo!«, unterbricht sie mich lächelnd. Ich räuspere mich und kraule das kleine Fellknäuel in ihren Armen. Es geht ihr inzwischen sehr gut und sie fühlt sich offensichtlich wohl bei Leonie. An den großen Stall angrenzend habe ich noch ein großes Außengehege gebaut, das ihr viel Auslauf bietet. Ihr junges, braunes Fell mit den kleinen weißen Flecken darauf glänzt so schön wie Leonies Haar. Die beiden hier so zu sehen bringt mich zum Lächeln. Kurzerhand werfe ich meinen Plan mit dem Boot über Bord.

»Leonie, ich muss dir was sagen...«, beginne ich, doch sie legt mir mit ihrer freien Hand den Zeigefinger auf die Lippen.

»Warte«, sagt sie und setzt Mica wieder behutsam in ihren Stall zurück, wo sie sogleich durch das Heu hoppelt. Dann wendet sich Leonie wieder mir zu, doch obwohl ihre Lippen lächeln, glänzen ihre Augen traurig.

»Bevor du etwas sagst, musst du eines wissen: du bist ein wunderbarer Mensch, Michael. Ich bin so froh, dass ich dich kennenlernen durfte.«

Ich stutze. Was wird das denn jetzt? Ihr Lächeln wird zu einem gequälten Grinsen und eine erste Träne kullert über ihre weichen Wangen.

»Hey, hey – was ist denn los?«, frage ich und nehme sie sanft in die Arme. Dann drehe ich ihr Gesicht mit den Händen zu mir, doch sie senkt den Blick.

»Leonie, ich bin ebenfalls so froh, dass ich dich kennengelernt habe. Du hast mein Leben so viel lebenswerter gemacht! Ohne dich wüsste ich nicht mehr, wer ich bin. Ich will mit dir zusammen sein!« Jetzt ist es raus. Ich warte. Stille. Langsam hebt Leonie ihren Kopf und sieht mir in die Augen. Sie lächelt und mein Herz klopft schneller. Auf meinen Lippen breitet sich gerade auch ein Grinsen aus, als sie den Kopf schüttelt.

»Ich kann nicht, Michael. Es geht nicht. Du willst nicht mit mir zusammen sein, du magst nur die Vorstellung davon. Es ist so, glaub mir, ich-«

»Was erzählst du da?«, frage ich sie irritiert und mache einen kleinen Schritt rückwärts. Sie weint nun wirklich und es zerreißt mir das Herz. Was kann ich tun, um diese Frau wieder glücklich zu machen? Ich dachte, sie würde das Gleiche für mich empfinden wie ich für sie.

»Du bist mir so wichtig, Michael... gerade darum tut es so weh. Ich werde dich nie vergessen...«

»Leonie, das musst du doch nicht! Ich bin hier! Und ich hatte heute vor dir etwas zu sagen und ich meine es genau so: ich liebe dich!« Sie lacht und weint zugleich. Nicht die Reaktion, die ich erwartet habe, doch ich setze alles auf eine Karte. Ganz langsam nähere ich mich ihr, nehme ihr Gesicht in die Hände und blicke ihr tief in die Augen. Dann küsse ich sie zärtlich.

13. Kapitel

»Wann bekommt er das nächste Schmerzmittel?«

»In drei Stunden. Ich werde gegen Mittag noch einmal nach ihm sehen.«

»In Ordnung. Ich werde Susann Bescheid sagen, meine Schicht ist gleich zu Ende. Brauchen Sie sonst noch etwas?«

»Nein, danke. Sehen Sie nur bitte ab und zu nach ihm, er dürfte bald wieder zu sich kommen.«

»Wird gemacht. Doktor Kollner braucht Sie gleich in Raum 2004. Er sagte, Sie wüssten, worum es sich handelt.«

»Ja, weiß ich, vielen Dank. Bitte wechseln Sie ihm noch den Verband am Knie und kommen dann zu uns in 2004.«

Die Stimme wird leiser, dann höre ich nichts mehr.

Als ich erwache, vernehme ich ein monotones Piepen. In regelmäßigen Abständen und in grellem Ton offenbart sich mir dieses Geräusch, doch sonst ist es ruhig. Ich versuche die Augen zu öffnen, allerdings erweist sich dies als schwerer als erwartet und ich gebe es wieder auf. Ich weiß nicht, wo ich bin und was passiert ist, aber mein Körper fühlt sich schwer und träge an. An meiner Nase juckt es mich und ich will die Hand heben, um mich zu kratzen. Wenngleich ich ein Zucken in den Fingerspitzen spüre, so kann ich meine Arme nicht heben. Als ich tief einatme und meine trockenen Lippen bewege, bemerke ich den metallischen Geschmack von Blut. Mit der Zunge taste ich die Lippen ab und tatsächlich – an der rechten Seite ist die Oberlippe etwas dicker als gewöhnlich und ich scheine dort eine Schürfwunde zu haben. An dieser Stelle ist der Geschmack von Eisen besonders intensiv. Ich versuche mich an etwas zu erinnern, doch das Denken fällt mir schwer. Ich muss verletzt sein und mich in einem Krankenhausbett befinden, so viel reime ich mir zusammen. Doch wie ist es dazu gekommen? Ich weiß nicht, ob ich nur einige Minuten oder mehrere Stunden so daliege, doch irgendwann höre ich, wie sich eine Tür öffnet, diese dann wieder geschlossen wird und mindestens zwei Fußpaare den Raum betreten. Beim Laufen quietschen ihre Schuhsohlen auf dem Boden. Die Personen müssen nah an meinem Bett stehen, denn sie werfen einen Schatten auf mein Gesicht. Obwohl ich die Augen immer noch nicht öffnen kann, so erkenne ich trotzdem den Unterschied durch die geschlossenen Lider.

»Es geht ihm den Umständen entsprechend gut. Sein Zustand ist stabil und er wird sicher bald zu sich kommen.« Das ist die Stimme vom letzten Mal, ich weiß es genau!

»Können Sie mich einen Augenblick mit ihm allein lassen?« Diese Stimme gehört einem Mann. Ich kenne sie, nur komme ich nicht darauf, wer es ist.

»Selbstverständlich. Rufen Sie mich, wenn Sie etwas brauchen.« Ich höre, wie sich die Tür wieder öffnet und die Person den Raum verlässt.

»Vielen Dank!«, murmelt die Männerstimme und in diesem Moment wird mir klar, wer es ist. Mein Vater! Alex. Aber ist er nicht krank? Müsste er nicht schon längst...? Jedenfalls hatte Leonie davon gesprochen. Leonie! Plötzlich erinnere ich mich wieder an ihre Worte nach unserem Kuss, noch bevor ich die Augen öffnete.

»Es ist nicht echt... es darf nicht echt sein, Michael.« Das hatte sie noch gesagt. Nur was hat das zu bedeuten?

»Leonie!«, murmele ich vor mich hin. Mit aller Kraft versuche ich die Augen einen Spalt breit zu öffnen und erblicke tatsächlich meinen Vater. Er steht nah am Kopfende des Bettes und beugt sich zu mir hinunter. Ich versuche erneut etwas zu sagen, doch bringe ich wieder bloß ein unverständliches Stöhnen hervor.

»Schwester! Schwester! Er wacht auf!«, ruft Alex und eine junge Frau erscheint im Türrahmen.

»Wie geht es Ihnen, Herr McPherson?«, fragt sie mich, doch ich schüttle nur leicht den Kopf.

»Le-o-nie«, versuche ich es noch einmal langsam und deutlich. Hatten wir einen Unfall? Wie geht es ihr? Meine Gedanken drehen sich im Kreis.

»Leonie?«, fragt Alex und ich nicke kaum merklich. »Du meinst sicher Lisa. Was ist mit ihr? War sie heute bei dir?«

Ich schließe die Augen und sinke mit meinem Kopf ein Stück tiefer in mein Kopfkissen.

»Das ist die Gehirnerschütterung. Er wird sich bald wieder an mehr erinnern können, geben Sie ihm etwas Zeit«, sagt die Schwester an Alex gerichtet.

»Brauchen Sie etwas?«, fragt sie mich dann, wartet aber gar nicht erst meine Antwort ab. »Wir versorgen Sie hier bestmöglich und über die Klingel in Ihrer linken Hand können Sie jederzeit eine Schwester rufen. Sie müssen nur den Daumen ganz leicht bewegen. Versuchen Sie es mal«, fordert die Frau mich dann auf. Ich gebe mir Mühe, den Daumen meiner linken Hand zu bewegen und tatsächlich spüre ich, dass ich einen Knopf drücke.

»Fantastisch. Ich lasse Sie dann jetzt wieder allein und komme in etwa einer Stunde wieder, ja?«

»Und er ist wirklich wieder bei Sinnen?«, fragt Alex und die Frau antwortet ihm noch, doch das nehme ich alles gar nicht mehr richtig wahr. Ich falle in einen unruhigen, fiebrigen Schlaf. Nur einen einzigen Traum habe ich; einen Albtraum – ich sehe immer wieder Leonie vor mir, schwer verletzt im Krankenhaus. Bitte, lass ihr nichts geschehen sein! Mich quält nur der einzige, sehnliche Wunsch: aufzuwachen und in ihr gesundes, lächelndes Gesicht zu blicken. Wie damals auf der Zauberwiese.

Als ich das nächste Mal zu mir komme, kann ich die Augen schon fast wieder normal öffnen. Erneut ist es weitgehend ruhig in dem Zimmer, doch das piepende Geräusch ertönt noch immer. Als ich meinen Kopf zur Seite drehe, erkenne ich, dass dort noch ein Patientenbett steht und darin eine schemenhafte Gestalt unter der weißen Decke liegt. Die Person scheint zu schlafen, jedenfalls bewegt sie sich nicht und atmet tief und gleichmäßig. Könnte es sein, dass es Leonie ist? Zu gerne würde ich aufstehen und dies herausfinden, doch dafür reicht meine Kraft nicht aus. Ein Blick auf die linke Seite meines Bettes verrät mir, dass ich Besuch bekommen habe, denn dort auf dem schmalen, weißgrauen Rolltisch stehen frische Blumen in einer Vase und kleine Tafeln Schokolade sind dekorativ daran gelehnt. Auch wenn ich den Duft der Blumen riechen kann, so wird er gleichwohl vom Krankenhausgeruch überlagert. Es riecht nach Krankheit, nach Desinfektionsmitteln, Medikamenten und Salben. Um genau zu sein riecht es nach meiner Mutter. Was würde ich dafür geben, wenn sie jetzt ins Zimmer hineinkäme! Meine Gedanken wandern wieder zu Leonie und ich hoffe inständig, dass ich sie nun nicht auch noch verloren habe. Als ich zur Decke hinaufblicke, entdecke ich, dass der Fernseher läuft. Der Ton ist zwar ausgeschaltet, doch es gibt ein Bild. Es ist eine Tierdokumentation, ständig werden Löwen und andere Raubtiere eingeblendet. Ich muss irgendwie die Schwester rufen. Hatte sie nicht davon gesprochen, dass ich sie anklingeln könne? Ich blicke herab auf meine Hände und stelle fest, dass mein linker Arm an einen Infusionstropf angeschlossen ist. Außerdem halte ich eine Art Fernbedienung in der linken Hand halte. Erneut wende ich viel Kraft auf, um darauf zu drücken und ich spüre, wie der Knopf nachgibt. Bald wird jemand hier im Zimmer sein und dann können sie mir sagen, wo Leonie ist. Es dauert in der Tat nur wenige Augenblicke bis eine Frau den Raum betritt. Ob es dieselbe Schwester ist wie beim letzten Mal kann ich kaum sagen.

»Herr McPherson – schön, dass sie wach sind! Brauchen Sie etwas? Fühlen Sie sich nicht gut?«

Ich atme tief ein und gebe mir Mühe, einen richtigen Satz zu formulieren. »Wo ist Leonie? Es... geht ihr gut?«

Die Schwester lächelt verlegen. »Hören Sie, Ihr Vater hat mir gesagt, dass Sie von einer Leonie gesprochen haben. Er wusste nicht, von wem die Rede ist und bislang hat sich auch keine Leonie nach Ihnen erkundigt. Womöglich bringen Sie die Namen etwas durcheinander, das ist vollkommen normal. Ruhen Sie sich vielleicht einfach-«

»Sie war... bei mir. Ich muss wissen...«

Meine Stimme versagt, aber die Schwester muss mir nun einfach sagen, was mit Leonie passiert ist! Sie kann ja nicht einfach vom Erdboden verschluckt sein. Oder ist sie etwa...? Vielleicht sagt mir deshalb niemand etwas, weil sie befürchten, dass ich in meinem jetzigen Zustand keine schlechten Nachrichten vertrage? Und was ist überhaupt geschehen? Besorgt starren meine Augen die Schwester an, doch sie fährt schon fort.

»In etwa einer Stunde kommt noch einmal Besuch. Ein Herr Bergmann hat heute Morgen angerufen und nach Ihrer Zimmernummer gefragt. Vielleicht kann er Ihnen sagen, was mit dieser Leonie geschehen ist.« Die Schwester lächelt freundlich und will gerade den Raum verlassen, als sie sich noch einmal kurz umdreht. »Da ich gerade schon einmal bei Ihnen bin – lieber Fisch oder Rind zum Abendessen?«

Diese eine Stunde kommt mir vor wie eine Ewigkeit. Ich versuche meine Gedanken zu sortieren. Es ist das erste Mal in diesem Krankenbett, dass ich so lange am Stück bei Bewusstsein bin. Wenn Matthias gleich vorbeikommt, kann er mir vielleicht sagen, was mit Leonie passiert ist. Vielleicht ist sie ja gar nicht verletzt. Vielleicht war sie ja gar nicht bei mir. Wenn ich doch nur wüsste, was geschehen ist... Ich konzentriere mich darauf, was ich Matthias fragen muss und versuche, meine Stimme wiederzufinden. Aus den Tiefen meiner Kehle will ein Ton entweichen, doch was ich hervorbringe, ist bloß ein Krächzen. Zwar ist mein Körper weitestgehend betäubt, aber ich spüre, wie schwer mir alles fällt. Ich muss viele Verletzungen haben, da ich kaum eine Bewegung zustande bringe. Ich merke, wie mein Geist allmählich zurückgleitet in eine wohlige Traumwelt, doch gebe ich mir Mühe, wach zu bleiben. Ich darf Matthias auf keinen Fall verpassen!

Als er schließlich das Zimmer betritt und die Tür ins Schloss fällt, stelle ich fest, dass ich doch noch eingenickt bin. Das Geräusch hat mich jedoch wieder geweckt und ich öffne die Augen. Als ich ihn tatsächlich sehe, huscht unwillkürlich ein Lächeln über mein Gesicht. Sobald ich den damit verbundenen Schmerz spüre, lasse ich es allerdings wieder.

»Michael, Michael, Michael – was hast du bloß angestellt?«, fragt Matthias halb ernst, halb scherzend. Er zieht den mit einem ockerfarbenen Stoff bezogenen Stuhl unter dem Tisch in der Ecke hervor, stellt ihn neben mein Bett und setzt sich darauf.

»Ich...«, beginne ich, doch mehr vermag meine Stimme gerade nicht zu leisten. Bloß noch ein verzweifelter Seufzer verlässt meinen Mund.

»Ruhig, ruhig... Du sollst dich noch nicht überanstrengen – das musste ich der Schwester versprechen, sonst hätte sie mich wohl gar nicht erst zu dir gelassen!« Matthias setzt ein verlegenes Grinsen auf, verschränkt die Arme, stützt sein Kinn auf die Fläche seiner rechten Hand und blickt mich vorwurfsvoll an.

»Ich hab mir echt Sorgen um dich gemacht. Als Alex mich angerufen hat, war ich ziemlich geschockt«, sagt er und nestelt an seinem Schweißband herum. Es ist farblich optimal auf die schwarz-grüne Trainingsjacke abgestimmt. Sicher ist er gleich nach der Arbeit hierher gefahren.

»Was... passiert?«, bringe ich unter einem lauten Ächzen hervor.

»Du weißt nichts mehr? Du hattest einen Unfall. In der Innenstadt hat dich ein Wagen erwischt, als du eine rote Ampel übersehen hast. Er fuhr direkt auf dich zu, die Fahrerin hat dich erst im letzten Augenblick gesehen. Zum Glück hat sie noch bremsen können, sonst...-« Matthias' Stimme bricht ab. »Jedenfalls haben sie dich hier weitestgehend wieder zusammengeflickt. Du hast einige Brüche, ein paar Prellungen und eine Gehirnerschütterung. Zumindest ist es das, was man mir gesagt hat. Ich finde, dafür siehst du eigentlich ziemlich gut aus«, sagt er aufmunternd. Ich finde das zwar alles sehr aufschlussreich, aber er hat bislang kein Wort über Leonie verloren. Ich muss es noch einmal versuchen.

»Leo-nie... was ist mit... Leo-nie?«

Erschöpft keuche ich, nachdem ich diese Worte gesprochen habe. Während ich tiefe, rasselnde Atemzüge mache, beobachte ich, wie sich meine Brust hebt und senkt. Hoffnungsvoll richte ich meinen Blick langsam auf Matthias, der mich nur irritiert ansieht. Dann weicht die Irritation der Enttäuschung.

»Sie heißt Lisa, hast du dir nicht mal ihren Namen gemerkt? Du wolltest dich mit ihr treffen, um Schluss zu machen. Gleich danach muss der Unfall geschehen sein...«

Er versteht es nicht. Oder will er es nicht verstehen? Warum denken alle, Leonie sei Lisa? Die Sache mit Lisa ist doch schon ewig vorbei. Aber wieso... wieso redet Matthias so, als sei das alles erst gestern gewesen?

»Nein... nicht Lisa... nicht... ich meine... Leonie.«

Ein letzter verzweifelter Versuch an Informationen zu gelangen. Hilflos klammere ich mich an den Gedanken daran, Matthias könne seinen Irrtum erkennen und mir endlich die Antwort geben, nach der ich mich sehne.

»Michael, ich weiß es nicht. Ich kenne keine Leonie – außer Verenas Schwester, aber die wirst du wohl kaum meinen? Ihr kennt euch doch nicht einmal? Vielleicht musst du einfach noch ein bisschen schlafen. Deine Sinne spielen dir wegen der Schmerzmittel sicher einen Streich. Die Schwester sagte, sie seien sehr stark. Soll ich besser gehen?«, fragt Matthias mich dann. Ich bin mir nicht sicher. Zwar versteht er nicht, worauf ich hinaus will, aber etwas Unterhaltung täte mir schon ganz gut. Vor allem solange ich nicht weiß, wie es Leonie geht! Erschöpft schließe ich die Augen und mein Kopf fällt etwas zur Seite. Matthias deutet das anscheinend als Zustimmung, jedenfalls höre ich, wie er aufsteht und den Stuhl wieder beiseite schiebt.

»Ich komme die Tage wieder vorbei, ja? Dann geht es dir bestimmt besser und wir können ein bisschen mehr reden. Gute Besserung übrigens auch von den Jungs und von Verena. Sie war kurz vorm Durchdrehen. Ich musste sie mit Mühe davon abhalten, dir einen riesigen Teddybären als Trost vorbeizubringen.«

Ich versuche ein Lächeln aufzubringen. Meine Lider bleiben trotzdem geschlossen. Ich spüre, wie Matthias kurz meine Bettdecke tätschelt und kurz darauf die Zimmertür erneut ins Schloss fällt. Dann bin ich wieder allein im Raum – allein mit dem Fremden im Nebenbett, der tiefe und gleichmäßige Atemzüge macht; allein mit meinen Gedanken und allein... ohne Leonie.

Was ist, wenn sie recht haben? Sie müssen doch recht haben. Niemand scheint je etwas von Leonie gehört zu haben. Aber wie auch – wir waren ja die ganze Zeit im Lager und nicht hier in Düsseldorf. Aber sind wir wirklich im Lager gewesen? Gibt es das überhaupt? Wie bin ich überhaupt dahin gekommen und kam mir nicht schon von Anfang an alles sehr merkwürdig vor? Wieso befand es sich mitten im Wald und warum verschwanden die Bewohner einfach urplötzlich? Meine Gedanken werden allmählich klarer und damit wächst auch meine Unsicherheit. War das alles ein einziger Fiebertraum? Habe ich es mir nur eingebildet? Das Lager, Leonie, Yolanda, Justus... all die Menschen und all die Erlebnisse? Das Kaninchen? Aber die Gefühle, die waren so... echt. Das kann doch nicht einfach meiner Phantasie entsprungen sein? Es war eine wunderbare Zeit. Es muss einfach real gewesen sein. Nie zuvor habe ich mich so lebendig gefühlt wie bei ihr, war so glücklich und sorgenfrei. Andererseits stand ich natürlich unter starkem Medikamenteneinfluss. Was genau sie mir gegeben haben, kann ich kaum sagen. Lügen mich hier alle an oder sollte ich allmählich an meinem Verstand zweifeln? Meine Gedanken drehen sich im Kreis, immer und immer wieder, bis ich schließlich irgendwann wieder einnicke und mich diese Fragen auch noch im Traum plagen. Doch es ist trotzdem ein schöner Traum – immer wieder sehe ich Leonies Gesicht vor mir. Sie flüstert mir Dinge zu, die ich nicht verstehen kann, und legt sich dann den rechten Zeigefinger auf die Lippen. Ihre linke Hand streckt sie zu mir aus, ich soll ihr folgen. Sehnsüchtig greife ich danach.

Am nächsten Morgen bin ich keinen Schritt weiter. Es wäre absolut plausibel, dass ich mir alles nur eingebildet habe. Ich habe wohl ein schlechtes Gewissen wegen der Sache mit Lisa und könnte das Ganze dann in meinem Fieberzustand auf Leonie projiziert haben. Leonie könnte also nichts anderes sein als... ein Produkt meiner Phantasie. Eine andere Erklärung ergibt keinen Sinn, das muss ich zugeben. Es tut nur so weh, dieser Tatsache ins Auge zu blicken. Ich kann es kaum begreifen, dass sie einfach nicht real sein soll. Nie existiert haben soll. Ich will das auch überhaupt nicht wahr haben. Sie hat mich so sehr verändert. Ich fühle mich anders als vor dem Unfall. Irgendwie befreiter. Und ich vermisse Leonie wirklich. Kann man jemanden vermissen, den man nie kennen gelernt hat? Jemanden, der wohl nicht einmal existiert? Neben all meinen Gedanken an das Lager erscheint nun auch Lisa häufig vor meinem inneren Auge. Ich habe mich ihr gegenüber unmöglich verhalten, das hat sie nicht verdient. Sobald ich wieder normal laufen und sprechen kann, werde ich mich bei ihr entschuldigen; das ist das Mindeste, was ich tun kann.

Die folgenden Wochen ziehen nur so an mir vorbei. Bald schon kann ich mich wieder mehr bewegen und die blauen Flecken und Prellungen gehen allmählich zurück. Bis die Knochen alle wieder heil zusammengewachsen sind, wird es zwar noch etwas dauern, aber ich bin auf einem guten Weg. Das sagen mir jedenfalls die Schwestern. Schwester Susann ist wahrlich ein Goldstück – sie ist so anders als die übrigen Pfleger und Ärzte, sorgt sich um mich und kommt manchmal nach Feierabend vorbei, um mit mir noch gemeinsam eine Folge unserer Lieblingsfernsehserie zu schauen. Wenn sie nämlich mit der Bahn ans andere Ende der Stadt in ihre Wohnung fahren würde, hätte sie bereits über die Hälfte verpasst und so haben wir beide etwas davon. Wären nicht die Schmerzen, die aufgrund der reduzierten Schmerzmittel zunehmend unerträglicher werden, käme es mir fast vor wie Urlaub.

Die Jungs kommen gelegentlich vorbei und erzählen mir von ihrem Chaos-Leben und auch mein Vater besucht mich spätestens jeden zweiten Tag. Wie genau er das hinbekommt neben der Arbeit bleibt mir ein Rätsel, denn er will nicht darüber reden. Meinen Zimmernachbarn habe ich inzwischen auch kennengelernt: Patrick, nur wenige Jahre älter als ich und genauso übel zugerichtet, allerdings durch einen Motorradunfall. Er bekommt meistens nur Besuch von einer jungen Frau, doch vermag ich noch nicht auszumachen, ob sie seine Freundin oder eine Verwandte ist.

Gegen den Krankenhausgeruch haben Patrick und ich uns einen Raumerfrischer von meinem Vater bringen lassen – jetzt duftet es wenigstens nach Zitrusfrüchten. Die meisten Tage sind sehr langweilig, weil ich noch nicht selbst aufstehen und laufen kann. Allerdings sind die Schmerzen und die Langeweile nichts gegen die Gedanken in meinem Kopf, die sich immer und immer wieder im

Kreis drehen und zu keinem Ergebnis führen. An manchen Tagen bin ich kurz davor mir einzugestehen, dass es Leonie nicht gibt. Nicht geben kann. Niemand kennt sie und auch ich kannte diese Frau zuvor nicht. Wenn ich jemandem die ganze Geschichte erzählen würde von dem Lager, der Wiese und den merkwürdigen Stürmen, so würden sie mich direkt in die Psychiatrie verlegen. Was bleibt mir also übrig? Ich würde mir das alles ja selbst nicht glauben, hätte ich es nicht erlebt. So sehr ich mir auch wünsche, Leonie käme in mein Zimmer hinein und könne mich und alle anderen von ihrer Existenz überzeugen, so stirbt in mir jeden Tag ein Funke Hoffnung, der mich daran glauben lässt. Am wahrscheinlichsten ist es, dass ich nach dem Unfall ein wenig durch den Wind war. Eine andere Erklärung kann es nicht geben. Nach und nach versuche ich die traurigen Gedanken an Leonie zu verdrängen, denn wenn auch nur eines der Erlebnisse wahr gewesen ist, dann würde sie mir doch ein Zeichen schicken? Mich nicht weiter an meinem Verstand zweifeln lassen?

Während ich gedankenversunken in meinem Bett liege und mich auf die Quizshow zu konzentrieren versuche, die mein Zimmernachbar Patrick gerade schaut, klopft es plötzlich an der Tür. Eine junge Frau betritt den Raum, ihr langes blondes Haar umspielt den tiefen Ausschnitt ihres Kleides. Der Lippenstift, den sie trägt, ist eine Spur zu dunkel für ihren Hauttyp. Ich bin mir sicher, die Frau zu kennen, doch kann ich sie nicht gleich zuordnen.

Als sie mich erblickt, kommt sie energisch auf mein Bett zu und bleibt gleich daneben stehen, die Arme vor der Brust verschränkt.

»Michael, es tut mir leid, was mit dir passiert ist. Aber trotzdem muss ich dich um etwas bitten.«

Ihr herrischer Tonfall lässt mich nichts Gutes ahnen. Wer ist sie?

»Du erinnerst dich echt nicht mehr an mich?«, fragt sie schließlich und bricht in Gelächter aus, als meine Reaktion ihre Vermutung bestätigt.

»Ich bin Horst Lichtmanns Tochter, Sophia. Wir sind ein paar Mal aus gegangen, klingelt da was bei dir?«

Nun fällt es mir wie Schuppen vor den Augen. Sophia, die Tochter, wegen der Horst Lichtmann einfach zum Flughafen gefahren ist! Wegen der ich ihn gefeuert hatte. Mit der ich tatsächlich einige Male essen und im Kino war. Ich schäme mich und merke, wie ich erröte.

»Sophia, das mit deinem Vater war ein Fehler. Ich werde ihn wieder einstellen.«, sage ich, noch bevor sie ihre Bitte vorbringen kann. Erstaunt sieht sie mich an.

»Ach, so einfach geht das? Ich dachte, du würdest jetzt 'ne Szene machen, so kenn ich dich ja. Na gut, danke, Michael. Das... ist echt nett von dir.«, sagt sie und wundert sich wohl selbst über ihre Worte. Irritiert schüttelt sie kurz den Kopf.

»Dann gute Besserung«, wünscht sie mir kurz angebunden und nickt Patrick zu. So schnell wie sie gekommen war verlässt Sophia wieder das Zimmer. Nun gut, den ersten Fehler konnte ich also bereinigen. Mit Lisa steht mir allerdings noch ein weitaus schwierigeres Gespräch bevor.

Zu meiner Erleichterung soll die Reha-Therapie heute zumindest partiell beginnen, damit ich möglichst bald aus dem Krankenhaus entlassen werden kann. Die Ablenkung wird mir gut tun. Ich setze mich in meinem Bett auf und ächze bei jeder Bewegung, denn die Schmerzen sind stellenweise sehr stark. Patrick schläft gerade, daher versuche ich leiser zu sein. Behutsam schwinge ich meine Beine aus dem Bett. Der linke Fuß ist umwickelt mit einem dicken weißen Verband, denn einer oder mehrere Zehen sind verstaucht. Oder gebrochen? Ich bin mir nicht sicher – die Ärzte haben mir von so vielen verschiedenen Verletzungen erzählt, dass ich mir kaum alle merken konnte. Am Rand der Matratze sitzend stütze ich mich mit der linken Hand ab, um das Gleichgewicht zu halten. Der rechte Arm hingegen befindet sich aufgrund eines Bruchs in einem Gips.

Als ich schließlich den linken Arm betrachte, entdecke ich plötzlich eine feine Narbe am linken Handrücken. Ich krempele mir die Krankenhauskleidung mangels der rechten Hand etwas unbeholfen weiter hoch und entdecke, dass die Narbe bis zum Ellbogen reicht. Ich stutze. Eine Narbe am linken Unterarm? Vom Unfall kann sie nicht sein, dafür ist sie schon zu gut verheilt. Eine frische Verletzung sieht anders aus. Aber ich kann mich nicht daran erinnern, je eine derartige Verletzung gehabt zu haben. Ich höre, wie die Klinke der Zimmertür heruntergedrückt wird und Susann auf mich zukommt. Ihr schulterlanges schwarzes Haar hat sie zu einem Zopf gebunden und ihr rundes, unschuldiges Gesicht blickt mich strahlend an.

»Sie sitzen ja schon! Fabelhaft – dann kann es ja losgehen!«

»Susann – ich habe eine Frage an Sie... Ist diese Verletzung hier vom Unfall?« Fragend halte ich ihr meinen linken Arm hin, doch sie schüttelt den Kopf.

»Das kann nicht sein, diese Narbe ist etwas älter.«

»Das Problem ist nur, dass ich mich nicht daran erinnern kann, wie sie entstanden ist. Sie sind sicher, dass ich sie vorher schon hatte?«

»Ganz sicher. Vielleicht fragen Sie demnächst einen Verwandten, der etwas mehr Licht ins Dunkel bringen kann. Vielleicht fehlt Ihnen die Erinnerung an die Zeit vor dem Unfall bruchstückhaft. Das kann gut möglich sein...«

Während Susann mich stützt und in den Rollstuhl hievt – mit nur einem intakten Fuß sowie Arm wohl die beste Lösung – lässt mir eine Frage keine Ruhe: ist das die Narbe vom Brückenbau?

Die Therapie findet am anderen Ende des Krankenhauses statt. Es ist eine sehr große Klinik, weshalb hier ein spezieller Fachbereich für die Behandlung von Langzeitpatienten eingerichtet wurde. Einige von ihnen wohnen inzwischen wieder zu Hause und kommen nur für die Therapie her. Durch die Lamellenrollos an den Fenstern fallen gleichmäßige Sonnenstrahlen in den Raum. Es muss ein heißer Tag sein, ich spüre die warme Luft selbst durch die nur gekippten Fenster. Das Wetter schlägt sich auf die Laune der Mitarbeiter nieder; fröhlich plappernd machen sie sich an die Arbeit. Ich habe zwar schon damit gerechnet, dass es kein Zuckerschlecken sein würde, doch übersteigt diese Therapie all meine Vorstellungen. Nie hätte ich gedacht, dass etwas so anstrengend sein kann – sogar, wenn mein Körper durch jemand anderen bewegt wird. Aufgrund der langen Zeit, die ich im Bett verbracht habe und auch erst einmal noch verbringen werde, müssen meine Muskeln trainiert werden. Immerhin war ich vor dem Unfall recht sportlich, weshalb es mir wohl immer noch leichter fällt als manch anderem Patienten. Gleichwohl gerate ich leicht ins Schwitzen – womöglich ist es auch den höheren Temperaturen heute geschuldet – doch ich gebe mein Bestes.

Im Anschluss an die Therapie bringt Susann mich zurück in mein Zimmer, wo Patrick gerade Besuch hat von der mysteriösen Unbekannten.

»Hey, Michael – wie lief es?«, fragt er mich, sobald Susann das Zimmer verlassen hat. Ich lächle schmerzerfüllt.

»Freu dich schon mal drauf«, antworte ich bloß und lasse mich zurück in die weichen Kissen meines Bettes sinken.

»Oh ja, das tu ich sicher... Ich glaube, ich habe euch noch nicht einander vorgestellt?«, fragt Patrick dann mit einem Blick auf die junge Brünette neben seinem Bett, die ihr Haar leicht lockig trägt. Es ist die Frau, die ihn häufiger besucht.

»Nein, wir hatten noch nicht das Vergnügen«, antworte ich.

»Ich bin Michael, freut mich«, sage ich und nicke ihr freundlich zu. Als sie lächelt, scheinen sogar ihre braunen Augen zu lachen.

»Hallo, Michael. Ich bin Lana, Patricks Schwester.«

Ah, die Schwester also! Während sie die Blumen auf Patricks Nachttisch zurecht macht und ihm einige Zeitschriften aus ihrer braunen Lederhandtasche heraussucht, mustere ich Lana. Sie erinnert mich an jemanden. Sie hat ein liebevolles Wesen und gleichzeitig eine sehr erotische Ausstrahlung, die sehr anziehend auf mich wirkt. Obwohl ich weiß, dass ich sie schon viel zu lange beobachte, kann ich nicht wegschauen. Ich muss wohl ziemlich irritiert dreinschauen, da sie mich plötzlich fragend ansieht.

»Ähm, entschuldigt bitte. Ich war gerade ganz woanders – muss wohl an den Schmerzmitteln liegen...«, versuche ich mich herauszureden.

Lana lacht und wirft dabei ihren Kopf in den Nacken. »Ich hab gefragt, ob du Samstag mal mit uns in den Park kommen möchtest?« Als ich darauf noch immer nichts zu antworten vermag, beginnt auch Patrick zu lachen.

»Michael, alles klar bei dir? Du siehst etwas verstört aus...«

»Tut mir leid, ich bin noch nicht ganz da. Also, ja klar – sehr gerne! Aber wie willst du das machen – allein mit uns zwei Krüppeln? Wir brauchen beide den Rollstuhl...«

»Das macht nichts. Kati, Patricks Frau, kommt morgen aus Kanada zurück. Sie wird mitkommen, dann schaffen wir das schon mit... euch zwei Krüppeln."

»Hey!«, sagt Patrick und kneift Lana neckend. »Wir dürfen uns Krüppel nennen, aber das heißt noch lange nicht, dass du das auch darfst!«

Ich grinse. Natürlich sind die zwei Geschwister; so wie sie miteinander umgehen hätte es mir schon eher auffallen müssen.

»Ach so, super! Aber wieso kommt deine Frau erst jetzt zurück, Patrick?«

Patrick verzieht den Mund zu einem verlegenen Grinsen.

»Ich hab ihr das mit dem Unfall noch nicht erzählt. Sie war immer gegen das Motorradfahren und ich wollte ihr jetzt nicht den Urlaub vermiesen. Ihre Mutter und sie fliegen jedes Jahr gemeinsam nach Kanada, um ihre Tante zu besuchen... und wenn ich es ihr gesagt hätte, wäre Kati sicher sofort in den nächsten Flieger nach Deutschland gestiegen.« Patrick atmet tief durch. »Du holst sie dann morgen ab, ja? Und versuch es ihr schonend beizubringen. Die Besuchszeit wird zwar schon vorbei sein, wenn sie landet, aber wir können dann ja noch telefonieren. Hauptsache, du beruhigst sie.«

Lana nickt ununterbrochen. »Ja, Bruderherz. Wird gemacht, Bruderherz. Alles klar, Bruderherz. Sonst noch was?«, fragt sie dann lachend.

»Tatsächlich könntest du noch was für uns tun«, sagt Patrick dann. »Würdest du mir nachher noch meinen Laptop vorbeibringen?«

Als Lana kurz heimfährt, um ihrem Bruder diesen Wunsch zu erfüllen, erzählt mir Patrick von Kati. Er schildert mir ihr Kennenlernen, wie sie bald darauf aus einer Laune heraus spontan auf den Bahamas geheiratet haben und wie sie im letzten Jahr ihr ungeborenes Kind verloren haben. Kati war erst im dritten Monat schwanger, als sie die Fehlgeburt erlitt.

»Danach hatte sie Depressionen, machte sich Vorwürfe. Vollkommen grundlos, natürlich. Das hätte jedem passieren können, sie hat absolut nichts falsch gemacht. Trotzdem verließ sie kaum noch das Haus und brauchte fast ein halbes Jahr, um einigermaßen wieder zurecht zu kommen. Inzwischen nimmt sie zwar nur noch selten Medikamente, aber an manchen Tagen kommt alles wieder hoch. Ich denke natürlich auch noch oft daran, aber ich muss für uns beide stark sein. Das war auch ein Grund, weshalb ich sie nicht in Kanada anrufen wollte. Ich will nicht, dass sie sich unnötig Sorgen macht. Sie hat sich ihre Erholung verdient und muss auch mal an sich denken...«

Obwohl Patrick nur wenige Jahre älter ist als ich, lebt er bereits ein vollkommen anderes Leben. Im Gegensatz zu mir, der ich niemanden in meinem Leben habe außer meinem Vater und ein paar Freunden, hat er schon so viel erreicht.

»Wie machst du das alles?«, frage ich ihn. »Ich meine – Frau, Heirat, Schwangerschaft, Job... das kann doch gar nicht funktionieren?«

»Du wirst sehen, dass es funktioniert, Michael. Klar, an einigen Tagen ist es echt nicht leicht. Ich liebe meine Arbeit, aber Kati und unsere Familie werden für mich immer an erster Stelle stehen. Was bringt mir meine Karriere, wenn ich niemanden habe, mit dem ich mein Leben teilen kann? Wenn man es wirklich will, dann bekommt man das auch alles unter einen Hut. Es kostet schon Kraft, aber das ist es wert... immer«, fügt er noch hinzu.

Während der Himmel draußen langsam dunkler wird und die Farben in unserem Zimmer allmählich diversen Grautönen weichen, denke ich über Patricks Worte nach. Kann das wirklich funktionieren? Alles zu haben – Karriere und Familie? Man muss doch immer auf etwas verzichten, anders geht es doch gar nicht... Nie habe ich in meinem Leben alles gehabt, was ich wollte. Man muss sich doch entscheiden: Ehe oder Beförderung, Kinder oder Freizeit. Doch bei Patrick scheint das alles so... leicht zu sein. Er hat eine schwere Zeit durchgemacht mit der Fehlgeburt und musste dann nicht nur seine eigene Trauer überwinden, sondern sich dazu noch um seine Frau kümmern – und doch bereut er nichts. Er ist glücklich. Von Kopf bis Fuß verwundet und an ein Krankenhausbett gebunden, ein Donnerwetter von seiner Frau erwartend und gleichzeitig seelenruhig und zufrieden daliegend. Ist das wirklich möglich? Kann man mit einer so inkonstanten Variable wie einer Familie glücklicher werden als mit einer Karriere, die mit viel Fleiß immer zum gewünschten Erfolg führt?

Nachdem Lana den Laptop vorbeigebracht hat, schließt sie diesen über ein Verbindungskabel an den Fernseher des Zimmers an.

»Du bist ein Engel!«, lässt Patrick seine Schwester wissen. »Ich hätte gar nicht dran gedacht, das mitzunehmen!«

»Ich weiß doch, was Männer wollen«, antwortet Lana zwinkernd. »Welchen Film soll ich einschalten?«, fragt sie dann und hält drei DVDs hoch. Patrick und ich entscheiden uns für einen Actionthriller, den Lana dann in das Laufwerk einlegt und startet. »Viel Spaß euch beiden – wir sehen uns dann übermorgen!« Sie drückt Patrick einen Kuss auf die Wange, winkt mir zum Gruß und macht sich schließlich wieder auf den Heimweg. Übermorgen. Zwei Tage noch, dann würde ich sie wiedersehen.

Während Patrick und ich den Film sehen, schweifen meine Gedanken ständig ab. Nach allem, was heute passiert ist, habe ich für kurze Zeit meine Entdeckung von heute Morgen vergessen. Jetzt aber fällt es mir wieder ein und ich kann mir keinen Reim darauf machen. Die Narbe an meinem Handgelenk sieht tatsächlich genauso aus wie jene, die ich mir beim Brückenbau zugezogen habe. Ich kann sogar noch die Stiche erkennen, wo Nadije genäht hat. Ist das ein Zufall? Hatte ich die Narbe schon vor meinem Unfall und kann mich bloß nicht daran erinnern? Wenn sie wirklich neu ist, dann... kann es ja nur bedeuten, dass ich diese Brücke wirklich gebaut habe. Das wiederum würde heißen, Leonie wäre real und das alles ist wirklich passiert! Allein der Gedanke an sie versetzt mir einen Stich ins Herz. Leonie. Habe ich sie mir nur eingebildet oder existiert sie wirklich? Und wenn es sie gibt: hat sie mich genau so geliebt wie ich sie? Was würde ich dafür geben, bloß einen Augenblick mit ihr verbringen zu können. Wie ich sie kenne, hat sich für alles die passende Antwort parat. Aber das ergibt doch alles keinen Sinn, das ist unmöglich. Ich wurde nach dem Unfall gleich ins Krankenhaus gebracht und bis zu dem Moment, in dem ich wieder zu Bewusstsein kam, sind höchstens wenige Tage vergangen. Leonie und das Lager und überhaupt alles, was mir widerfahren ist, kann nichts anderes gewesen sein als ein Fiebertraum, hervorgerufen durch Schmerzen und Medikamente.

Ich lege mich in eine bequemere Position, um den Film besser sehen zu können und zwinge mich dazu, diese Überlegungen zu verdrängen. Lana ist real. Und eine hübsche, nette Frau. Ich sollte lieber an sie denken, als unnötig Zeit an meine Wahnvorstellung zu verschwenden. Und doch kann ich nicht umhin, dass meine Augen glasig werden und ich den Film nur durch einen Schleier aus Tränen sehe.

Als Susann mich am nächsten Tag nach der Therapie abholt, um mich zurück ins Zimmer zu bringen, sieht sie anders aus als sonst. Ihr Lächeln wirkt aufgesetzt und mit den Gedanken ist sie ganz woanders. Abwesend schiebt sie mich durch die Gänge und bemerkt nicht einmal, dass sie auf keines meiner Worte reagiert und mich bereits seit geraumer Zeit in die falsche Richtung schiebt. Erst als sich die Aufzugtüren hinter uns verschließen und wir uns allmählich nach oben in Bewegung setzen, kommt sie wieder zur Besinnung.

»Susann, wo bringen Sie mich hin? Mein Zimmer ist doch in der zweiten Etage und-«

»Es tut mir leid, Michael. Heute tu ich jemandem einen Gefallen.«

»Wem?«, frage ich irritiert. Im Spiegel der Aufzugkabine sehe ich, wie sie schluckt.

»Die Person wird es dir selbst sagen«, antwortet sie kurz angebunden und rollt mich auf der vierten Etage wieder heraus. Zielstrebig steuert sie ein Zimmer am Ende des Gangs an. Verwundert über ihre Worte lasse ich es geschehen. Meine Gedanken werden wirr und kreisen um so viele Dinge. Gibt es Leonie nun doch und liegt sie hier auf dieser Etage, in diesem Zimmer dort? Wie wird sie aussehen? Am ganzen Körper übersät mit Wunden, Brüchen? Oder liegt sie gar im Koma, ist das hier die Intensivstation? Ist sie vielleicht...

»Da wären wir«, sagt Susann und schiebt mich behutsam durch die dunkelgrüne Tür zum Zimmer 4023. Ich wage es kaum hinzusehen und kneife die Augen zu. Was erwartet mich als Nächstes? Vielleicht hatten sie ja doch recht und ich bin noch nicht dazu in der Lage, Leonie hier so zu sehen. Meine wunderhübsche, zarte Leonie. Angsterfüllt öffne ich meine Augen wieder. Ich blicke auf ein Bett, in dem ein großer Mann mit dünnem, leicht grauen Haar liegt.

»Alex!«, rufe ich. Einerseits bin ich erleichtert, Leonie hier nicht an Schläuche angebunden sehen zu müssen, andererseits bedeutet das auch, dass ich mir wirklich etwas vorgemacht habe und sie nicht real ist. Außerdem liegt mein Vater hier! Die Vorhänge am Fenster sind zugezogen und Alex liegt im Bett; unverletzt, aber geschwächt.

»Ich lasse Sie erst einmal allein«, sagt Susann, schiebt mich zum Bett und verlässt dann den Raum. Außer dem Surren der Klimaanlage ist es ruhig hier. Alex' Mund formt sich zu einem Lächeln, doch seine Augen offenbaren etwas anderes. Sie blicken müde drein, das sehe ich trotz der schlechten Lichtverhältnisse. So kenne ich die Augen meines Vaters nicht. Normalerweise strotzen sie vor Energie und strahlen Zuversicht und Willensstärke aus. Gerade hingegen ergänzen sie seinen fahlen Gesichtsausdruck auf groteske Weise.

»Was... was ist los, Dad?«, frage ich ihn und fürchte, die Antwort bereits zu kennen.

»Ich habe Blutkrebs, Michael.«

Da ist es. Das, was Leonie mir vor langer Zeit bereits prophezeit hat. Doch ich hatte geglaubt, es könne nicht wahr sein, wenn Leonie selbst schon nicht existiert. Mein Vater hatte bei seinen Besuchen zwar mitgenommen ausgesehen, doch habe ich dies bislang der Tatsache zugeschrieben, dass er seinen eigenen Sohn schwerverletzt im Krankenhaus besuchen muss. Hätte ich bloß geahnt, dass er tatsächlich krank ist...! Nach einem langen Schweigen – meine Gedanken drehen sich im Kreis – frage ich: »Seit wann weißt du es?«

Alex stöhnt und versinkt etwas tiefer im Kopfkissen.

»Ich wollte es dir sagen... aber du hattest keine Zeit, mein Junge. Ich wollte dich auch nicht damit belasten.«

»Seit wann weißt du es?«, frage ich nun weiter leise, aber bestimmt.

»Seit einigen Monaten... Ich habe immer auf den richtigen Zeitpunkt gewartet, aber der kam nie. Ich hätte es besser wissen müssen. Aber die erste Chemo lief ja auch so gut...«

Mein Gehirn braucht etwas Zeit, um seine Worte zu verarbeiten. »Die erste Chemo?«

»Ja, ich habe schon eine gemacht. Nach einer mehrwöchigen Pause habe ich letzte Woche wieder begonnen, aber ich habe mich wohl irgendwie gleichzeitig erkältet und vertrage es dieses Mal nicht so gut. Die Nebenwirkungen sind gerade sehr stark und die Ärzte wollen mich lieber hier haben.«

Alex seufzt und holt tief Luft. Dabei geht die Atmung in einen leichten Hustenanfall über. Diese kurze Unterhaltung überfordert ihn bereits. Verständlich, dass die Ärzte ihn nicht allein nach Hause gehen lassen wollen! Wer würde sich denn um ihn kümmern können? Sein egoistischer Sohn, der selbst das Krankenbett hütet, weil er zu blöd war, um eine Straße zu überqueren?

»Du hättest es mir sagen sollen! Ich... ich kann vielleicht Stammzellen spenden?«, sage ich mehr zu mir selbst als zu Alex.

»Michael, das wird höchstwahrscheinlich nicht funktionieren. Wenn du mein leiblicher Sohn wärst, ja... dann könnte das klappen. Aber so stehen die Chancen sehr schlecht und bislang konnte auch noch kein Spender ermittelt werden.«

»Das ist doch egal, wie die Chancen stehen! Ich lasse mich heute noch typisieren. Wenn es schon das einzige ist, was ich tun kann! Wie geht es dir denn jetzt?«

Ein Blick auf sein gequältes Lächeln spricht Bände, doch ich muss es von ihm hören.

»Um ehrlich zu sein – nicht gut. Mir ist öfter übel und ich liege manchmal nachts wach, weil die Bauchschmerzen so stark werden. Na ja und mein Haar wird allmählich auch dünner, aber so grau wie es inzwischen ist, ist das vielleicht auch besser.«

Er lacht, doch die Töne, die aus seinem Mund kommen, klingen hohl und unwirklich. Während ich meinen Vater hier im Bett liegen sehe, muss ich an Leonie denken und an den Tag, an dem sie mir von seiner Krankheit erzählt hat. Wie könnte ich gewusst haben, dass er Krebs hat, wenn es Leonie nicht wirklich gibt? War es mein Unterbewusstsein, das seine Veränderungen registriert hat noch bevor ich selbst es richtig wahrnehmen konnte? Ich bleibe noch lange bei Alex und rede mit ihm über die Leukämie, über seine erste Chemotherapie und wie er sich dann auch noch um mich sorgen musste. Ich fühle mich schrecklich – wie konnte mir nur entgehen, dass es meinem Vater so schlecht ging? Wie konnte ich nur all seine Versuche, sich mir anzuvertrauen, so gnadenlos abblocken? In diesem Moment empfinde ich Ekel vor mir selbst. Was war ich nur für ein abscheulicher Mensch. Wie ich meinen Vater habe leiden lassen, was ich Lisa angetan habe... aber wie maße ich mir überhaupt an, inzwischen anders zu sein? Vor kurzem noch war ich dieser Mensch. Aber das war noch vor dem Unfall... Man sagt ja, vor seinem Tod würde man das eigene Leben noch einmal vor seinem inneren Auge vorbeiziehen sehen. Vielleicht war es bei mir ja einfach etwas anders und ich habe stattdessen das Lager gesehen und die meiner bloßen Vorstellungskraft entsprungene Leonie.

Nachdem wir uns viele Stunden lang unterhalten haben, zieht vor dem Fenster allmählich der Himmel zu. Es wird rasch dunkel draußen und die großen, schweren Wolken formieren sich zu undurchdringbaren, dicken Decken. Durch das gekippte Fenster spüre ich, wie der Wind zunimmt und ich sehe eine kleine Plastiktüte in der Luft herumtanzen. Wenig später lässt ein greller Blitz den gesamten Raum hell aufleuchten, dann ist es wieder dunkel. Kurz darauf ertönt ein grollender Donner und Regen beginnt aus den Wolken auf die Erde hinab zu prasseln. Allmählich fröstelt es mich. Da Susann mich ohnehin bald mal zurück auf mein Zimmer bringen sollte, will Alex nach ihr läuten, doch just in diesem Moment betritt sie das Zimmer.

»Zeit auf die eigene Etage zurückzukehren, das Abendessen kommt bald«, sagt sie und schiebt mich durch die Tür.

»Ich komme morgen wieder«, verspreche ich Alex. Er lächelt mich kurz an, dann senkt er den Kopf und lässt sich in sein Kissen fallen.

Nachdem Patrick und ich unser Abendessen aufgegessen haben und eine Schwester die Tabletts wieder eingesammelt hat, klingelt Patricks Handy. Mühselig streckt er seinen Arm aus, um es vom Nachttisch zu fischen und abzuheben.

»Hey, Ka-«

Weiter kommt er nicht. Aus der Entfernung höre ich nur dumpfe, undefinierbare Geräusche. Patrick versucht ständig, seinen Gesprächspartner zu unterbrechen, doch ohne Erfolg. Häufig setzt er an, holt Luft – vergebens. Es sind bereits einige Minuten vergangen, als er endlich zum ersten Mal einen vollständigen Satz sprechen kann.

»Kati, beruhige dich mal. Es ist alles in Ordnung. Die haben mich hier schon ganz gut zusammengeflickt und Lana war ja schließlich auch da. Ich... ja, werde ich machen, sobald ich...- okay. Hm? Nein, dafür ist es zu spät, sie werden dich nicht mehr... genau. Hat Lana dir von morgen erzählt? ... Ja, genau. In Ordnung. Dann machen wir-«

Erneut wird Patrick minutenlang unterbrochen. Hin und wieder wirft er mir einen entschuldigenden Blick zu und rollt mit den Augen.

»Ja, genau, mein Schatz... ich- ja, das wär super. Ich vermisse dich auch! ... Mach dir keine Sorgen. Ich liebe dich!«

Nach einer gefühlten Ewigkeit legt Patrick das Telefon beiseite und lässt den Kopf nach hinten fallen.

»Puh... erste Standpauke überstanden.«

Ich grinse. »So schlimm?«

Patrick dreht den Kopf zu mir und richtet sich kurz den Verband am Handgelenk.

»Um ehrlich zu sein war es nicht so schlimm wie erwartet. Das macht mir am meisten Angst.«

Er beginnt zu lachen und ich falle mit ein.

»Dann wart's ab – morgen geht es erst richtig los!«

Gespielt erschrocken reißt Patrick die Augen auf und ruft »Neiiin!«.

Erschöpft vom anstrengenden Tag und den schlechten Neuigkeiten von Alex bin ich heute Abend nicht sonderlich gesprächig. Patrick und ich unterhalten uns nur noch eine knappe halbe Stunde, dann zückt er seinen E-Book-Reader und ich hänge meinen Gedanken nach bis ich schließlich einschlafe.

14. Kapitel

Am folgenden Morgen wecken mich die ins Zimmer fallenden Sonnenstrahlen noch bevor das Frühstück gebracht wird. Nach dem gestrigen Gewitter hat sich das Wetter über Nacht erholt und obwohl ich durch das Fenster noch eine Nebelschicht sehen kann, die über der Erde hängt, ist schon jetzt zu spüren, dass der heutige Tag wieder schön werden wird. Als mir einfällt, dass Lana und Kati heute für den Parkausflug vorbeikommen werden, muss ich unwillkürlich lächeln. Gegen halb zwei, kurz nach dem Mittagessen, wollen die beiden da sein. Ich habe vorher also noch die Gelegenheit, bei Alex vorbeizuschauen. Glücklicherweise erklärt sich Susann erneut bereit, mich auf seine Etage zu bringen, denn mit all meinen Verletzungen bin ich noch nicht dazu fähig, meinen Rollstuhl selbst zu bedienen. Vorher jedoch habe ich sie darum gebeten, sich um meine Typisierung zu kümmern. Selbst wenn ich Alex mit meinen Stammzellen nicht helfen kann, dann könnte ich trotzdem das Leben eines anderen Menschen retten. Mit dem Stäbchen im Mund geht das Ganze auch recht schnell, jetzt muss ich nur noch auf das Ergebnis warten. Ich hoffe inständig, dass ich Alex' Spender sein kann. Die tatsächliche Stammzellspende ist wohl auch eine unkompliziertere Angelegenheit als ich dachte – Susann erzählt mir, dass die meisten Spender sogar nicht einmal operiert werden müssen, sondern die Stammzellen über eine Methode spenden können, die der Blutspende sehr ähnelt.

Als ich in Alex' Zimmer angekommen bin, sitze ich die meiste Zeit lang einfach da, während er in seinem Bett liegt. Gelegentlich reden wir, doch allein unser Beisammensein bedeutet mir viel. Und Alex auch, glaube ich. Er sieht heute noch genauso erschöpft aus wie gestern, aber auch erleichtert. Es muss ihn sehr belastet haben, mit niemandem über seine Krankheit reden zu können. Ich nehme mir vor, nie wieder so ein schlechter Sohn zu sein.

»Ich weiß noch, wie du Mariah immer nach ihrer Arbeit ausgefragt hast. Wie viele Leute sie gerettet hat, ob sie im Krankenhaus gewesen war an ihrem Arbeitstag. Ob sie die Sirene hat einschalten müssen. Du warst damals von Grund auf begeistert von ihrer Arbeit.« Alex lächelt und schließt die Augen. Ich bin nicht sicher, worauf er hinaus will und sage lieber nichts.

»Als sie dann... na ja, dann hast du jedenfalls nichts mehr übrig gehabt für all das. Du wolltest partout kein Krankenhaus betreten; nicht einmal, als du dir den Fuß verstaucht hattest. Wir mussten das ganze Wochenende warten und am Montagmorgen zum Arzt gehen... und jetzt sieh uns an. Wir beide, hier im Krankenhaus. Welch eine Ironie des Schicksals...«

Alex versucht zu lachen, doch bekommt er nur ein klägliches Husten zustande. Ich schlucke und hole tief Luft. An das, was Alex erzählt, kann ich mich noch genau erinnern. Ich war damals mit Matthias Fußball spielen gewesen und war beim Laufen umgeknickt. An diesem sonnigen Samstagnachmittag war die ganze Nachbarschaft auf den Beinen. Um nichts in der Welt hätte ich das Spiel verpassen wollen, obwohl wir nur auf der Spielstraße ein provisorisches Tor aufgebaut hatten, weil der Bolzplatz bereits belegt gewesen war. Erst als die Sonne bereits unterging und all meine Freunde sich auf den Heimweg machten, ging auch ich humpelnd nach Hause. Geschmerzt hatte der Fuß die ganze Zeit über, doch der Gedanke an ein Krankenhaus erfüllte mich mit Furcht und noch größerem Schmerz. Meine Mum war zu dem Zeitpunkt gerade mal ein Jahr tot und ich bekam schon Panik, wenn ich nur die Sirene eines Krankenwagens aufheulen hörte. Wie hätte ich ein Krankenhaus betreten können? Also verschwieg ich es Alex, bis er kurz vor dem Zubettgehen bemerkte, dass ich mich komisch verhielt. Er wollte gleich am nächsten Morgen mit mir in die Notaufnahme fahren, doch ich flehte und bettelte so lange, bis er sich breitschlagen ließ, erst am Montag zum Kinderarzt zu fahren. Wie ich so daran denke, fällt mir auf, dass er sich auch nicht gern in Krankenhäusern aufhält oder einen Rettungswagen vorbeifahren sieht. Auch ihn wird all das sicher an Mariah erinnern. Ob es ihn heute noch genauso quält wie mich?

Alex erzählt mir noch ein paar Geschichten von früher. Wie ich sonntagmorgens mit meiner Mutter zusammen Pfannkuchen gebraten habe. Wie er mit mir ein Baumhaus im Garten gebaut hatte. Wie Lukas und ich an einem Abend aus Angst erst viel zu spät heimgekommen waren, weil wir meinen neuen Fußball versehentlich in den See geschossen hatten. Alex und Mariah waren an jenem Abend krank vor Sorge gewesen. Dann erzählt Alex von der Zeit, als ich gerade zu ihm und Mariah gekommen war.

»Du warst so ein guter Junge, Michael... Unser Leben begann erst richtig an dem Tag, an dem wir dich aus dem Waisenhaus mitnahmen. Nach all den Versuchen, schwanger zu werden, hatten wir uns schon damit abgefunden, nie ein Kind zu haben. Doch als sich Mariah dann die Idee der Adoption in den Kopf gesetzt hatte, war sie Feuer und Flamme gewesen. Ihre Augen leuchteten an dem Tag, als wir dich das erste Mal sahen. Du warst gerade einmal acht Jahre alt und als der Heimleiter uns erzählt hatte, was dir widerfahren war, konnte sie nicht anders und leitete sofort alles in die Wege. Und doch dauerte es noch so lange, bis wir endlich mit dir heimfahren konnten... Wir befürchteten schon, als nicht geeignet eingestuft zu werden. In den Tagen vor der Entscheidung von Jugendamt und Heimleitung konnten wir nachts kein Auge mehr zu machen. Wir wollten uns einfach kein Leben mehr vorstellen, in dem du nicht bei uns wärst...«

Ich erinnere mich nicht mehr gut an diese Zeit, aber Alex hat mir schon oft davon erzählt. Ich war zu jenem Zeitpunkt bereits drei Jahre lang in dem Heim gewesen und hatte inzwischen die Hoffnung auf eine neue Familie aufgegeben. Die Suche nach möglichen entfernten Verwandten, die sich um mich hätten kümmern können, verlief ergebnislos. Paare, die uns besuchen kamen, adoptierten vorzugsweise die Kleinsten von uns. Für mich hatte sich nie jemand interessiert. Ich war wahrscheinlich zu abweisend zu ihnen; mit keinem der Paare kam ich sonderlich gut zurecht. Bis... na ja, bis Alex und Mariah kamen. Als ich probeweise bei ihnen wohnen durfte, hatte ich das erste Mal seit Jahren ein Zimmer für mich alleine. Und Spielzeug. Und jemanden, der am Abend zu mir ins Zimmer kam, mit mir eine Geschichte las oder einen Film anschaute.

»Du hast uns so glücklich gemacht, Michael. Uns hätte nichts Besseres passieren können.« Als Alex das sagt, sehe ich, wie seine Augen glänzen. Er schluckt und wischt sich mit der linken Hand eine Träne aus dem Auge. »Wir lieben dich so sehr.«

Instinktiv greife ich nach Alex' rechter Hand und halte sie fest umschlossen. »Dad, ich liebe euch doch auch.«

Kati ist eine hübsche Frau von knapp dreißig Jahren. Ihr langes, schwarzes Haar liegt glatt und glänzend auf ihren Schultern. Als sie vorhin das Zimmer betrat, vernahm ich den süßlichen Duft von Vanille. Doch der Schein trügt. Mittlerweile steht sie seit gut zehn Minuten an Patricks Bett und redet energisch auf ihn ein, während sie mit den Händen in der Luft herumfuchtelt. Unverkennbar, dass sie es war, die gestern mit meinem Zimmergenossen telefoniert hatte. Kati plappert in einem fort – was er sich bei der ganzen Sache gedacht hätte, wieso er sie nicht angerufen hätte, dass sie ihm sowieso schon immer sagte, wie gefährlich das Motorradfahren sei. Nach den ersten Sätzen höre ich schon gar nicht mehr hin. Als sich die Tür öffnet und Lana hineinkommt, macht mein Herz einen kleinen Sprung. Sie trägt ein weißes Sommerkleid mit kleinen Blüten und bunten Schmetterlingen darauf und einem Spitzeneinsatz am Dekolletée. So unschuldig und doch so sexy.

»Ah, Kati ist also schon da«, murmelt sie grinsend und begrüßt mich mit einem Händeschütteln und einer angedeuteten Umarmung. Meine Hand kribbelt an der Stelle, an der Lana mich berührt hat. Kati hat sie noch gar nicht bemerkt und redet weiter wild auf Patrick ein. Lana tippt ihr daher behutsam auf die rechte Schulter, um sie zu begrüßen.

»... und wenn du doch wenigstens mal angerufen hättest-... oh, Lana, hi!«

Wie ausgewechselt lächelt Kati ihre Schwägerin an und nimmt sie in den Arm. Patrick nutzt die kurze Unterbrechung: »Wollen wir dann mal in den Park gehen? Michael und ich ertragen dieses Zimmer bald nicht mehr!«

Irritiert sieht sich Kati um. Da erst bemerkt sie, dass noch jemand im Zimmer liegt.

»Oh, entschuldigen Sie bitte!«, ruft sie, kommt auf mich zu und schüttelt mir die Hand. »Ich bin normalerweise nicht so... ich bin Kati, Patricks Frau. Und Sie sind Michael, nehme ich an?«

»Richtig, Michael. Sehr erfreut! Ich hoffe, Sie hatten einen guten Heimflug?«

»Den hatte ich tatsächlich. Da wusste ich ja auch noch nicht, was mein Mann hier angestellt hat...« Sie stützt die Hände in die Hüfte und wirft Patrick einen vorwurfsvollen Blick zu. Dieser überspielt die Situation und klatscht kurz in die Hände.

»So: Schluss mit der Förmlichkeit und ab in den Park! Hilf mir mal«, sagt er dann an Lana gerichtet und klettert in seinen Rollstuhl. Sogleich eilt Kati herbei, um sie dabei zu unterstützen. Kichernd läuft Lana danach um das Bett herum, um mich ebenfalls in mein Fortbewegungsmittel zu hieven. Als sie mich berührt, bemerke ich, wie weich ihre Hände sind. Trotzdem hat sie Kraft in den Armen und kann mich problemlos in den Rollstuhl bugsieren. Als ich den Jasminduft ihres Parfüms rieche, werde ich schwach und bin erleichtert, dass meine Beine mich nicht tragen müssen. Dann schieben Kati und Lana uns hinaus auf den Flur. Wir fahren mit dem Aufzug in das Erdgeschoss und nehmen den Hinterausgang des Krankenhauses, welcher direkt zu einem Park führt. Bei jeder Bewegung klimpern Lanas zahlreiche Armbänder. Ein so alltägliches Geräusch und zugleich Musik in meinen Ohren. Als wir die ersten Sonnenstrahlen auf unserer Haut spüren, schließen Patrick und ich die Augen und genießen den Moment. Für einen Augenblick sind unsere Schmerzen vergessen und wir fühlen wieder, was es heißt zu leben.

Während die Frauen uns durch den Park schieben und wir von so vielen Menschen umgeben sind wie schon lange nicht mehr, sollte ich wohl all die Eindrücke in mich aufnehmen und das bunte Treiben beobachten. Stattdessen blendet mein Geist all das aus und wünscht sich bloß, Lana würde vor dem Rollstuhl laufen und nicht dahinter. Dann könnte ich sie wenigstens ansehen. Ich beginne ein lockeres Gespräch mit ihr und wir stellen einige Gemeinsamkeiten fest. Nicht nur, dass wir einen ähnlichen Musikgeschmack haben; nein, wir haben auch ein Faible für die gleichen Kinofilme und Fernsehserien. Nach kurzer Zeit bereits zitieren wir aus Game of Thrones – »Ein Lannister begleicht stets seine Schuld!« – , scherzen wie bei How I met your mother – »Aber ähm!« – und vergleichen das St.-Johann-Krankenhaus mit dem Sacred Heart aus Scrubs. Ob es hier wohl auch einen so merkwürdigen Hausmeister gibt? Es ist, als würden Lana und ich uns schon lange kennen, wenngleich es erst wenige Tage sind. Als wir das Herz des Parks erreicht haben, macht Lana eine Rast auf der Bank neben einem Baum und platziert meinen Rollstuhl gleich daneben im Schatten. Wir wollen dem Ehepaar Patrick und Kati etwas Freiraum lassen, um sich auszusprechen und um ihr Wiedersehen auch ein wenig zu genießen. Durch meine neue Position Lana gegenüber kann ich sie in aller Ruhe mustern. Auf ihren Schultern erkenne ich eine Vielzahl kleiner Sommersprossen, genauso wie auf ihrer Nase. An wen erinnert mich das bloß?

Lana erzählt gerade von ihrer Arbeit im Kindergarten und dem gestrigen Ausflug auf einen Bauernhof, als sie ihr Handy zückt, um mir ein Foto ihrer Gruppe zu zeigen. »Hier, das ist meine Kaninchengruppe...« Das Bild zeigt Lana und eine ältere, blonde Frau, beide in einem hellgrünen T-Shirt mit dem Logo des Kindergartens, neben etwa zehn bis fünfzehn glücklichen Kindergesichtern. Es muss gleich vor einer Weide entstanden sein, denn im Hintergrund grasen Kühe. Eine von ihnen blickt sogar in Richtung Kamera, was dem Foto etwas von einer Milchwerbung verleiht. Ich lächle und freue mich, dass Lana ihre Arbeit so viel Freude bereitet. Während ich den Duft des frisch gemähten Grases im Park einatme, fragt mich Lana nach meiner Tätigkeit. Schlagartig kommt die Erinnerung an meine Abteilung zurück; an Horst Lichtmann, den ich gefeuert und erst vor kurzem wieder eingestellt habe. An meinen Vater, der mich im Büro besucht hatte, um mir vielleicht von seinem Krebs zu erzählen. Mein Vater... Ich rede mit Lana etwas zurückhaltend über meine Arbeit. In Gedanken bin ich schon wieder bei Alex oben in seinem Zimmer. Lana hat es nicht verdient, dass ich im Geist nicht ganz da bin und ich versuche mich zusammenzureißen. Doch sie ist genau so klug wie hübsch und merkt sofort, dass etwas nicht stimmt.

»Was ist los, Michael?«, fragt sie mich.

»Es ist nur... es wird doch ziemlich warm hier draußen. Die Stellen, an denen ich einen Verband trage, beginnen bereits zu schwitzen. Es tut mir leid, ich...-«

Verständnisvoll springt Lana auf und kehrt mit mir ins Krankenhaus zurück.

»Oh, daran habe ich gar nicht gedacht! Entschuldige bitte!« Das mit der Wärme ist noch nicht einmal gelogen. In der Eingangshalle der Klinik befindet sich ein Eiscafé, in dem bereits einige Patienten mit ihren Gästen Platz genommen haben. Auch Lana und ich lassen uns dort nieder. Da ich meinen rechten Gipsarm immer noch nicht gut bewegen kann und ihn weiterhin schonen soll, versuche ich meinen Schokobecher etwas unbeholfen mit der linken Hand zu essen. Anfangs sieht Lana kichernd zu, dann hilft sie mir und füttert mich. Früher hätte ich so etwas verabscheut, dieses Zeichen von Schwäche. Jetzt hingegen genieße ich es, von einer so schönen Frau umsorgt zu werden.

Eine gute Woche nach meiner Stäbchenprobe erhalte ich mein Ergebnis von Susann – ich kann nicht der Stammzellspender für Alex werden. Das versetzt meiner Laune einen ziemlichen Dämpfer, aber ich bin jetzt in die Spenderkartei aufgenommen worden und hoffe, eines Tages vielleicht ein anderes Leben retten zu können. Hoffentlich findet sich ein anderer Spender für Alex. Ich will mir gar nicht vorstellen, was andernfalls passieren würde... Lana ist gerade zu Besuch, als ich das Ergebnis bekomme, und für mich liegt es auf der Hand, dass ich sie jetzt einweihe. Wir haben die letzten Tage fast ausnahmslos miteinander verbracht. Sie hat mir die Bücher zur Game of Thrones-Serie mitgebracht, denn sie ist überzeugt davon, dass sie weitaus besser sind als die Verfilmung. Zwischendurch gingen wir in den Park, jedes Mal jedoch besuchten wir das Eiscafé, in dem uns die Kellner inzwischen schon kennen. Nur am Mittwoch habe ich Lana darum gebeten, nicht vorbeizuschauen. Matthias, Lukas und Markus hatten sich angekündigt und ich wollte sie nicht mit meinen manchmal doch zu plumpen Freunden verschrecken. Der Besuch von den Jungs tat mir allerdings sehr gut, sie brachten mich auf den aktuellen Stand der Dinge in ihren Leben und ließen mich meine Situation für einige Stunden vergessen. Trotzdem kamen sie noch einmal auf die Wette mit Lisa zu sprechen.

»Zum Glück habe ich deinen Wagen noch nicht gewaschen, Michael«, sagte Lukas lachend. »Die nächste Zeit wirst du nämlich erst einmal ein Taxi brauchen!«

Alle drei brachen in schallendes Gelächter aus, während ich in Gedanken jedoch schon wieder bei meinem nächsten Treffen mit Lana war. Wir verbrachten tatsächlich viel Zeit miteinander. Patrick tat schon spielerisch genervt, dass seine Schwester mich häufiger besuchte als ihn. Kati schaute nun aber ebenfalls jeden Tag vorbei und so hatte auch Patrick keine Langeweile. Nachdem ich Lana von Alex erzählt habe – den ich weiterhin jeden Vormittag mit Susanns Hilfe besuchen gehe – besteht sie darauf, mich zu ihm zu begleiten.

Es ist schön zu sehen, wie gut sich die beiden verstehen. Mit einem Augenzwinkern bestätigt mir Alex eines Tages, als Lana einmal nicht dabei ist, ich hätte eine noch bessere Wahl getroffen als mit Lisa. Tatsächlich jedoch ist die Sache zwischen Lana und mir doch noch etwas komplizierter. Wir sind zwar eindeutig auf einer Wellenlänge und ja, sie verbringt fast ihre ganze Freizeit mit mir. Und doch sind wir uns nicht sicher, was da zwischen uns ist. Geküsst haben wir uns jedenfalls noch nicht. Mich stört es aber keineswegs, dass wir es so langsam angehen lassen, ich genieße jeden Moment mit ihr. Und – um ehrlich zu sein – spukt Leonie mir noch ständig im Kopf herum. Auch wenn ich an eine Frau denke, die wohl nie existiert hat.

Einige Wochen darauf wird Patrick bereits entlassen. Kati konnte sich als freiberufliche Journalistin ihren Terminplan freischaufeln und hat daher ausreichend Zeit, ihren Mann zuhause zu pflegen. Bis ich endlich aus dem Krankenhaus entlassen werde, dauert es noch einige Wochen länger. Als ich mich schließlich wieder in meinen eigenen vier Wänden befinde, durchströmt mich ein Gefühl der Erleichterung. Hier riecht es allerdings leicht muffig – Roswitha hat sich zwar die größte Mühe gegeben, die Wohnung in Schuss zu halten und hat stets bei ihren Besuchen gelüftet, doch ist anfangs unverkennbar, dass hier wochenlang niemand zuhause war. Sobald ich die Fenster öffne, lasse ich damit sogleich auch die Geräuschkulisse der mäßig befahrenen Nebenstraße hinein und fühle mich wohl, endlich wieder daheim zu sein. Lana hat mir beim Hinauftragen meiner Tasche geholfen, denn obwohl die meisten Verletzungen vom Unfall bereits verheilt sind, so soll ich mich noch weitgehend schonen. Richtiger Sport ist jedenfalls weiterhin tabu – Physiotherapie steht stattdessen regelmäßig auf dem Programm. Als Lana meine Wohnung gerade zum ersten Mal betreten hat, war sie ganz beeindruckt vom großen Fernseher, der neuen Musikanlage und meiner schicken Küche. Wenn sie wüsste, wie selten ich diese mal benutzt habe... Lana lässt es sich jedoch nicht nehmen, meine Schränke zu durchstöbern. Beim Blick in den Kühlschrank stutzt sie. »Der ist ja noch voll!«

Ich grinse. »Nicht 'noch voll'. 'Schon wieder voll' trifft es besser... Meine Haushälterin wusste, wann ich entlassen werde und hat für alles gesorgt.«

Lanas Augen weiten sich. »Wow – auch noch eine Haushälterin! Ich bin sprachlos!« Dann verwandelt sich ihr anerkennender Blick in ein breites Lächeln. »Hast du Hunger?«, fragt sie augenzwinkernd und greift ohne meine Antwort abzuwarten in den Kühlschrank.

Nicht einmal eine Stunde später sitzen wir beide an meinem kreisrunden Esstisch in der Nische zwischen Wohn- und Kochbereich und lassen uns Lanas köstliche Spaghetti Bolognese schmecken. Da mein rechter Arm sich nicht mehr im Gips befindet, drehe ich die Nudeln gekonnt mit Gabel und Löffel ein. Der ein oder andere Saucenspritzer auf der Tischdecke lässt sich aber nicht vermeiden. Ich kann mich nicht daran erinnern, je hier mit jemand anderem zusammen gegessen zu haben. Es fühlt sich schön an, nicht allein zu sein. Allerdings sind wir noch keinen Schritt weiter gekommen in unserer Beziehung – oder was immer auch das zwischen uns sein soll. Ein Seitenblick auf Lana, die sich während des Essens weiter in meiner Wohnung umblickt, um jedes Detail zu erhaschen, und mich anlächelt, sobald sich unsere Blicke treffen, verschafft mir Gewissheit. Lana ist so wunderbar, ich sollte allmählich den nächsten Schritt wagen.

»Ich danke dir«, sage ich.

Sie lächelt. »Gern geschehen. Ist nicht das Schwerste aller Gerichte«, fügt sie zwinkernd hinzu.

»Nein, wirklich – danke für alles.«

Dann lehne ich mich über den Tisch zu ihr rüber und küsse sie. Lana lässt es geschehen und schließt die Augen.

Eine Stunde später liegen wir Arm in Arm auf dem Sofa und schauen einen Film. Die Teller voll Spaghetti auf dem Esstisch sind inzwischen kalt geworden. Lana, mittlerweile nur noch bekleidet mit einem meiner Hemden, springt auf, um das Essen in der Mikrowelle aufzuwärmen. Der Duft der Tomatensauce erfüllt allmählich das ganze Zimmer. Hungrig schlingen wir nun die Nudeln herunter.

In den folgenden Wochen lerne ich Lana immer besser kennen. Ich erfahre von ihrem schlechten Verhältnis zu ihren Eltern, die vor fünf Jahren nach Australien ausgewandert sind und die sie seitdem nicht mehr gesehen hat. Ich hingegen erzähle ihr von meinen leiblichen Eltern; von meinem Vater und seinem Arbeitsunfall und meiner Mutter, die sich dafür verantwortlich gefühlt hatte. Von ihrem Selbstmord. Von meiner Zeit im Waisenhaus und letztlich von der Adoption durch Alex und Mariah. Von Mariahs Tod. Nie zuvor habe ich einem Menschen wirklich alles von mir preisgegeben. Zugegeben, Matthias und die Jungs wissen natürlich Bescheid; wir kennen uns schon sehr lange. Es ist aber noch einmal etwas ganz anderes, solch eine Vergangenheit seinem Partner zu offenbaren. Anfangs wollte ich nicht so ganz mit der Sprache herausrücken, aber Lana ist so verständnisvoll und gab mir alle Zeit der Welt. Es fühlte sich nur richtig an, sie einzuweihen. Und irgendwie habe ich auch den Eindruck, es ihr alles bereits gesagt zu haben, denn auf mir unerklärliche Weise erinnert mich Lana sehr oft an Leonie. Manchmal ist es die Art, wie sie spricht; manchmal ihre einfühlsamen Berührungen. Und manchmal ist es bloß ihr Lächeln. Ich kann mir nicht erklären, weshalb ich so empfinde – mir ist schließlich klar geworden, dass die ganze Sache mit Leonie nur ein Traum gewesen sein kann. Trotzdem werde ich dieses Gefühl nicht los, dass mehr dahinter steckt. Gerade erzählt mir Lana von Patrick und seinem Leben als Junggeselle, bevor er Kati kennengelernt hat. Ihren Geschichten nach zu urteilen war Patrick ein regelrechter Playboy. Ich finde es wirklich interessant, wie er sich innerhalb nur weniger Jahre so sehr hat ändern können.

»Manchmal ist es wirklich schlimm – wenn ich ausgehe und dann alle paar Meter einer seiner Verflossenen über den Weg laufe! Glücklicherweise erkennen sie mich aber meistens nicht!« Lana rollt mit den Augen und verzieht ihre Mundwinkel, um ihrer Abneigung Ausdruck zu verleihen. Ich liebe es, wenn sie das tut. Sie sieht dann immer so süß und unschuldig aus, dabei kann sie auch anders, wie ich inzwischen weiß. Um die Frauen zu vergraulen kam sie gelegentlich unangekündigt bei Patrick vorbei und tat so, als sei sie seine Freundin. Die meisten machten daraufhin relativ schnell einen Abgang.

»Ich wusste einfach sofort, wenn eine Frau nichts für ihn war. Oder er nichts für sie, je nachdem. Aber manchmal war es auch einfach nur sooo lustig!« Lana kommt aus dem Kichern gar nicht mehr heraus. Dann räuspert sie sich und versucht einen ernsten Blick aufzusetzen. Vergeblich. Sie beginnt erneut zu kichern. Ich strecke meinen Arm aus und ziehe sie näher zu mir. Wir stehen einfach da, mitten in meiner Wohnung, Arm in Arm. Das Leben könnte so schön sein. Könnte. Alle paar Tage fahren wir bei Alex vorbei. Ich habe zwar wieder zu arbeiten begonnen, doch plane ich diese Besuche fest in meinem Terminplan ein.

Mein Vater wird von Tag zu Tag schwächer und ich habe das Gefühl, die Chemotherapie hat bei ihm ausschließlich Nebenwirkungen. An manchen Tagen hat er gar keinen Appetit und ich muss ihn dazu zwingen, sein Abendessen zu sich zu nehmen. Außerdem habe ich Susann mit eingespannt, sodass sie zusätzlich zu den Stationsschwestern zumindest einmal am Tag bei ihm nach dem Rechten sieht. Ich kann meine Dankbarkeit für diesen Engel kaum in Worte fassen. Wir tun für Alex, was wir können, doch gegen eine derartige Krankheit ist man machtlos. Kein Geld der Welt könnte uns helfen; es gibt einfach nichts, was wir tun können außer warten. Und hoffen, dass eines Tages ein Spender gefunden wird, bevor es zu spät ist. Diese Hilflosigkeit würde mich wohl viel härter treffen, wenn ich Lana nicht hätte. Sie gibt mir so viel Kraft und auch Alex genießt ihre Besuche. Er ist glücklich, weil ich glücklich bin. Vor wenigen Tagen noch, als ich ohne Lana bei ihm war, drückte er meine Hand und sagte: »Sie ist wundervoll, Michael. Halt sie so fest du kannst!«

Und genau das werde ich tun.

»Lisa Becker wird demnächst heiraten!«, berichtet mir Lana aufgeregt. Sie sitzt am gedeckten Frühstückstisch; die frisch gekochten Eier riechen herrlich lecker und der köstliche Kaffeeduft zog sogar bis zu mir ins Badezimmer, was mich dazu antrieb, die Dusche diesmal etwas schneller zu beenden. Mit einem Morgenmantel bekleidet habe ich Lana gerade einen Kuss gegeben und wollte mich zu ihr setzen, als sie mir über die Tageszeitung gebeugt diese Nachricht verkündet.

»Ich... Wieso erzählst du mir das?«, antworte ich perplex, während ich mir den Stuhl zurecht rücke und Platz nehme. Im Hintergrund informiert uns der Radiomoderator gerade darüber, dass es halb zehn sei und uns ein wunderbar sonniger Samstag bevorstehe. Lana nimmt einen Schluck frisch gepressten Orangensaft, dann erst beantwortet sie meine Frage.

»Hör mal, dachtest du, ich hätte dich damals nicht erkannt? Ihr wart schließlich wenige Tage zuvor noch mit einem Foto in der Zeitung – und fast jede Frau liest solchen Klatsch gern.«

»Du wusstest, wer ich bin? Schon bei unserer Begegnung im Krankenhaus?« Abwesend rühre ich mit dem Löffel in meinem Kaffee.

»Na ja, nicht gleich. Ich dachte sofort, dass ich dein Gesicht schon mal gesehen habe und als dein Name fiel, war ich davon überzeugt. Trotzdem hab ich noch mal kurz im Internet nachsehen müssen, um sicher zu gehen...«

»Du hast mich gestalkt?«

»Nein, nur etwas... Hintergrundrecherche betrieben«, drückt Lana es diplomatisch aus. »Schwieriger war es allerdings, unauffällig herauszufinden, ob ihr noch zusammen seid. Zu meinem Glück hat Patrick deinen Gesprächen mit den Jungs entnehmen können, dass ihr kein Paar mehr seid...«

»Ich hatte ja keine Ahnung, dass du von Lisa und mir wusstest...«, erwidere ich peinlich berührt.

»Woher auch? Aber ist doch nicht schlimm, Schatz. Ich will ja auch gar nicht wissen, wann du mit wem vor mir zusammen warst. Das ist alles vollkommen unwichtig – für mich zählt nur das Hier und Jetzt!« Lana beugt sich zu mir herüber und drückt mir einen Kuss auf den Mund.

»Und wieso erzählst du mir dann von Lisa?«, frage ich sie verwirrt.

»Ich... weiß nicht. Ich dachte, vielleicht interessiert es dich ja. Tut mir leid, das war dumm von mir...« Sie schlägt die Zeitung zusammen und legt sie auf den Küchentresen.

»Nein, du hast schon recht. Ich habe mich damals ihr gegenüber nicht korrekt verhalten. Da ist noch eine Entschuldigung meinerseits fällig...«

Lana geht nicht weiter darauf ein.

»Noch etwas mehr Kaffee?«, fragt sie stattdessen und hält die Kanne hoch. Ich nehme diese Ablenkung dankbar an und verdränge zunächst einmal den Gedanken an Lisa.

Am frühen Nachmittag jedoch – Lana ist mit Kati zusammen zum Shoppen verabredet – plagt mich mein Gewissen noch mehr als die Wochen zuvor und ich entschließe mich dazu, zu Lisa zu fahren. Den Weg kenne ich noch gut und ich erreiche schnell mein Ziel. Erst als ich den Motor ausschalte und die Autotür verriegle, fällt mir auf, dass ich noch gar nicht so genau weiß, was ich ihr überhaupt sagen will. Bevor ich es mir jedoch anders überlege, drücke ich schnell auf den Klingelknopf. Ich warte einige Augenblicke und sehe mich um. Hier hat sich nicht viel verändert. Um genau zu sein: gar nichts. Alles sieht noch aus wie bei meinem letzten Besuch hier und doch ist alles anders. Ich will gerade zu meinem Auto zurückkehren, da öffnet sich die Haustür. Lisa steht da, ihr blondes Haar zu einem seitlichen Zopf gebunden, zunächst mit einem freudigen Gesichtsausdruck. Da erst erblickt sie mich.

»Michael! Was willst du denn hier? Und wie siehst du überhaupt aus?«, fragt sie und stützt die Hände in die Hüften. Auf ihre Frage hin bemerke ich, dass ich heute in Jeans und verwaschenem Shirt vor ihr stehe – nicht wie sonst im Anzug. Außerdem erkennt man an der ein oder anderen Stelle noch, dass ich einen Unfall hatte. Die große, frische Narbe am Schlüsselbein tut ihr Übriges.

»Lisa! Bitte hör mir zu. Ich will mich doch nur-«

»Ich will dich hier nicht sehen, Michael! Verschwinde!«, sagt sie und will die Tür wieder schließen. Mit einer raschen Bewegung meines Fußes halte ich sie noch einen Augenblick länger geöffnet.

»Ich verstehe dich, Lisa«, antworte ich ruhig und versuche sie mit einer Geste meiner Hände zu beschwichtigen. Vergeblich.

»Ja, dann verstehst du sicher auch, dass du hier abhauen sollst! Sofort!« Erneut versucht sie, mich hinauszuschieben und drückt die Tür etwas fester zu, doch mein Fuß bleibt standhaft.

»Es tut mir leid! Ich will dir nur sagen, dass es mir unglaublich leid tut, wie ich dich behandelt habe! Es war ein Fehler-«

»Ein Fehler? Du nennst dieses abartige Verhalten einen Fehler?«

Inzwischen kreischt sie regelrecht. Erst einmal habe ich Lisa so aufgebracht gesehen und zwar im Café, als ich ihr all die furchtbaren Dinge an den Kopf geworfen habe. Ich will gerade zu einer Antwort ansetzen, da erscheint Julien hinter Lisa im Türrahmen. Natürlich. Ich hätte damit rechnen müssen, dass er es sein würde.

»Oh, Michael – hi…«

»Julien, sag ihm bitte, er soll verschwinden!«, brüllt Lisa, zeigt mit dem Finger auf mich und geht dann zurück ins Haus; mich und Julien zurücklassend. Julien ist sicher besser auf mich zu sprechen – er ist ja derjenige, der Nutzen aus meinem Verhalten gezogen hat und seine Ex-Verlobte erneut zu seiner Verlobten machte.

»Julien, bitte. Hörst du mir wenigstens kurz zu?«, frage ich ihn ruhig und freundlich. Julien zögert kurz, nickt dann jedoch und zieht die Tür hinter sich zu. Er setzt sich auf die Treppe vor dem Haus und ich tue es ihm gleich. Selbst durch meine Jeans spüre ich die Hitze, die von den aufgewärmten Steinen der Treppe ausgeht. Seit dem frühen Morgen scheint die Sonne unerbittlich und es geht kaum ein Lüftchen. Ein Grund mehr, weshalb sich allmählich kleine Schweißperlen auf meiner Stirn bilden.

»Ihr seid also verlobt?«, frage ich dann; unsicher, womit ich beginnen soll.

Er nickt. »Ja, ich habe sie letzte Woche gefragt. Im Herbst ist es dann soweit…« Ein verträumtes Lächeln umspielt seine Lippen.

»Ich freue mich wirklich sehr für euch, Julien, glaub mir. Lisa hat dich nie vergessen, du warst immer der Eine für sie. Mir tut alles so sehr leid, was ich Lisa angetan habe, was ich dir angetan habe.

Ich hatte Lisa nie verdient und das weiß ich jetzt auch. Ich war ein absolutes Arschloch-«

»Das warst du, Michael. Ich hab Lisa noch nie so verletzt gesehen wie nach eurem Gespräch damals. Sie wird dir niemals verzeihen können, fürchte ich.«

Ich schüttle den Kopf. »Das ist auch gar nicht meine Absicht. Ich weiß, dass sie das niemals tun wird. Ich will mich auch gar nicht zwischen euch drängen, wirklich nicht! Ich habe eine Freundin und ich-«

»Oh, tatsächlich? Das ist doch schön. Aber was willst du hier, Michael?«

Julien spricht so ruhig und gefasst, dass ich verstehen kann, was Lisa an ihm bewundert. Er ist ein guter Mensch. Ich wünsche mir, ich wäre ihm etwas ähnlicher.

»Ich will nur, dass sie weiß, wie sehr es mir leid tut. Das alles hatte absolut nichts mit ihr zu tun, ich war einfach ein Idiot. Nichts, was ich sage oder tue, kann das jemals wieder gut machen, das ist mir klar. Ich bin ihr das nur schuldig, deswegen wollte ich vorbeikommen. Ich weiß selbst nicht, wieso ich so ein Mistkerl war. Bitte – lass sie wissen, dass es mir wirklich leid tut. Und dass ich mich aufrichtig über eure Verlobung freue und euch alles Glück der Welt wünsche. Sie hat jemanden wie dich verdient.«

Julien schweigt und starrt auf die Schnürsenkel seiner italienischen Designerschuhe. Im Gegensatz zu unserer letzten Begegnung sieht Julien viel schicker aus. Er trägt eine dunkelblaue Anzughose und ein cremefarbenes Hemd. Er schwitzt sicher noch mehr als ich. Wie konnte ich früher nur ständig solche Kleidung tragen? Juliens Geschäfte müssen jedenfalls gut laufen, sonst hätte er es sicher nicht noch einmal mit Lisa versucht, war doch ihre Beziehung damals wegen Juliens Komplexen in Bezug auf das Finanzielle gescheitert. Schließlich hebt er den Kopf und sieht mir direkt in die Augen.

»Ich weiß nicht, warum, aber ich glaube dir, Michael. Ich werde versuchen, Lisa deine Botschaft auszurichten. Ich wünsche dir viel Glück mit deiner Freundin.«

Er stützt sich mit der rechten Hand auf die Steintreppe und steht wieder auf. Die Sonne blendet und er wirft sich mit den Händen einen Schatten aufs Gesicht, um mich besser sehen zu können. Auch ich erhebe mich.

»Danke dir, Julien. Du wirst Lisa sehr glücklich machen. Das hast du schon vorher – bestimmt mehr, als dir klar ist. Alles Gute für euch!«

Mit diesen Worten schlage ich ihm leicht auf die Schulter, lächle kurz und gehe zurück zu meinem Auto. Womit habe ich denn auch gerechnet? Dass Lisa mir um den Hals fällt, meine Entschuldigung akzeptiert und mich auf einen Kaffee einlädt? Ich sehe ein, dass ich es verdient habe, von ihr so abgewiesen zu werden. Ich habe sie ja genauso behandelt. Alles, was ich Julien sagte, meine ich auch so. Ich hoffe, dass Lisa ihm zuhören wird und mir vielleicht eines Tages tief in ihrem Herzen verzeihen kann. Ich will sie keineswegs zurückerobern. Diese Worte war ich ihr nur bereits seit Monaten schuldig. Sie hat das alles nicht verdient. Sie war nur als Unbeteiligte zufällig in diese blöde Wette geraten.

Ein wenig erleichtert von der Last meines Gewissens steige ich wieder in den Wagen und fahre zurück nach Hause, wo die Frau meiner Träume bereits ihre Einkaufstaschen im Wohnzimmer ausgeleert hat, um mir ihre heutigen Eroberungen zu präsentieren.

15. Kapitel

»Schatz, wo sind meine Schuhe? Nicht die braunen, die schwarzen! Die High Heels, die ich letzte Woche extra für die Hochzeit gekauft habe!«

Lana läuft zerstreut durch die Wohnung, ständig auf der Suche nach anderen Dingen. Vorhin ihre Kette, jetzt die Schuhe. Wer hätte gedacht, dass diese Hochzeit sie so durcheinander bringen würde. Ich lächle, während ich mir vor dem Spiegel die Krawatte binde. Solche kleinen Anfälle werde ich heute wohl noch öfter überstehen müssen.

»Okay, ich hab sie. Aber findest du die Frisur wirklich gut? Ich bin mir da ja nicht so sicher... Die Friseurin meinte...-«

»Schatz, du bist wunderschön, glaub mir! Und wenn dir die Frisur nicht gefällt, mach die Spangen wieder raus.« Zärtlich strecke ich die Hände nach ihr aus, um sie in den Arm zu nehmen und zu küssen.

»Also magst du die Frisur doch nicht! Ich wusste es doch... ah, was soll ich denn jetzt machen? Es ist zu spät, um noch was anderes mit den Haaren anzustellen! Ich hätte doch besser zum Probefrisieren gehen sollen...« Unruhig windet Lana sich wieder aus meinem Griff und eilt zum Spiegel.

»So kann ich doch unmöglich da auftauchen! Alle werden sich lustig machen über diese blöden, kleinen Glitzerspangen!« Unsicher, was sie tun soll, steht sie vor ihrem Spiegelbild und starrt auf ihr Haar. Um eine Katastrophe zu verhindern, laufe ich schnell zu ihr und halte ihre Hände fest.

»Lana, dein Haar ist perfekt, wirklich. Und wenn wir nicht zu spät kommen wollen, solltest du gleich eine Entscheidung treffen...«

Lana nickt zustimmend.

»Du hast recht. Du wirst ja schließlich auch noch gebraucht. Gut, ich habe alles, lass uns gehen.« Ohne den Spiegel noch eines

Blickes zu würdigen, sprüht sich Lana einige Spritzer Parfüm auf Handgelenke und Hals, greift sich ihr winziges Handtäschchen und schreitet in ihrem bodenlangen Kleid zur Wohnungstür.

»Auf zur Hochzeit!«, ruft sie nervös kichernd.

»Auf zur Hochzeit«, wiederhole ich zustimmend und halte ihr die Tür auf, damit sie hindurch schweben kann.

Als wir in der Kirche ankommen, haben bereits einige Gäste auf den Bänken Platz genommen. An einem so schwülen Tag wie heute ist mir die Kälte der Kirche mehr als willkommen. Ich entdecke Markus und Lukas im vorderen Teil und bringe Lana zunächst zu ihnen.

»Ich seh jetzt mal nach Matthias«, sage ich dann und mache mich auf die Suche nach meinem Freund, nachdem ich mich vergewissert habe, dass es Lana auch gut geht. Kurz darauf finde ich ihn im Nebenraum. Er befestigt gerade die Ansteckblume am Revers und betrachtet sein Werk kritisch.

»Na, da ist ja der Bräutigam!«, rufe ich freudig und warte seine Reaktion ab. Doch nichts. Weder ein Zucken um die Mundwinkel noch ein panischer Blick. Keine Spur von Nervosität.

»Hey, Michael. Du hast dir aber Zeit gelassen...«

»Ja, es tut mir leid! Lana hatte einen kleinen modisch bedingten Nervenzusammenbruch. Ist aber noch alles gut gegangen. Wie geht es dir?«

»Alles bestens, danke. Ich will gar nicht wissen, wie viele solcher Nervenzusammenbrüche Verena heute wohl schon hatte!« Da muss ich ihm zustimmen. Wenn schon die sonst so ausgeglichene Lana durchdreht, wird die Braut heute sicher ein nervliches Wrack sein.

»Wer ist eigentlich ihre Trauzeugin?«, frage ich Matthias, der gerade seine Haare zurechtmacht.

»Leonie, ihre Schwester.«

Leonie. Irgendwie kann ich nicht umhin, an meine Leonie zu denken. Gelegentlich holt mich der Gedanke an sie noch ein. Lana ist wundervoll und ich liebe sie aus tiefstem Herzen. Dennoch frage ich mich manchmal, ob die ganze Sache mit dem Lager und mit Leonie wirklich nur Einbildung gewesen sein kann. Kann man Gefühle, die so echt sind, einfach nur träumen? Entgegen aller Vernunft bin ich neugierig, nun einen Blick auf die Trauzeugin zu erhaschen. Natürlich wird es nicht Leonie sein, das wäre Blödsinn. Trotzdem will ich mich vergewissern. Unter einem Vorwand verlasse ich den Raum und überlasse Matthias seinen Gedanken. So gefasst, wie er auf mich wirkt, braucht er meine Hilfe gerade wirklich nicht. Ich erblicke Matthias' Eltern in der ersten Reihe der Kirche und haste zu ihnen.

»Herr und Frau Bergmann! Schön, Sie zu sehen!«

»Michael! Das freut uns auch! Und dann noch so ein freudiges Ereignis heute...«

Frau Bergmann lächelt freundlich, nimmt meine Hände in ihre und drückt sie kurz. Es ist eine Ewigkeit her, dass ich die Eltern meines Freundes das letzte Mal gesehen habe. Sie haben Matthias erst sehr spät bekommen, weshalb manch einer denken könnte, sie seien seine Großeltern. Frau Bergmanns Haar ist inzwischen gänzlich ergraut und ihr Mann trägt inzwischen ein Hörgerät, wie Matthias mir einmal erzählt hat. Ich spreche daher etwas lauter als gewöhnlich, was bei dem permanenten Gemurmel im Kirchsaal gerade kaum auffallen dürfte. Sicherheitshalber beuge ich mich aber zu den beiden hinunter, damit nicht gleich alle mitbekommen, was ich frage.

»Hören Sie... es geht um die Trauzeugin. Wissen Sie, wer von den Frauen hier Verenas Schwester ist? Ich kenne sie leider noch nicht und...«

»Aber sicher wissen wir das, Michael«, meldet sich nun Matthias' Vater zu Wort. Das Hörgerät funktioniert offensichtlich einwandfrei.

»Gleich dort drüben steht sie. Sie trägt ein minzgrünes Kleid und redet gerade mit ihrem Mann, dem Herrn daneben...«

Ich folge seinem Blick und entdecke tatsächlich eine Frau in einem etwa knielangen, minzgrünen Kleid. Auch wenn ich es nicht anders erwartet hatte, überkommt mich ein Gefühl der Enttäuschung. Verenas Schwester Leonie ist klein, etwas molliger und hat langes, schwarzes Haar. Auch ihr Gesicht gleich nicht im Entferntesten der Leonie, die ich zu kennen glaubte.

»Vielen Dank, Herr Bergmann! Das hilft mir sehr!«

Ich bahne mir einen Weg durch die sich stetig füllende Kirche. Der Lärmpegel steigt weiter; die Anspannung einiger Gäste verwandelt sich in ein munteres Treiben und Plappern. Entfernte Verwandte, die sich seit Monaten oder Jahren nicht mehr gesehen haben, fallen sich in die Arme und tauschen den neuesten Tratsch und Klatsch aus. Großeltern bewundern ihre Enkel. Die meisten Leute hier kenne ich gar nicht. Ich laufe zunächst in Leonies Richtung, um Matthias' Eltern glauben zu machen, ich müsste etwas mit ihr besprechen, dann jedoch wende ich mich ab und kehre zurück in den Nebenraum. Natürlich ist das nicht Leonie. Wie sollte sie es auch sein. Leonie hat nie existiert.

Als auch die letzten Gäste Platz genommen haben und der Raum bis auf einige wenige Ausnahmen in Stille versinkt, setzt die Orgel ein und spielt den Hochzeitsmarsch. Unwillkürlich bekomme ich eine Gänsehaut. Dann betritt Verena die Kirche. Sie wird von ihrem Vater hinein geführt, hin zu Matthias, der bereits am Altar auf seine Braut wartet. Er strahlt über das ganze Gesicht und ein Blick auf dieses Paar beweist jedem Anwesenden, welche Liebe zwischen ihnen besteht. Während der Trauzeremonie drückt Lana öfter fest meine Hand. Nach einer guten halben Stunde ist meine rechte Hand bereits schwitzig, doch ist das nichts im Vergleich zu Lana. Ihre Augen glänzen, einige Freudentränen sind bereits die Wange heruntergekullert. Ihre Lippen sind wie versteinert zu einem Lächeln geformt. Es ist so süß, dass sie sich so in die Hochzeit hineingesteigert hat und derartig mitfiebert.

Lana kennt meine Freunde zwar erst seit wenigen Wochen und doch haben alle sie bereits ins Herz geschlossen und sie die Jungs und Verena in ihres. Sie ist die erste Frau, bei der Markus und Lukas mir nicht dazu raten, sie schnellstens wieder loszuwerden. Vielleicht liegt das aber auch daran, dass Markus gerade selbst eine Frau kennengelernt hat, mit der es demnächst wohl etwas ernster werden könnte und er daher seine Ansichten über Liebesbeziehungen etwas geändert hat.

Nach der kirchlichen Trauung geht es mit einem Autokorso hinter der Hochzeitskutsche weiter zu einem nahegelegenen Restaurant am Rhein. Die standesamtliche Trauung hat bereits gestern stattgefunden – als Trauzeuge des Bräutigams habe ich die Richtigkeit der ganzen Angelegenheit schriftlich bestätigt – und so können wir heute im Anschluss an die Zeremonie einfach nur feiern und genießen. Die Hochzeitstorte ist ein Gedicht. Lana und ich lassen Stück für Stück von dieser köstlichen Himbeer-Buttercremetorte auf unseren Zungen zergehen und essen so viel, wie wir nur können.

Vor der Eröffnung des Abendbuffets hält Matthias noch eine kleine Rede, in der er die Geschichte erzählt, wie er Verena kennengelernt hatte und seine Liebe zu ihr in Worte zu fassen versucht. Am Ende spricht auch Verena noch ein paar Worte. Sie erhebt sich in ihrem blütenweißen Hochzeitskleid, das an den Seiten gerafft und mit unzähligen Rüschen besetzt ist, und greift nach dem Mikrofon.

»Liebe Gäste, bevor es gleich an das leckere Abendessen geht, haben wir noch eine weitere Ankündigung zu machen! Wie ihr wisst, waren Matthias und ich eine ziemlich lange Zeit verlobt-«

Einige Gäste lachen. Tatsächlich hat es fast drei Jahre lang gedauert, bis sie sich nun endlich getraut haben. Verena überspielt die Lacher und spricht unbeirrt weiter.

»Schon vor über einem Jahr habe ich mir mein Hochzeitskleid gekauft, noch bevor der Termin genau feststand. Wer mein Kleid damals zu Gesicht bekam, der wird vielleicht erkennen, dass es sich nicht um das Kleid handelt, das ich heute trage... Es ist nämlich-«

»Sie ist schwanger!«, flüstert mir Lana ins Ohr.

»Woher weißt du das?«, frage ich sie und werfe ihr einen irritierten Blick zu.

»Intuition. Wart's ab!«, raunt sie zurück und deutet auf Verena.

»Ich konnte das Kleid leider nicht mehr tragen, weil ich... etwas zugenommen habe. Zwar noch nicht so viel, aber genug, um nicht mehr in das erste Kleid zu passen! Ich-«

Fasziniert stelle ich fest, dass fast alle Frauen in meiner Nähe die Hand vor den Mund schlagen oder aufgeregt »uuuh« rufen.

»-bin nämlich schwanger!«

Jetzt ist es offiziell. Matthias hat uns keinen Ton verraten und auch Verena scheint es niemandem erzählt zu haben. Alle im Raum sind perplex und brechen in schallenden Applaus aus. Nach und nach kommen die engsten Verwandten auf die beiden zu, um ihnen nicht nur zur Hochzeit, sondern auch zur Schwangerschaft zu gratulieren. Hier und da fließen Tränen und einige der Frauen lassen es sich nicht nehmen, Verena über den momentan noch eher flachen Bauch zu streichen.

»Los, lass uns auch unsere Glückwünsche aussprechen!«, sagt Lana zu mir, springt vom Tisch auf und zieht mich zu Matthias und Verena hin.

»Naaaa, da hast du uns aber ganz schön was verschwiegen!«, rufe ich, während ich meinem Freund in den Arm falle und ihm auf die Schulter klopfe.

»Ja, wir wollten es noch nicht so früh bekanntgeben. Die ersten drei Monate sind ja immer kritisch, aber jetzt sind sie ja um...«

Zufrieden nimmt Matthias unsere Glückwünsche entgegen. Verena ist ganz außer sich und wedelt die ganze Zeit mit den Händen vor ihrem Gesicht herum und fächert sich dadurch Luft zu. Tatsächlich ist es hier im Raum ziemlich warm.

»Jetzt, wo das Geheimnis endlich raus ist, kann ich erst selbst wirklich fassen, was da passiert!«, sagt Verena glücklich. Lana nimmt sie fest in den Arm und freut sich mit ihr. Dann greift sie ihre Hände und hüpft kurz mit ihr herum.

»Oh mein Gott, du bist schwanger! Das ist der Waaahnsinn!« Die beiden vereinbaren, nach dem Abendessen mit einem alkoholfreien Sekt darauf anzustoßen und dann die Tanzfläche unsicher zu machen. »Solange ich mich noch bewegen kann und nicht aussehe wie ein Walross, muss ich das ja ausnutzen!«, ruft Verena kichernd. Dann läuft sie zum Buffet, um sich den Teller mit allen Leckereien dort zu füllen – Fischfilet und Schokopudding, Rindsbraten und Tiramisu. Und das ist erst der Anfang.

Die ganze Hochzeit ist ein einzigartiges, gelungenes Fest. Alle feiern zufrieden und ausgelassen bis tief in die Nacht hinein. Lana und ich entschließen uns gegen Mitternacht, die Feier für einige Zeit zu verlassen und einen Nachtspaziergang am Rhein zu unternehmen. Die Promenade ist von vielen Laternen beleuchtet. Die Schwüle des Tages ist einem lauen Spätsommerabend gewichen und es fühlt sich fast an wie im Urlaub. Nachdem wir einige Zeit gelaufen sind, setzen wir uns auf eine Bank. Lanas voluminöses, smaragdgrünes Kleid nimmt fast den ganzen Platz in Anspruch. Für auch nur eine weitere Person neben uns wäre nicht genügend Sitzfläche vorhanden. Erschöpft vom anstrengenden Tag streift sie sich ihre neuen schwarzen High Heels von den Füßen und legt die Beine hoch.

»Hier könnte ich jetzt schlafen«, sagt sie lächelnd und lehnt ihren Kopf an meine Schulter. Ich streiche ihr sanft über das Haar und blicke mich um. Für einen Samstagabend ist hier an der Promenade noch sehr viel los. Ich dachte immer, die meisten Leute treiben sich um eine solche Zeit in der Altstadt herum, so wie ich früher. Ich liege eindeutig falsch. Aus der Ferne höre ich leise Musik, die aus einer Bar zu uns hinüber weht. Gelegentlich fahren Autos durch eine der Seitenstraßen, doch das Motorengeräusch verstummt mit zunehmender Entfernung. Direkt neben mir kann ich hingegen Lanas gleichmäßige, tiefe Atemzüge hören und spüre sie sogar auf meiner Schulter. Ich schließe für einen Moment die Augen und nehme die Situation in mich auf. Es ist perfekt. Lana ist perfekt.

Sobald ich die Augen wieder öffne, sehe ich eine Gruppe junger Männer auf der gegenüberliegenden Straßenseite entlanglaufen. Einer von ihnen kommt mir auf Anhieb bekannt vor. Während sie die Straße überqueren und sich uns nähern, erkenne ich die große, schlanke Statur, sein schmales Gesicht und das kurze braune Haar. Er ist etwa Ende zwanzig. Als sich unsere Blicke treffen, glaube ich nicht, wen ich da sehe. Nein, das ist unmöglich! Mein Geist spielt mir einen Streich. Ich schließe erneut kurz die Augen und schüttele den Kopf. Lana bekommt von alldem nichts mit. Sie liegt weiterhin seelenruhig angelehnt an meine Schulter und blendet die Außenwelt vollständig aus. Als ich wieder hinsehe, ist die Gruppe an uns vorbeigegangen. Einer von ihnen hält jedoch etwas mehr Abstand zu den anderen und blickt sich um – nach mir? Hat er mich ebenfalls erkannt? Ist er es wirklich? Irritiert sieht er mich an; so, als könne er mich nicht ganz zuordnen. Ich habe einen innerlichen Drang, aufzustehen und zu ihm zu gehen. Ihn zu fragen, ob er es wirklich ist. Ob er echt ist. Im gleichen Augenblick jedoch habe ich Angst vor der Antwort und davor, was das bedeuten könnte. Ich bleibe wie angewurzelt sitzen, einen Arm um Lana geschwungen.

»Justus, was ist los? Kommst du jetzt oder was?«, ruft ihn einer seiner Freunde.

»Alles in Ordnung... Ich dachte nur, da wär was«, sagt der Angesprochene, wendet seinen Blick von mir ab und holt zu seinen Freunden auf.

Verdutzt bleibe ich auf der Bank zurück und in meinem Kopf kreisen die Gedanken um eine einzige Frage: war das wirklich Justus?

Zwei Jahre später

»Kann es losgehen?«, frage ich Lana und halte ihr ihren schwarzen Mantel hin, in welchen sie elegant schlüpft.

»Na klar – ich kann es kaum erwarten!«, erwidert sie mit einem siegessicheren Grinsen auf den Lippen.

»Du weißt, dass du das nicht tun musst, mein Schatz... Es ist ein großer Schritt. Wir könnten auch-«

»Ich weiß«, antwortet sie und hält abwehrend ihre Hände hoch. »Ich will es aber so. Glaub mir, das hat nichts mit dir zu tun. Ich finde es einfach richtig.«

Lana sprüht sich noch etwas frisch duftendes Parfüm auf Handgelenke und Hals und bringt mich damit um den Verstand. Dann greift sie sich die schwarze Ledermappe vom Tisch, die all unsere wichtigen Dokumente enthält. Über Monate ist sie gewachsen, ständig kamen neue Unterlagen hinzu. Von den Behörden, von den Zuständigen. Nachweise über uns und unser Leben. Heute ist endlich der Tag gekommen, an dem sich die ganze Mühe auszahlen wird.

»Noch ist es nicht zu spät. Ich will dich keineswegs zu etwas zwingen.« Das will ich wirklich nicht. Ich will vor allem nicht, dass sie es nachher bereut. Wer weiß, vielleicht tut sie es wirklich eines Tages? Womöglich nicht heute, nicht morgen, nicht in einem Jahr – aber vielleicht in zehn Jahren? Dann wäre es zu spät und sie würde mich dafür verantwortlich machen... Und das wäre nicht einmal das Schlimmste. Jemand anders hätte darunter noch viel mehr zu leiden als wir beide.

»Was grübelst du so, Michael? Es ist entschieden. Nun komm, wir sollten heute wirklich pünktlich sein!«

Zugegeben, ich bin etwas nervös. So nervös war ich nicht einmal bei unserer Hochzeit vor sechs Monaten. Dennoch – auch heute steht uns ein nicht unerhebliches Wagnis bevor und ich will, dass alles perfekt ist.

Ich werfe einen letzten Blick in das Zimmer, das Lukas vorgestern noch für uns gestrichen hat. Es war die Folge seiner letzten verlorenen Wette. Ich lasse mich nicht mehr oft und nur mit Bedacht auf Lukas' Wetten ein, aber dieses Mal hat es sich für mich richtig gelohnt, denn andernfalls hätte ich die Farbe selbst an der Tapete anbringen müssen. Sie riecht noch ganz frisch, ist aber inzwischen getrocknet. Ein Blick auf die neuen Möbel und das frisch gemachte Bett lässt mir einen wohligen Schauer über den Rücken fahren. Endlich ist es so weit.

»Michael, kommst du jetzt?«, ruft Lana und reißt mich aus meinen Gedanken. Wir verlassen unser bescheidenes Reihenhaus, über dessen Türschwelle ich meine Braut vor einiger Zeit bereits tragen durfte, und steigen in unseren dunklen Geländewagen. Als ich Lana die Beifahrertür aufhalte, rutscht der Ärmel meiner Jacke etwas hoch und mein Blick fällt auf die feine weiße Verfärbung der Haut am linken Handrücken. An dieser Stelle kann man sie nur erahnen, doch weiß ich, dass die Narbe am Ellbogen deutlich sichtbar ist. Wenngleich ich sie täglich mehr oder weniger bewusst wahrnehme, so kann ich nicht umhin, jedes Mal ein mulmiges Gefühl zu bekommen, sobald ich sie erblicke. Ständig muss ich mich fragen, woher ich sie habe.

Eilig schüttele ich den Gedanken ab und laufe um das Auto herum zur Fahrerseite. Einen so großen Wagen haben wir uns wegen des Hundes gekauft, den wir vor der Hochzeit zu uns genommen hatten. Lana wollte unbedingt einen haben und für mich gab es keinen Grund, der dagegen spräche. Bei der Namenswahl ließ ich Lana freie Hand und bemerkte erst Wochen später, dass sie ihn nach dem Ort unseres Kennenlernens benannt hatte. Nach der Eingewöhnungsphase am Anfang drehte sich alles um die Hundeschule. Glücklicherweise haben wir jetzt einen gut erzogenen jungen Labrador, der unsere Aufregung vorhin auch gespürt hatte, als wir ihn zu Patrick, Kati und ihrer bald einjährigen Tochter Anna brachten.

Es ist zwar nur für die ersten paar Tage, trotzdem fiel es uns schwer, den kleinen Jo herzugeben. Wir sind uns allerdings sicher, dass die kleine Familie gut auf ihn Acht geben wird.

Von Lisa habe ich nichts mehr gehört. Zur Hochzeit hatte ich Julien und ihr eine Karte mit einem Spendenscheck für ihre Stiftung geschickt. Zumindest erhielt ich eine Dankeskarte – wenngleich ich nicht sicher bin, ob Lisa davon wusste oder das nicht vielmehr Julien zuzuschreiben war. Während ich schweigend die Straßen zu unserem Ziel entlangfahre, plappert Lana in einem fort. Ich höre zwischendurch gar nicht richtig hin und werfe ihr stattdessen gelegentlich einen Seitenblick zu. Sie ist so wunderschön wie an dem Tag, als ich sie das erste Mal sah. In so vieler Hinsicht erinnert sie mich an Leonie, die Frau aus meinen Halluzinationen. Wahrscheinlich bin ich Lana schon vorher begegnet und mein Unterbewusstsein hat alles auf Leonie projiziert. Jedenfalls ist das die einzige Erklärung, die ich dafür habe.

Allerdings gibt es manchmal Tage, an denen ich daran zweifle. Letztes Jahr beispielsweise, als ich im Fernsehen einen Artikel über einen verstorbenen Sektenguru sah. Dieser Guru hatte zur gleichen Zeit wie ich einen Unfall gehabt und dann ein halbes Jahr lang im Koma gelegen. Letztendlich jedoch hatte die Frau nicht so viel Glück gehabt und war im Krankenhaus gestorben – für sie sei »jede Hilfe zu spät gekommen«, sagte der Reporter. Als Bilder der Frau eingeblendet wurden, erkannte ich Hanna – die Verrückte aus dem Lager! An solchen Tagen stelle ich nicht bloß meinen Verstand, sondern auch die Welt, in welcher wir leben, infrage. Was nun wirklich geschehen ist, ob überhaupt etwas geschehen ist oder ob ich wirklich nur Fieberträume gehabt hatte, werde ich wohl nie mit Gewissheit sagen können.

Was ich aber sagen kann, ist, dass ich die Frau auf dem Beifahrersitz neben mir über alles auf der Welt liebe und dass es Glück im Unglück war, dass ich damals mit Patrick im Krankenhaus lag.

»Schade... sie wird Alex niemals kennenlernen«, sage ich gedankenverloren.

»Oh, Schatz. Das tut mir auch unglaublich leid.« Sie legt liebevoll ihre linke Hand auf meinen Oberschenkel und streicht kurz tröstend darüber. »Sie wird alles von ihm erfahren, das verspreche ich dir! Er war einer der gütigsten Menschen, die ich kenne!«

Ich schlucke. Sein Tod ist zwar schon ein Jahr her, doch noch immer kann ich nicht richtig darüber reden.

»Und er wird in dir weiterleben, Michael. Du hast so viel von ihm!« Zärtlich küsst sie mich auf die Wange. Sie hat recht. Natürlich wird er nie vergessen sein. Ich versuche, den Gedanken an Alex für den Moment beiseite zu schieben und mich stattdessen auf Leonie zu freuen. Das ist ihr großer Tag heute und ich will nicht weinend dort eintreffen. Ob es ein Zufall war, dass Lana sich ausgerechnet mit Leonie so gut verstanden hatte? Und dass auch ich sie sofort in mein Herz geschlossen habe? Das kleine Mädchen mit den dunkelblonden Löckchen und den blauen Augen? Ich parke den Wagen auf dem Besucherparkplatz und gehe mit meiner Frau zum Eingang. Es ist ein sonniger Herbsttag, doch lässt uns der Wind frösteln. Lana schlingt sich ihren Mantel enger um den Körper und ich beobachte, wie ihr einzelne Haarsträhnen ins Gesicht wehen. Dann hole ich tief Luft.

»Bereit?«

»Bereit! Mit dir würde ich bis ans Ende der Welt gehen«, antwortet sie mir und küsst mich zärtlich.

Dann öffne ich die Tür zum Waisenhaus.